KB140608

논리적 사고와 글쓰기

논리적 사고와 글쓰기

초판 1쇄 발행   2022년 2월 28일
초판 2쇄 발행   2023년 2월 28일

지은이 | 김은정·윤정화·정종진·최지녀

펴낸곳 | (주)태학사
등   록 | 제406-2020-000008호
주   소 | 경기도 파주시 광인사길 217
전   화 | (031)955-7580
전   송 | (031)955-0910
전자우편 | thspub@daum.net
홈페이지 | www.thaehaksa.com

ⓒ 김은정·윤정화·정종진·최지녀, 2022. *Printed in Korea.*

이 책에 직간접적으로 게재를 허락해 주신 모든 분께 감사드립니다. 저작권자와 연락이 닿지 않아 부득이 허가를 구하지 못한 일부 자료에 대해서는 연락 주시는 대로 적법한 절차를 따르겠습니다.

값 14,500원

ISBN 979-11-6810-046-6   (93810)

논리적 사고와 글쓰기

홍익대학교 세종캠퍼스 교재개발위원회
김은정 · 윤정화 · 정종진 · 최지녀

태학사

머리말

현대 사회의 특징을 규정한 여러 표현들 가운데 '정보의 홍수(Information Overload)' 라는 구절이 있다. 말 그대로 정보가 홍수처럼 쏟아진다는 뜻이다. 인류 역사와 함께 축적된 엄청난 양의 정보가 다양한 매체를 통해 쉴 새 없이 제공되고 있는 것이다. 이제 지식과 정보의 출처는 더 이상 도서관에 빽빽이 꽂힌 종이책들에 한정되지 않는다. IT 산업 특히 인터넷의 눈부신 발전에 따라 정보는 대량으로 제공되고 또 유통되고 있다.

이러한 현상은 일견 축복으로 여겨질 수도 있다. 그러나 그 축복이 오히려 재앙이 될 수도 있다. 눈앞에 있는 정보들을 그저 나열된 순서대로 일별할 뿐 비판적 사유를 통해 조직하고 통합하지 못한다면 정보의 홍수에 그저 휩쓸려 다니는 노예가 될 가능성이 농후한 것이다. 노예에게는 '자기(self)'나 '주체(subject)'라는 개념이 없다. 적어도 일관적이고 통합적인 '자기의식(self-consciousness)'이 있어야 그 자신을 두고 비로소 '자기'라고 말할 수 있으며, 그런 자기의 삶을 스스로 기획하고 그 기획한 바를 실천할 때 '주체'라고 말할 수 있다.

'정보의 홍수'가 재앙이 아닌 진정한 축복이 되기 위해서는 그 정보들을 가치의 경중에 따라 나누고 깁고 다듬는 수고가 있어야 한다. 정보를 취사선택해서 가공하는 능력의 중요성이 강조되는 것이다. 그런데 정보를 취사선택하고 가공하는 것은 필연적으로 말과 글이라는 인간의 언어 행위에 의존할 수밖에 없다. 우리가 읽기와 쓰기, 듣기와 말하기를 배워야 하는 까닭은 바로 이 때문이다.

흔히 읽기와 쓰기, 듣기와 말하기를 공들여 배우고 훈련하지 않는 까닭은 그 행위들을 마치 숨을 쉬거나 밥을 먹는 일처럼 자연스러운 것으로 생각하기 때문이다. 그러나 읽기와 쓰기, 듣기와 말하기는 전혀 자연스러운 행위가 아니다. 이십여 년 동안 한국어로 듣고 말하고 읽고 써왔음에도 불구하고 여전히 자신을 표현하는 일이나 특정 대상에 대해 자신의 의견을 드러내는 일에 미숙한 대학생을 쉽게 찾아볼 수 있다. 특히 쓰기와 말하기의 경우에는 모종의 두려움을 가지고 있는 경우도 있는 것이 현실이다. 읽기와 쓰기, 듣기와 말하기를 대학 교육 과정의 하나로서 배워야 하는 까닭이 여기에 있다.

이 교재는 이러한 문제의식 하에 대학생들의 읽기와 쓰기, 듣기와 말하기 훈련을 위한 지침으로 마련되었다. 특히 쓰기와 말하기, 즉 작문과 발표에 중점을 두었다. 교재의 내용은 크게 Ⅰ부 글쓰기, Ⅱ부 말하기로 나누었다. Ⅰ부는 1장. 글쓰기의 기초, 2장. 글쓰기의 절차, 3장. 글쓰기의 방법, 4장. 글쓰기의 실제로 구성되었다. 이 가운데 1장과 2장은 글쓰기의 기본이므로 제일 먼저 읽었으면 좋겠고, 3장과 4장은 학습의 단계에 따른 구분이 아니므로 교수자의 재량에 따라서 다양하게 활용하였으면 좋겠다. Ⅱ부는 5장. 말하기의 기초, 6장. 말하기의 실제로 구성되었다.

대학의 수학(修學) 과정에서 읽기와 쓰기는 가장 긴요한 학습 수단이다. 읽기를 통해 습득한 지식은 쓰기와 말하기를 통해 구체화되고 확장되며, 글쓴이의 교양과 세계관의 일부로 자리잡게 된다. 이 교재는 그러한 과정의 출발점으로서 소논문, 서평, 자기소개서, 이메일, 프레젠테이션 등 대학 생활에 필요한 다양한 유형의 글쓰기와 말하기를 연습하고 그 기초를 습득하는 데 목표를 둔다. 이 교재를 바탕으로 진행되는 '논리적 사고와 글쓰기' 강좌를 통해 글쓰기와 말하기가 절차에 따라 수행하는 유용한 자기표현 수단임을 '체득'하기를 기대한다.

홍익대학교 세종캠퍼스 논리적 사고와 글쓰기 교재개발위원회

차례

II부. 말하기

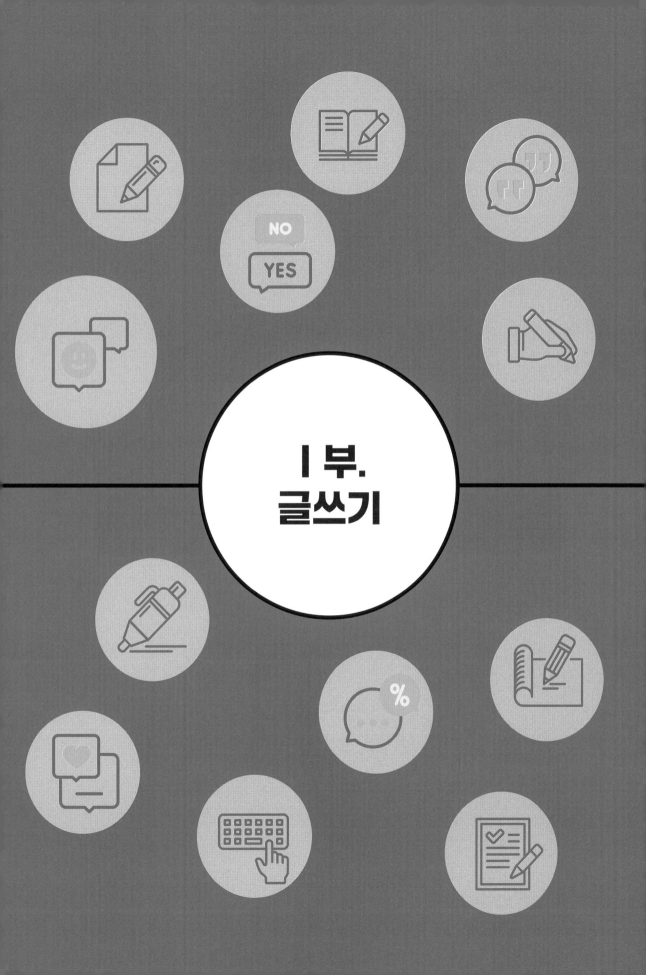

I 부.
글쓰기

1장

글쓰기의 기초

1절. 글쓰기와 글쓰기 습관

> **이론** 글쓰기의 의의와 중요성에 대해 파악하고, 좋은 글의 요건과 글을 잘 쓰기 위한 자세에 대해 안다.
>
> **실제** 평소 자신의 글쓰기에 대한 태도와 습관을 점검해 보고, 고쳐야 할 점을 분석해 본다.

1. 글쓰기의 의의

대학에 입학을 한 학생들이 글쓰기 과목을 대할 때의 반응들은 대체로 다음과 같다. 국어를 오랫동안 해 왔는데 왜 또 해야만 하냐는 것이다. 대부분의 사람들이 그렇듯 대학생들도 필요하다는 인식을 하지 못하면 어떤 일도 성의를 가지고 임하지 않는다. 그러므로 대학에서 글쓰기가 왜 필요할까에 대해 생각해야만 글쓰기에 대한 성의가 생길 것이다.

대학에서 글쓰기는 왜 중요하고 필요하다고 말하는 것일까?

_____

_____

_____

글쓰기는 말하기와 더불어 대표적인 의사소통 행위이다. 인간은 자신의 사상과 감정을 문자 언어를 통해 글로 정리하고 표현함으로써 다른 사람과 생각과 느낌을 공유한다. 이때 인간은 타인뿐만 아니라 자기 자신과도 내밀한 소통을 한다. 즉 인간은 글을 통해 자신에 대해 성찰하며, 이를 다른 사람과 관계를 맺는 도구로 활용하기도 한다. 비언어적 소통 방법이나 음성 언어를 통한 말하기에 비해 글은 좀 더 체계적으로 자신의 사상과 감정을 정리하고 타인에게 전달할 수 있다는 이점이 있다.

그런데 자기 자신의 사상과 감정을 드러내는 일임에도 불구하고 글을 쓰는 일에 대해 대부분의 사람들은 많은 부담을 느낀다. 머릿속에 떠오르는 생각을 글자로 그대로 옮긴다고 해서 한 편의 글이 되는 것은 아니기 때문이다. 누구라도 태어날 때부터 자유자재로 글을 쓸 수는 없다. 갓 말을 배우기 시작하는 어린아이가 두서없이 이런저런 단어들을 쏟아낸다고 해서 말하기를 제대로 한다고 보기 어려운 경우와 마찬가지다. 자신이 살고 있는 세계에 대한 깊은 이해와 수많은 경험을 통해 점차 정신적 성숙을 이루고 나아가 세련되고 효율적인 표현 방식을 습득해야 비로소 올바른 글쓰기에 도달할 수 있다.

오랜 역사에 걸쳐 글쓰기는 인간의 다양한 활동들 가운데 매우 중요한 위치를 차지해 왔다. 글을 짓는 능력에 따라 인재를 등용하던 조선 시대의 과거 제도를 굳이 예로 들지 않더라도 글은 한 사람의 인격과 교양의 정도를 가늠해 볼 수 있는 잣대이자, 인류 문화의 보존과 전달에 핵심적인 역할을 해온 매체로서 중요성을 지닌다.

글쓰기는 시나 소설 등을 창작하는 문학적 글쓰기만이 아니라 대학생이 학기 중에 써야 하는 보고서나 소논문, 그리고 기사문, 설명문, 칼럼 등과 같은 실용적 글쓰기 전반을 포함한다. 최근 고도의 기술정보 사회로 진입하면서 다양한 디지털 매체들이 생활의 일부로 편입되었으나 그렇다고 해서 글쓰기의 중요성이 퇴색한 것은 아니다. 오히려 근래 들어 글쓰기의 필요성은 다방면에서 더욱 부각되고 있다. 즉 인터넷을 중심으로 한 정보 통신 기술을 기반으로 하여 누구나 마음만 먹으면 자신의 콘텐츠를 대중과 공유할 수 있는 시대가 도래한 것이다. 각종 블로그나 카페, SNS, 온라인 언론 등이 발달함에 따라 글쓰기의 필요성과 기회는 더욱 확대되고 있다. 산재해 있는 다양한 정보들을 제대로 수집하고 선택하여 이를 구조화시키는 능력도 글쓰기 능력에서 기초하지 않으면 불가능한 일이다.

글쓰기는 자신의 사상과 감정을 정리하고 이를 통해 자기 자신에 대해 반성적 사유를 하며 나아가 사회와 관계를 맺는 데 필수불가결한 역할을 한다. 한 편의 글만 보아도 글쓴이의 가치관과 지적 능력, 정서적 소양의 정도 등을 한눈에 알아볼 수 있다. 따라서 체계적이고 올바른 문장과 정확하고 세련된 언어를 통해 자신의 사상과 감정을 표현하는 일은 매우 중요하다.

2. 나의 글쓰기 습관

한국 대학생의 글쓰기 실력이 낙제점이라는 진단은 어제 오늘의 일이 아니다. 요즘 대학생들이 올바르지 못한 문장이나 표현뿐 아니라 인터넷상에서 자주 쓰는 비속어나 은어, 기호 등을 자주 사용한다는 점도 문제로 지적된다. 무엇보다 정보의 '속도'에 익숙한 젊은 세대들의 글에 나타나는 비논리성과 사유의 빈약함은 우리 사회가 함께 고민하고 해결해 가야 할 문제이다.

대학에서의 학업에서 글쓰기가 차지하는 비중은 매우 크지만 대학생의 글쓰기에 대한 관심과 그 수준은 그리 높지 않은 것이 사실이다. 이러한 현상의 원인으로 여러 가지를 꼽을 수 있겠지만, 근본적으로 대학생들이 글쓰기에 대한 편견을 가지고 있다는 점을 지적하지 않을 수 없다. 그것은 오랜 시간 동안 국어를 학습해 왔기 때문에 글쓰기는 이미 충분히 잘한다는 근거 없는 자신감이거나, 글쓰기는 시나 소설과 같은 문학 창작을 의미한다는 오해이거나, 이공계나 예술계 학생은 글쓰기를 잘하지도 못하고 할 필요도 없다는 선입견이다.

━━━━━━━━━━━ **〈표 1.1〉 글쓰기 습관 점검표** ━━━━━━━━━━━

항목	①	②	③	④
① 매우 그렇지 않다 ② 그렇지 않다 ③ 그렇다 ④ 매우 그렇다				
1. 글쓰기가 귀찮거나 두렵다.				
2. 글쓰기는 문학 작품 창작이라고 생각한다.				
3. 글은 전문적인 사람만이 쓸 수 있다고 생각한다.				
4. 인문계 학생은 모두 글을 잘 쓴다고 생각한다.				
5. 이공계 학생은 수학만 잘 하면 된다고 생각한다.				
6. 예술계 학생은 전공 분야 실기만 잘 하면 된다고 생각한다.				
7. 항목으로 정리되지 않은 줄글은 안 읽는다.				
8. 독서는 소설작품을 읽는 것을 뜻한다고 생각한다.				
9. 긴 글을 읽는 것이 귀찮고 두렵다.				
10. 서적의 한 면이 글로만 채워져 있으면 읽기 싫다.				
11. 좋은 글을 쓰기 위해서 미사여구나 전문 용어를 사용한다.				
12. 일정한 분량을 채우는 글쓰기가 부담스럽다.				
13. 문장을 길게 써야 글의 분량이 채워진다고 생각한다.				
14. 문장과 문장이 잘 연결되지 않는다.				
15. sns나 블로그 운영은 글쓰기가 아니라고 생각한다.				
16. 표현하고 싶어도 자신이 없어 글쓰기를 포기한 적이 있다.				
17. 일기는 숙제로만 써보았다.				
18. 인터넷에 올라온 글에 댓글을 단 적이 있다.				
19. 글쓰기는 특별한 재능을 타고나야 한다고 생각한다.				
20. 글쓰기는 훈련이 필요 없다고 생각한다.				

앞의 〈표 1.1〉의 항목들을 통해 평소 자신의 글쓰기와 관련한 생활 태도와 습관을 점검해 보고, 고쳐야 할 점을 분석해 보자. 각 항목을 더한 총점이 60점 이상인 학생은, 이제껏 글쓰기에 대한 오해와 두려움 때문에 글쓰기를 소홀히 해 왔을 것이다. 앞으로 글쓰기의 중요성을 인식하고 이를 위하여 끊임없이 읽고 쓰는 노력을 기울여야 한다고 판단된다. 이때 글쓰기는 특별한 재능을 지녀야 할 수 있는 것이 아니라, 일정한 절차에 따라서 훈련을 거듭하다 보면 차츰 진보할 수 있는 분야라는 사실을 깨닫는 것이 무엇보다도 중요하다. 음악이든 미술이든 체육이든 어떤 분야를 막론하고 재능의 유무를 떠나서 일정한 경지에 이르기 위해서는 지루하리만치 반복되는 훈련을 반드시 거쳐야만 하듯이, 글쓰기 또한 연습과 훈련을 반복하다 보면 보통 이상의 수준에 이르게 될 수 있음을 믿고 따라야만 한다. 글쓰기는 분명 짧은 시간 동안 손쉽게 습득할 수 있는 기술이 아니다. 그러나 오랜 시간에 걸쳐 끊임없이 반복 연습하는 과정을 거치면 누구나 일정 수준 이상에 도달할 수 있는 영역이기도 하다.

2절. 좋은 글의 요건과 유의점

이론 좋은 글의 요건을 안다.
실제 좋은 글을 쓰기 위해서는 어떠한 점에 유의해야 하는지 생각해 본다.

1. 좋은 글의 요건

대부분의 학생들은 좋은 글을 쓰고 싶어 한다. 우선, 자신이 생각하는 좋은 글의 요건에 대해 써 보고 의견을 나눠 보자.

글의 갈래나 글쓰기의 목적 등에 따라 좋은 글의 요건이 달라질 수 있겠지만, 대체로 다음과 같은 요건들을 갖추었다면 좋은 글이라고 할 수 있다.

① 개성적이다.

표현의 자유가 확대되고 다양한 방식의 글쓰기가 가능해지면서 현대인은 의식하지 못하는 순간에도 많은 글을 쓰고 있다. 그런데 글쓰기 기회가 늘어난 만큼 좋지 못한 글이 많아지고 있는 것도 사실이다. 별다른 의견이나 주장이 없는 무가치한 글이나, 다른 사람이 이미 쓴 내용을 그대로 옮겨오는 표절에 가까운 글들이 넘쳐나게 된 것이다. 이러한 글들은 기본적으로 글쓴이의 개성이 결여된 것이다.

좋은 글은 우선 개성적이고 독창적이어야 한다. 독창적인 글이란 대상에 대해 새로운 관점으로 접근하거나, 면밀한 관찰과 사유를 통해 새로운 인식과 깨달음을 제시하거나, 비록 동일한 대상에 대해 썼다 할지라도 새로운 형식과 표현으로 대상을 기존과는 달리 드러낸 것을 말한다. 독창적인 글을 쓰려면 남의 글을 많이 읽어야 한다. 남의 글과 다른 글을 쓰기 위해서라도 남의 글이 어떤지를 알아야 할 것이 아닌가. 다른 사람이 쓴 글을 많이 찾아 읽는 행위는 개성 있는 글을 쓰기 위한 첫걸음이다.

② 내용이 목적과 주제에 맞는다.

모든 행위에는 목적이 있다. 글을 쓰는 일 또한 목적이 있으며, 글은 목적에 알맞은 내용과 형식으로 이루어져야 한다. 예컨대 상품 설명서와 같은 실용문은 상품에 대한 다양한 정보를 효과적으로 제시해야 좋은 글이라 할 수 있으며, 소설과 같은 문학 작품은 독자에게 감동과 깨달음을 언어의 묘미를 살려 전달해야 좋은 작품이라 할 수 있다. 그리고 주제는 한 편의 글을 통해서 독자에게 전달하고자 하는 중심 생각을 일컫는다. 글을 쓸 때에는 목적에 부합하는 알맞은 주제를 정하고 그에 따라 일관성 있고 통일성 있게 내용을 전개해야 한다.

③ 문장이 간결하다.

장황한 글은 좋은 글이 아니다. 아무리 많은 지식과 정보를 갖고 있더라도 그것을 조리 있게 전달하지 못한다면 쓸모가 없다. 미사여구로 치장한 화려한 문장은 글의 요점을 흐리게 할 뿐만 아니라 진실한 글이 되기도 어렵다. 겉으로 그럴듯해 보이는 것에 신경을 쓰기보다는 내용에 충실하면서도 정확하게 글을 전개하는 것이 바람직하다. 문장 하나하나뿐만 아니라 문장들 사이의 호응 관계를 잘 따져, 되도록 간결하고 정확한 글을 써야 독자에게 호소력도 가진 글이 될 수 있다.

④ 표현이 쉽고 분명하다.

글의 근본 목적은 의사소통에 있다. 독자가 글의 내용을 이해할 수 없다면 의미 없는 글이 된다. 따라서 글은 그 의미가 분명해야 하며 이를 독자에게 명확히 전하기 위해서는 글이 지나치게 어렵지 않아야 한다. 그렇다고 해서 전문적인 용어라든지 아직은 생소한 단어나 표현을 절대 쓰면 안 된다는 뜻은 아니다. 글이 어렵지 않아야 한다는 말의 의미는 불필요한 난해함으로 독자를 혼란스럽게 해서는 안 된다는 것이다. 비록 전문가의 글이 아니라 할지라도 용어를 부정확하게 사용하거나 쓰지 않아도 될 내용을 쓴다면 결코 좋은 글이라 할 수 없다. 적절한 번역어가 엄연히 있는데도 외국어를 남발하거나, 여러 가지 뜻으로 해석될 여지가 있는 애매모호한 문장을 쓰는 일도 주의해야 한다.

2. 좋은 글을 쓰기 위한 유의점

앞 절에서 좋은 글의 요건을 살펴보았다. 그러나 좋은 글이 갖추어야 할 요건을 안다고 좋은 글을 쓸 수 있는 것은 아니다. 좋은 글의 요건에 너무 얽매이다 보면 오히려 좋은 글을 써야 한다는 강박관념에 사로잡히게 될 우려도 있다. 이러한 우를 범하지 않기 위해서는 다음과 같은 점에 유의해야 할 것이다.

① 작문이 특별한 재능을 필요로 한다는 생각을 버려야 한다.

생각을 있는 그대로 적는 것은 좋은 글쓰기라고 할 수 없다. 글은 특별한 재능이 있는 사람만이 쓸 수 있는 것이 아니다. 오히려 타고난 재능보다는 꾸준히 노력하는 자세야말로 좋은 글쓰기를 할 수 있는 중요한 자질이다. 따라서 글쓰기를 전문적인 작가나 문재(文才)가 있는 사람의 전유물이라고 생각해서는 안 된다. 앞에서 개성적인 글은 남의 글을 많이 읽어본 사람이 쓸 수 있는 글이라고 설명했다. 만약 글쓰기에 재능이 있다면 그것은 다른 사람의 글을 찾아 읽고 꾸준히 연습하는, 글쓰기에 대한 '성실함'이라고 할 수 있을 것이다.

② 평소 주변을 유심히 살펴야 한다.

좋은 글을 쓰기 위해서는 대상을 면밀히 관찰하는 노력이 필요하다. 이를 위해 평소 주변에서 일어나는 여러 가지 일들을 꼼꼼히 그리고 주의 깊게 살펴보는 습관을 가져야 한다. 일상생활에서 흔히 접하는 사물이나 현상이라 할지라도 그 본질이나 이치 등을 따져 보는 연습을 자주 행한 사람은 글을 쓸 때 연습의 효과를 톡톡히 볼 수 있을 것이다. 신문이나 뉴스의 기사거리나 사설 등을 꼼꼼히 챙겨 읽거나 듣는 것도 주변을 면밀히 관찰하는 일에 다름 아니다. 또한 단순한 관찰에 그치지 말고 간단하게라도 메모를 해 둔다면 실제 글쓰기에서 많은 도움을 받을 수 있다.

③ 설계도를 잘 만들어야 한다.

훌륭한 글을 쓸 수 있는 자질을 가진 사람이라 할지라도 구체적인 계획 없이 작성한 글은 두서가 없기 마련이다. 훌륭한 목수라 하더라도 치밀한 설계를 거치지 않고 집을 짓는다면 부실한 공사를 할 수밖에 없는 이치와 같다. 따라서 머릿속에서의 구상은 물론이거니와 이와 관련한 구체적인 세부 내용을 가시화하여 계획을 세워야 한다. 그 설계도에 해당하는 것이 바로 개요인데, 이는 글이 완성될 수 있도록 만드는 중요한 초석이다.

④ 머뭇거리지 말고 시작해야 한다.

글은 첫 줄이 중요하다. 글의 첫머리는 인간관계에 있어 첫인상과 같다. 그렇지만 첫인상이 중요하다고 해서 이에 너무 집착하거나 머뭇거린다면 글쓰기 자체가 아예 불가능해 질 것이다. '시작이 반'이라는 속담은 글쓰기에서도 그대로 적용될 수 있다. 나중에 다시 바로잡더라도 용기를 내어 글을 써나가기 시작한다면 글쓰기에 대한 두려움에서 차츰 벗어날 수 있을 것이며 글쓰기의 습관 또한 자연스럽게 익혀갈 수 있을 것이다.

⑤ 고쳐쓰기에 주력해야 한다.

많은 학생들의 경우 글을 쓰고 난 후에 고쳐쓰기 과정을 생략하거나 비중을 많이 두지 않는 것을 볼 수 있다. 글을 쓰다 보면 오랜 시간을 들여 여러 과정을 거치면서 작성했기 때문에 그저 빨리 마무리하고 싶겠지만, 마지막까지 신중하게 자신의 글을 꼼꼼히 검토할 수 있어야 좋은 글의 주인이 될 수 있다.

2장

글쓰기의 절차

1절. 글쓰기의 단계

이론	글쓰기의 단계를 안다.
실제	글쓰기의 단계를 구체적으로 알아본다.

사람들은 대체로 처음 가는 길을 갈 때 실제 걸리는 시간보다 더 오래 걸린다고 느낀다. 그런데 목적지가 어디이며 시간이 얼마나 걸리는지를 미리 알고 가면 같은 거리라도 시간이 덜 걸린다고 느낀다고 한다. 사실 익숙한 길을 가면 실제로도 시간이 단축된다. 여러 번 가 보았기 때문에 찾아 헤매는 시간이 단축되기 때문이다. 이렇듯 어떻게 가는지 과정을 알고 가면 낯선 길에 대한 두려움도 없어지고 그 익숙함으로 인해 시간도 단축할 수 있다. 글쓰기를 하는 사람도 길을 떠나는 여행객과 마찬가지이다. 대부분 글쓰기에 대해 두려움을 갖고 있는 학생들은 어떻게 길을 가야하는지 모르는 여행자와 같다. 낯선 길을 떠나는 여행객에게 가장 필요한 것은 지도와 나침반일 것이다. 경로를 알고 가면 두려움이 사라지는 것은 당연한 이치이다.

글쓰기의 단계	
1. 글의 목적과 유형 파악하기	
2. 예상 독자 파악하기	글을 쓰기 전 준비 단계
3. 주제 찾기	
4. 자료 찾기	
5. 개요 작성하기	글을 직접 쓰는 단계
6. 초고쓰기	
7. 퇴고하기(고쳐쓰기)	글 쓴 후의 단계

글쓰기의 과정에 대해 구체적으로 생각해 보지 않은 학생이라면 위의 표를 보고 의아함을 느낄지도 모른다. 많은 경우 글을 직접 쓰는 단계를 글쓰기의 전부 또는 대부분이라고 생각하기 때문이다. 그러나 준비 단계야 말로 제대로 된 글을 쓰기 위해서 꼭 필요한 과정이다. 글쓰기의 단계에서 준비 단계가 전체의 절반에 가까운 비중을 차지하고 있는 것을 표를 통해 확인할 수 있다. 그러므로 글쓰기를 준비한다는 것이 하얀 종이나 컴퓨터의 빈 화면을 대책 없이 쳐다보는 일이라고 생각하는 것으로부터 벗어나도록 하자. 준비가 철저해야 글을 잘 쓸 수 있다.

<表 2.2> 글의 성격과 유형 점검표

과제로서의 글의 성격과 유형 파악하기	
글의 목적은 무엇인가	

글쓰기의 대상은 무엇인가	
글쓰기의 방법은 무엇인가 (논증, 설명, 분석, 비교, 정리, 평가 등)	
글의 분량은 얼마나 되어야 하는가	
과제의 제한 시간은 언제까지인가	

좋은 글을 쓰기 위해서 우선 글의 목적과 유형을 파악해야 한다. 대학에서 쓰는 글쓰기 과제의 대부분은 교수자가 요구하는 것이다. 그러므로 교수자가 요구하는 과제의 성격을 정확히 파악해야 한다. 글쓰기 과제를 왜 하는 것인지, 글을 쓸 때 어떤 과정을 거쳐야 하는지, 마감일이 언제인지, 과제의 범위는 어떠한지, 그리고 과제가 달성해야 할 목적은 무엇인지를 파악해야 한다. 특정 문제의 답을 찾아야 하는지, 현상을 분석해야 하는지, 대상의 개념에 대해 조사하여 설명해야 하는지 등에 대해 꼼꼼하게 짚어봐야 한다.

다음으로 예상 독자를 설정하고 고려해야 한다. 글의 성격이나 내용은 어떤 독자를 상정하고 쓰느냐에 달라진다. 독자의 요구사항을 정확하게 분석하고 글을 쓰는 것은 논의를 펼치기 위한 기본 전제에 속한다.

<표 2.3> 독자 분석 점검표

독자의 요구 사항 파악하기	
나의 글을 읽을 이는 누구인가	
독자가 나의 글을 읽으려는 이유는 무엇인가	
독자의 지적 수준은 어떠한가	
독자는 어떠한 형식과 표현으로 소통할 수 있는가	

대학에서 글쓰기의 독자는 대체로 과제를 담당하는 교수자와 글 쓰는 이와 함께 강의를 수강하는 학우들이 될 것이다. 이들이 나의 글을 읽는 독자라고 전제하고 독자가 어떤 점을 가장 중요하게 생각하고 글을 평가할 것인지에 주의를 기울여야 한다.

글의 성격과 유형을 파악하고, 나의 글을 읽을 독자에 대해 분석한 결과를 바탕으로 과제의 주제를 찾고 자료를 찾아 정리하고 글의 개요를 작성하도록 한다. 이러한 순서대로 글쓰기를 진행한다면 초고를 쓰는 것이 한결 쉬워질 것이다. 초고를 쓴 후에 퇴고의 과정이 있으므로 초고 단계에서의 글의 완성도에 대해서는 지나치게 염려하지 않아도 된다. 퇴고하기는 글의 완성도를 높일 수 있는 가장 중요한 단계이다. 여러 번에 걸쳐 퇴고를 하면 글의 문제점이 점차적으로 해결되고 자연스럽게 완성도가 높아진다.

2절. 주제 설정하기

이론 주제의 개념과 주제 정하는 방법을 안다.
실제 글의 갈래와 목적, 의도에 따라 주제를 정하거나 주어진 글에서 주제를 찾아본다.

1. 주제 설정의 의의와 유의점

글쓰기의 첫 단계이자 핵심적인 단계는 쓸 내용, 즉 주제를 정하는 것이다. '주제'란 한 편의 글에서 글쓴이가 나타내고자 하는 중심 생각을 말한다. 주제가 명백하게 정해져 있지 않으면 글이 불분명하고 산만해지기 쉽다. 만약 주제를 설정하지 못한다면 글쓰기를 시작할 수 없다. 글쓰기 과제가 주어졌을 때 무엇을 써야 할지 막막하다면 그것은 바로 적절한 주제를 찾지 못한 데에 연유한다. 주어진 분량을 무엇으로 채워야 하나 고민하다 보면 글쓰기가 고통스러워지고 회피하고 싶은 마음이 생기기 쉽다. 따라서 자신이 쓰고자 하는 글의 '주제'를 처음부터 뚜렷하게 정할 필요가 있다. 주제는 다음과 같은 점에 유의해서 정해야 한다.

① 잘 알고 있는 내용이어야 한다.

쓰고자 하는 주제에 대하여 잘 알고 있어야 목적에 맞는 글을 쓸 수 있다. 그러므로 가능한 한 자신에게 익숙하며, 필요한 자료를 능숙하게 수집할 수 있는 주제를 선정하는 것이 중요하다. 만약 잘 모르는 내용을 과제로 부여받거나 부득이 익숙하지 않은 주제를 선택해야 한다면 주제에 대해 치밀하게 조사하고 충분히 연구해 두는 것이 좋다.

② 범위가 구체적이고 명확해야 한다.

쓰려고 하는 주제의 범위가 명확하지 않고 추상적이거나 모호한 경우에는 글의 논점이 흐려지기 쉽고 말하고자 하는 내용을 제대로 전달하기 어렵다. 글을 쓰는 사람의 관점이 선명하거나 주제의 범주가 뚜렷할수록 구체적이고 명확한 글을 쓸 수 있다. 예를 들어 '영화'에 대해서 쓰는 것보다는 '코미디 영화의 배우 아담 샌들러'라고 주제를 한정하여 쓰는 것이 훨씬 구체적이고 글쓰기에 용이하다. 그러므로 주제를 정할 때에는 될 수 있는 대로 범위를 좁혀서 정하는 것이 좋다.

③ 공감과 흥미를 불러일으키는 것이어야 한다.

글은 많은 사람이 읽고 공감을 느끼거나 흥미를 느낄 수 있어야 한다. 새로운 이론을 제시하거나 다른 사람들이 전혀 알지 못하는 내용을 쓰는 경우라도 공감과 흥미를 불러일으키지 못하면 좋은 글이라고 하기 어려우며, 자칫 독선적인 글이 되기 쉽다.

④ 참신하고 개성적인 것이어야 한다.

글의 주제는 새로운 내용을 담고 있거나 개성적인 관점을 제시하는 것이 좋다. 기존에 이미 많이 다루었던 상투적인 주제는 다른 사람의 관심을 불러일으키지 못할 뿐 아니라 의미 없는 글이 되어 그 글을 쓰고 읽는 모든 행위가 소모적인 것이 되기 쉽다. 참신한 내용을 담거나 새로운 관점을 제시하는 주제를 선정하는 일은 좋은 글을 쓰는 출발점이다.

앞서 좋은 글은 개성적인 글이라고 말하였다. 개성적이라는 것은 남들과 다른 자신만의 특별함이 있다는 것이다. 다른 사람과는 다른 독특한 사고가 발현한 글이야말로 많은 이들의 흥미를 불러일으킬 뿐만 아니라 글의 가치를 높인다. 많은 사람들이 '창의적'이라는 것을 어렵게 생각한다. 창의적이라는 것은 무에서 유를 창조한다는 것이 아니라, 새롭게 생각한다는 것이며, 새롭다는 것은 남들과 다르다는 것이다. 그리고 기존의 것들에 대한 지식과 정보를 가지고 있어야만 무엇이 새로운 것인지 알 수 있고 따라서 새롭게 생각할 수 있다.

창의적 사고를 기르기 위해서는 익숙한 사물을 새롭게 바라보기, 거꾸로 생각해 보기, 눈에 보이는 사물을 통해 보이지 않는 다른 것을 연상하기, 상상하기, 브레인스토밍(Brainstorming) 등과 같은 방법이 유용하다.

그런데 창의적인 글을 쓰는 데도 논리적인 사고가 필요하다. 창의적인 발상이 떠올랐다고 하더라도 이를 체계적으로 구조화시키는 것은 논리적 사고가 주도하기 때문이다. 논리가 부족한 글은 전체적인 내용 파악이 어렵고 산만하여 글이 담고 있는 내용이나 필자의 의도를 정확히 전달하는 데 실패하게 된다. 논리적인 사고를 기르기 위해서는 인과 관계 파악하기, 핵심용어 정리하기, 요약하기, 유사한 것끼리 묶어 생각하거나 나누어 생각하기, 논거를 들거나 추출하기 등과 같은 사고 훈련이 유용하다.

※ 자신이 쓸 글의 주제를 찾기 위해서는 자신이 잘 알고 쉽게 접근할 수 있는 대상에서부터 출발하는 것이 좋다. 자신이 무엇에 대해 관심이 있는지를 알아보기 위해 자신의 뇌 구조를 그려 보자. 예를 들어 책, 영화, 만화, 게임, 광고, 유행, 드라마, TV프로그램, 전시회, 시사적 이슈, 대학 생활 등을 핵심어로 하여 그린 다음, 가장 큰 부분을 차지한 영역이 비슷한 사람들이 모여 주제를 설정, 심화할 수 있다.

<예시>

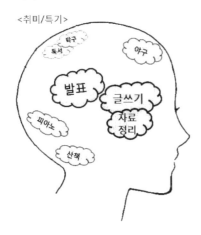

<나의 뇌 구조>

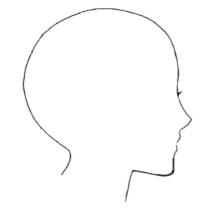
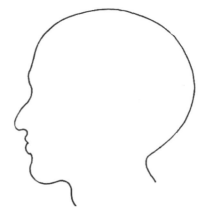

2. 주제 설정 절차

'주제'는 흔히 두 가지 의미로 쓰인다. 첫째는 '소재' 또는 '대상'이라는 뜻으로서 '화제(topic)'와도 상통하는 '주제(subject)'이다. 예를 들어서 "아이돌 가수를 주제로 글을 써 보자."라고 한다면 이때의 '주제'는 '대상' 또는 '소재'로서의 주제이다.

이렇게 소재로서의 주제가 주어진다 하더라도 쓸 내용이 정해진 것은 아니다. 글에 담게 될 구체적인 내용을 정해야 한다. 이 단계에서 자유연상, 브레인스토밍, 목록 작성하기 등의 방법을 통해 자신의 생각을 정리하게 된다. 가장 손쉬운 방법은 브레인스토밍을 해 보면서 생각나는 대로 단어를 적어 보는 것이다. 브레인스토밍을 할 때에는 아이디어가 거칠어도 무방하며, 아이디어는 그 수가 많을수록 좋다.

아이돌 개념	가창력	가수
외모	춤	아티스트
연습생	기획사	팬픽
운동 신경	성형수술	예능 출연
비정규직	연기	스캔들

위에서 보듯이 '아이돌 가수'에 대해 떠올릴 수 있는 내용은 수없이 많다. 이 모든 내용을 활용하여 글을 쓴다면 짧은 글이 아닌 방대한 저서가 되고 말 것이다. 다시 말해 대학생이 과제로서 쓸 수 있는 수준을 벗어나는 글이 된다. 만약 대학생이 쓸 만한 분량과 수준의 글에 이 모든 내용을 담는다면 지나치게 범위가 넓어서 매우 피상적이고 일반적인 글, 다시 말해 누구나 아는 상식 수준의 내용만 열거하는 글이 될 것이다. 여기서 '주제'의 두 번째 의미를 짚어 볼 필요가 있다. 상식 수준을 넘어서 보다 깊이 있는 논의가 이루어지는 글을 쓰기 위해서는 글쓴이의 가치 판단이나 주장이 담긴 '주제(theme)'를 찾아야 하는 것이다.

진정한 의미의 주제를 정하기 위해서는 우선 화제의 범위를 한정해야 한다. 브레인 스토밍에서 주제를 한정하는 방법은 두 가지이다. 하나는 여러 번 반복되어 나오는 유사한 범주의 단어들을 고르는 방법, 또 하나는 독립적이면서 호기심을 불러일으키는 새로운 단어를 고르는 방법이다. 글쓴이의 문제의식이 포함된 한정된 화제를 '가주제'라고 한다. 가령, 앞서 제시하였던 '아이돌 가수'가 막연한 주제였다면, 브레인 스토밍을 한 단어들 중에서 특정한 단어를 선택해 '아이돌 가수'를 한정해 주면 가주제가 된다. 예를 들어 '아이돌 가수'와 '가창력' 두 단어에는 모두 '가(歌)' 곧 '노래'라는 요소가 들어있다. 이를 조합한 '아이돌 가수의 가창력'은 보다 구체화된 '가주제'라고 할 수 있다. 한편 '외모'와 '성형수술'은 후자가 전자의 변화를 목표로 한다는 점에서 공통적인 요소가 있다. 이들을 조합한 '아이돌 가수의 외모와 성형수술' 또한 더 구체화된 가주제이다. '아이돌 가수'에 대한 글을 쓰는 일은 막연하지만, '아이돌 가수의 가창력', '아이돌 가수의 외모와 성형수술' 등으로 범위가 좁혀진 주제에 대해 의견을 제시하며 글을 쓰는 것은 훨씬 쉽다. 이와 같이 '가주제'는 주제의 범위를 좁히거나 구체화함으로써 글쓰기의 방향을 분명하게 잡아주는 역할을 한다.

그런데 '가주제'가 분명 글의 핵심적 내용이나 문제의식을 담고 있기는 하나, 여전히 글쓴이의 주장을 담아내기에는 모호한 면이 있다. 따라서 가주제가 정해진 후에는 초점이 명확하여 어떤 문제에 관한 하나의 주장이나 관점이 집약된 더 한정된 주제를 찾아야 하는데, 이를 '참주제'라고 한다. 대상으로서의 주제(subject)가 아니라 주장을 포함한 진정한 주제(theme)는 바로 이 '참주제'를 지칭한다.

흔히 '모든 글에는 주제가 있다.'라고 할 때의 '주제'는 곧 '참주제'이며, 이는 글쓴이의 주된 생각 또는 주장을 의미한다. '참주제'는 글쓴이의 가치 판단이나 주장을 드러내는 내용을 포함해야 하는 것이다. 따라서 참주제를 정하고자 할 때에는 주제와 관련한 자신의 태도를 점검하고 생각을 정리해야 한다. 이때 '가주제'를 '참주제'로 수렴하기 위해서 '가주제'를 여러 맥락에 배치해 보는 전략이 필요하다.

맥락이란 대상들의 관계나 연관을 말한다. 특정한 대상을 목적과 방향에 맞춰 연관지어 보는 것이 맥락화이다. 이렇게 조합하면 자신이 생각하고자 하는 문제적 대상이 새롭게 생성된다. 예를 들어 '교실'이라는 화제로 브레인스토밍을 하여 나온 여러 단어 중에서 '분필'은 수업 상황이라는 맥락에서 학생에게 그 가치를 물어보면, '강의할 때의 필기도구'라는 의미를 갖게 되지만, '분필'을 마당에서 노는 아이들에게 주면, '분필'은 땅에 금을 긋기 위해 존재하는 도구가 된다. 맥락, 상황에 따라 같은 도구도 그 의미가 달라진다. 이처럼 같은 화제도 글쓴이가 부여하고자 하는 가치에 따라 방향과 목적이 달리 설정된다.

글쓰기의 대상이 되는 '주제'를 가치 판단이 포함된 '참주제'로 만들기 위해 다양한 상황을 고려하는 것이 '맥락화'이다. 맥락화의 방법은 다양하지만 대체로 다음과 같다.

<표 2.4> 다양한 맥락화 방법

1. 시간적 유형(언제)	___은 _에 발생했는데 그 이후의 변화는 ____다.
2. 공간적 유형(어디)	___(지역)에서의 __의 의미는 ___다.
3. 정체성 유형(아이덴티티)	___에게 ___가 갖는 역할(의미)은 ___다.
4. 찬반 유형	_은 ____점에서___다. (긍정/부정, 찬성/반대)
5. 비교와 대조 유형	_ 과 _ 은 _ 면에서 ____다.(동일/차이)
6. 원인과 결과 유형	___때문에 __에 ___ 와/과 같은 결과가 발생한다.
7. 문제와 해결 유형	__은 ___한 문제가 있는데 해결책은 __ 다.

예를 들어 찬반 유형에 '아이돌 가수의 가창력'을 배치하면, '아이돌 가수의 가창력은 중요하다'라는 입장과 '아이돌 가수에게 가창력은 중요하지 않다'라는 입장이 존재할 수 있다. 또 다른 예로, '아이돌 가수의 성형수술'을 '미국·일본의 아이돌 가수'와 함께 배치한다면 이는 '공간적 유형'과 '비교와 대조 유형'을 혼합하여 주제를 심화하고 있다고 할 수 있다. 가주제에 대한 글쓴이의 생각, 즉 가주제에 맥락을 부여한 필

자의 입장 또는 의견이 참주제가 되는 것이다.

가주제에 여러 가지 상황이나 맥락을 부여하는 방법은 이외에도 더 많다. 여러 가지 관점으로 가주제에 대해 생각을 하여 보는 연습을 하면 주제의 문제의식은 심화된다. 이렇게 심화된 가주제를 바탕으로 앞에 제시된 가주제 '아이돌 가수의 가창력'은 다시 '엠아르(MR) 제거 음원이 아이돌 가수의 가창력에 미치는 영향'이라는 '참주제'로 수렴된다. 이처럼 참주제에서는 글을 쓰는 사람의 생각이 매우 구체적으로 나타난다.

<표 2.5> 화제, 가주제, 참주제

화제 (구체화)	→	가주제 (맥락 배치, 가치 부여)	→	참주제
아이돌 가수	→	아이돌 가수의 가창력	→	MR을 제거한 음원이 아이돌 가수의 가창력에 미치는 영향

※ 다음을 소재로 글을 쓰고자 한다. 가주제, 참주제를 작성해 보자.

화제	→	가주제	→	참주제	맥락유형
대학 생활	→	대학 동아리	→	대학 동아리의 역할	주체적 유형
스마트폰	→		→		
유행	→	유행어	→		
영화	→	영화의 영웅 아이언맨	→	<아이언맨>의 인기 요인	
웹툰	→		→		
예능	→	먹방 예능	→		
우리 조의 화제		우리 조의 가주제		우리 조의 참주제	사용한 맥락 유형

3. 주제문 작성하기

참주제가 정해지면 주제문을 작성하는 것이 좋다. 참주제는 그대로 제목으로 삼아도 무방하다. 어떠한 맥락으로 의견을 진행할지를 잘 전달할 수 있기 때문이다. 그런데 참주제는 제목이 될 수는 있어도 주제문이 될 수는 없다. 주제문은 주어와 술어가 완전히 갖추어진 명제 형식의 문장을 말한다. 주제문이 구체적이고 명확할수록 글쓴이는 생각이나 태도를 제대로 드러낼 수 있다. '인터넷을 통한 대학생들의 정치 참여는 민주주의 발전을 돕는다.', '법적 기준이 모호한 안락사는 생명 경시 풍조를 낳을 수 있다.', '진정한 가수는 가창력이라는 조건을 갖추어야 한다.'와 같이 글의 구체적인 전개 방향과 대상에 대한 필자의 태도를 드러내어 글 전체의 윤곽을 보여주어야 한다. 주제문을 작성할 때에는 다음과 같은 점에 유의하여야 한다.

① 완전한 문장으로 나타내야 한다.

주제문은 표현하려고 하는 참주제를 문장으로 나타낸 것이다. 즉 주어부와 서술부를 완전히 갖추어야만 한다. 주제를 완결된 문장으로 서술함으로써 글을 쓰는 사람의 의견이나 신념을 더욱 명확히 전달할 수 있다.

② 의문문이나 비유적인 문장으로 나타내지 않아야 한다.

주제문은 비유적이지 않은 평서문으로 써야 한다. 의문문으로 표현된 문장은 글쓴이의 확신을 보여주기 어렵다. 또한 의문문이나 비유적인 문장은 읽는 이로 하여금 여러 가지 중의적 해석을 가능하게 한다. 이와 더불어 '-가 아니다'와 같은 부정문도 근거 없이 기술된 경우 글쓴이의 진의를 알기 어려우므로 지양해야 한다.

③ 참신한 문장으로 나타내야 한다.

주제와 주제문은 그 글을 읽는 사람들의 호기심을 불러일으키는 중요한 요소이다. 주제문이 독자의 시선을 모으기 위해서는 상투적이지 않은 참신한 문장, 새로운 기대를 불러일으키는 개성적인 문장으로 작성되어야 한다. 주어부의 참주제가 술어부에서 구체화되어 있는 새로운 문장일수록 독자의 호기심을 불러일으킨다.

④ 화제에 근거가 제시되어 있어야 한다.

주제문은 핵심어를 중심으로 작성해야만 논지를 분명하게 드러낼 수 있다. 두 개이상의 화제를 주제문으로 작성할 경우 글의 일관성을 놓치기 쉬우며 포괄적으로 흐를 수 있어 글쓴이의 의도를 정확히 드러내기 어렵다. 또한 의견을 단순히 제시하는 것이 아니라, 근거를 제시해서 하나의 문장으로도 독자가 주장과 주장의 근거를 충분히 인지할 수 있도록 해야 한다.

<표 2.6> 참주제, 주제문

대상(참주제)=제목	의견
아이언맨의 인기요인	현실을 반영한 배경 고뇌하는 영웅
주제문(대상에 대한 필자의 견해를 문장으로 표현)	

<아이언맨>이 인기 있는 이유는 현실을 반영한 배경을 바탕으로 영웅이 고뇌하는 모습에 대중이 공감하였기 때문이다. (주어-근거-서술어)

연습

1. 다음 주제문을 위의 유의사항에 비추어 그 적합성을 평가해 보자.

주제문	평가하기	
대학생 술 문화 이대로 괜찮은가?	화제가 명시되어 있는가	○
	대상에 대한 글쓴이의 의견이 있는가	×
	주제문의 조건을 갖추었는가	×
뽀로로와 문화 컨텐츠 사업의 가능성	화제가 명시되어 있는가	
	대상에 대한 글쓴이의 의견이 있는가	
	주제문의 조건을 갖추었는가	
사랑은 유리 같은 것이다.	화제가 명시되어 있는가	
	대상에 대한 글쓴이의 의견이 있는가	
	주제문의 조건을 갖추었는가	
웹툰이란 무엇인가?	화제가 명시되어 있는가	
	대상에 대한 글쓴이의 의견이 있는가	
	주제문의 조건을 갖추었는가	
비정규 5년 계약은 해법이 아니다.	화제가 명시되어 있는가	
	대상에 대한 글쓴이의 의견이 있는가	
	주제문의 조건을 갖추었는가	

2. 다음의 주어진 글을 읽고 글의 주제문을 적어 보자.

    대한민국은 전 세계 유일의 분단국가로 휴전선을 사이에 두고 아직도 대치 중이다. 1995년 김영삼 정부를 시작으로 김대중, 노무현 정부를 거쳐 남한은 북한에 물품, 자금 지원을 계속해 왔다. 이제 민간 차원에서의 지원도 활성화되어 통일부 보도 자료에 의하면 누적 지원 액수가 8조 원에 가깝다고 한다. 하지만 과연 이 어마어마한 액수를 지원할 정도의 가치가 있는지, 효과는 있는지를 두고 우리는 대북 지원에 대해 다시 한 번 생각해 볼 필요가 있다.

    인도적 차원에서 그들에게 지원이 필요한 것은 사실이다. 하지만 지원이 필요한 건 그들만이 아니다. 남한의 지원 내역은 2007년 기준, 민간 차원을 포함해 총 4,700억 원, 쌀만 약 40만 톤 이상이다. 반면 한국 사회에서 밥을 굶는 기초수급자와 차상위 계층은 250만 명 가량으로 식사와 기초생활을 보장하기 위해서는 약 30~50만 톤의 쌀을 포함, 6,000억 원 정도의 비용이 필요하다. 대북 지원 금액과 비슷한 규모다. 같은 비용의 쓰임에 있어 당연히 우리 국민들이 우선되어야 한다. 매년 남는 쌀의 보관비용으로 660억 원이 든다고 한다. '어차피 남는 쌀을 북한에 보내는 것이다.'라고 말하는 이들이 과연 소외계층의 눈앞에서 '어차피 남는 쌀'이라고 말할 수 있을까.

—학생 글

3절. 자료 찾기

이론	자료를 수집하고 검토, 정리하는 방법을 안다.
실제	주어진 주제에 맞추어 알맞은 소재를 찾고 이를 검토하고 정리할 수 있다.

1. 자료 찾기와 유의점

구체적인 주제를 확정하고 주제문을 정리하였다면 이에 알맞은 자료를 고르고 이를 검토해야 한다. 인터넷의 광범위한 활용은 글의 자료를 찾는 데 많은 도움을 준다. 인터넷 검색을 통해 도서관 혹은 현장에 가기 위해 먼 거리를 이동해야 하는 수고를 덜 수 있다.

주제와 관련된 일반적인 정보를 검색하기 위해서 네이버(www.naver.com), 다음(www.daum.net)과 같은 국내 포털 사이트나 구글(www.google.com)과 같은 해외 포털 사이트를 이용할 수 있다.

보다 전문적이고 학술적인 정보는 국립중앙도서관(www.nl.go.kr)이나 국회도서관(www.nanet.go.kr), 국가전자도서관(www.dlibrary.go.kr), 한국교육학술정보원(www.riss4u.net), 그 외의 대학 도서관 사이트의 국내 원문 정보 검색(KISS), DBpia를 통해 얻을 수 있다. 일반 서적은 물론 e-book, pdf 형태의 논문 자료 또한 손쉽게 활용할 수 있다. 요즘은 가까운 공공도서관에서도 국립중앙도서관이나 국회도서관에 접속하여 원문 검색과 자료 복사를 할 수 있어 편리하다.

자료들이 모이면 서로 관련이 있는 자료들끼리 묶어 글의 전개 방향에 따라 배치하여 활용한다. 자료는 다양하고 많을수록 좋다. 폭넓은 시각으로 다양한 자료를 모으면 미처 알지 못했던 새로운 사실을 발견하는 경우도 있어, 새로운 관점에서 문제를 설정하고 해결하는 데 도움을 줄 수도 있다. 글의 자료를 찾을 때에는 다음과 같은 점에 유의하여야 한다.

① 출처가 분명하고 객관적이어야 한다.

우리는 인터넷을 통해 쉽고 빠르게 글감에 관한 정보를 찾아낼 수 있는 편리한 환경 속에 있지만 확인되지 않은 무분별한 정보가 더욱 많아진 것 또한 사실이다. 위키피디아, 또는 지식in과 같이 다중(多衆)이 참여하여 온라인에서 형성한 정보는 출처가 불분명하거나 내용이 정확하지 않은 경우가 많으므로 자료로 사용하기에 부적합하다. 출처를 명시하지 않은 자료의 인용과 활용은 글의 신뢰도를 떨어뜨릴 수 있으므로 반드시 이를 식별하는 올바른 안목과 지식을 갖추어야 한다. 채택된 자료는 출처를 정확히 기재해 두어야 한다.

② 다양한 자료를 될 수 있는 대로 많이 찾아내어야 한다.

주제에 관련된 자료나 지식이 많을수록 설득력 있는 글을 쓰는 데 유익하다. 폭넓은 자료의 수집은 주제를 선명하게 드러내는 데 도움을 줄 뿐만 아니라 목록을 잘 작성해 둔다면 이후 같은 주제, 다른 관점의 글을 쓰는 데에도 도움이 된다.

그리고 쓰려고 하는 자료의 분량이 A4 용지 3~5쪽 분량이면 학술논문이나 연구소의 보고서 중에서 자료를 찾는 것이 좋다. 80~100쪽 분량의 석·박사 학위논문보다는 A4 용지 13~15쪽 분량의 학술논문이 자료로서의 접근성과 활용도가 높다는 것이다. 자료의 분량이 적당하고 내용이 참주제와 비슷한 자료를 선택하여 참고하면 글을 쓸 때 더 효율적이다. 참고한 자료는 본문에서 인용하지 않았더라도 반드시 참고문헌에 표기하여야 한다.

③ 주제와 관련이 없거나 주제에서 벗어난 것을 배제하고, 부족한 부분을 보강한다.

수집된 자료는 주제와 관련이 깊은 것과 그렇지 않은 것으로 구분하여 주제와 관련 있는 것만 선택하고, 선택된 자료는 다시 중요한 자료와 그렇지 않은 것으로 구분한다. 수집된 자료를 전체적으로 점검한 후에 부족한 자료를 새로이 보강해야 한다.

2. 자료 정리

요즘은 인터넷과 잘 정리된 웹사이트를 통해 다양한 자료를 많이 수집할 수 있는 가능성이 매우 높아졌다. 검색을 통해서 자신에게 필요한 자료를 찾아내기 위해서는 특정한 책이나 글의 제목을 아는 것만으로는 불충분하므로 다양한 주제어 검색을 통해 정확성을 기하는 것이 좋다. 학술논문이나 학위논문을 먼저 찾아 목차와 참고문헌, 선행 연구를 검토한 부분 등을 확인하여 신빙성 있는 자료의 목록을 마련하는 것도 좋은 방법이다.

이렇게 찾은 글의 재료들은 글을 쓰는 사람의 안목과 분석 능력에 따라 서로 내용상 관련이 있는 것끼리 묶고 관계를 따진 후 주종관계 혹은 대등한 관계로 재구성해야 한다. 글의 주제에 부합하는 대부분의 모든 자료는 글의 전체적인 구상에 따라 일정한 순서로 배치해 두는 것이 좋다. 중심 소재와 이를 뒷받침하는 부수적 소재를 따로 묶어두고 중심적인 소재 아래 하위 항목으로 배치한다.

1. 설정한 참주제를 키워드로 하여 앞에서 제시한 여러 학술정보 사이트에서 학술논문을 찾아 목차와 서론, 참고문헌 등을 확인해 보자.

2. 참고가 될 만한 학술논문이나 인터넷 자료를 다음과 같이 정리한다.

자료 성격	자료 정보	자료 소재	자료 확보	자료 검토
논문	저자, 「논문 제목」, 『논문집』 0권 0호, 논문 발행 학회, 발행년도, 인용할 면수.		○	X
책(단행본)	저자, 『책 제목』, 출판사, 발행년도, 인용할 면수.			
인터넷 자료	자료 작성자(신분), <자료 명>, 「자료 출처」, 자료를 업로드한 시간, URL주소, 최종 검색 일자.			

4절. 개요 작성하기

> **이론** 글의 구성과 개요의 뜻을 알고 구성과 개요 작성의 유의점을 안다.
> **실제** 주어진 주제와 소재로 글을 구성하고 개요 작성의 유의점에 맞추어 개요를 작성할 수 있다.

1. 구성하기

주제와 소재가 정해진 후 직접 글쓰기에 들어가기 전에, 수집한 소재를 어떻게 배치하여 주제를 효과적으로 드러낼 것인가 미리 생각해야 한다. 머릿속의 생각만으로 글을 쓰다 보면 자칫 일관성과 논리성, 통일성을 해칠 수 있는데, 이를 방지하고 보다 훌륭한 글을 쓰기 위해서는 대강의 밑그림을 그리는 단계가 있어야 한다. 이 단계에서는 글의 전반적인 내용뿐만 아니라 기술의 순서를 정하게 되는데, 이를 글의 구성이라 한다.

글을 구성하는 단계에서 우선 고려할 것은 쓰고자 하는 글의 성격에 따라서 글의 전체적인 윤곽이 달라진다는 점이다. 설명을 통한 이해를 목적으로 하든, 주장을 통한 설득을 목적으로 하든 표현하고자 하는 내용을 목적에 맞는 일정한 형식으로 구성하는 것이 효율적이다.

글의 구성 방법에는 여러 가지가 있으나, 일반적으로 서론·본론·결론으로 이루어진 3단 구성의 방법을 취하게 된다. 간혹 서론·본론·결론의 구성은 학술논문과 같은 전문적인 글쓰기에서만 사용되는 것으로 인식되기도 하는데, 모든 글은 처음·중간·끝의 구성을 취하게 마련이다. 따라서 글을 쓰기에 앞서 시작하는 내용, 본 내용, 마무리하는 내용을 미리 생각해 보고 글의 흐름을 잡는 것이 중요하다.

다시 말해 구성이란 글쓰기를 위해 준비해 놓은 여러 내용들 가운데 '처음-중간-끝'의 각 단계에 들어갈 내용을 배치하는 것이다. 특히 본론을 구성할 요소를 면밀히 구상해야 한다. 가장 일반적인 본론의 전개 방법은 본론의 각 구성 요소가 순차적으로 나열되는 것이다. 이 방식은 시간의 흐름이나 과정에 따라 본론을 구성할 경우나 인과적 순서에 따라 본론을 구성할 경우에 효율적으로 사용될 수 있다. 한편 공간의 원리에 따라 배치되어 있거나 수평적 위계를 가지는 구성 요소를 복선적으로 배치할 수도 있다. 즉 공간의 이동이나 사건의 이해 당사자, 하나의 사건에 얽힌 다양한 국면 등을 나란히 늘어놓는 것이다. 구성은 다음의 표와 같이 자연적 구성과 논리적 구성으로 나눌 수 있으며, 이들은 논의의 효율적 전개를 위해 혼합하여 사용할 수도 있다.

<표 2.7> 본론의 다양한 구성 방법

자연적 구성	공간적 구성
	시간적 구성
논리적 구성	병렬식 구성
	비교 구성
	원인과 결과식 구성
	문제 해결식 구성
혼합 구성	

동일한 주제의 글을 쓰는 경우에도 소재의 배치에 따라 글의 진행이 달라질 수 있다. 따라서 글을 구성할 때 여러 가지 방법으로 소재를 배치해 보고 더 적절한 방식을 선택하는 것이 바람직하다.

2. 개요 작성하기

서론·본론·결론에 배치할 내용을 미리 생각하고 글의 흐름을 구상하였다고 곧바로 글쓰기에 착수할 수 있는 것은 아니다. 구체적인 글의 방향을 제시하고, 글의 내용을 구조적으로 조직하는 설계도를 만들 필요가 있다. 이를 '글의 계획표', 즉 '개요'라고 한다. 글을 구성하는 것이 새로 지을 집에 대한 밑그림을 그리는 것이라면, 개요 작성은 짜임새 있는 설계도를 작성하는 일이라고 할 수 있다.

집을 지을 때 그리는 설계도에는 건축물의 외형뿐 아니라 내부 공간의 배치, 건축 자재, 수도와 배선 등의 제 요소를 표시해 놓아야 한다. 이때 여러 요소들이 섞여 있으면 집을 짓는 데 혼선을 초래하게 되므로, 각 요소들을 묶어 기재해야 함은 물론이고 그 요소들이 긴밀하게 연결되도록 해야 한다. 이와 마찬가지로 글의 개요에서도 글에서 다루게 될 전반적인 내용을 제시하면서 그 내용들 사이의 관계나 위계를 고려하여 비슷한 내용들을 묶고, 묶은 내용들이 긴밀하게 연결되도록 연결고리를 마련해야 한다.

이렇게 완성된 개요는 글에 통일성을 부여하고 논리적 흐름을 유지하게 하는 중요한 역할을 한다. 뿐만 아니라 개요는 글 전체의 윤곽을 정하고 세부 항목들의 위계를 정하는 역할을 하기도 한다. 글의 설계도를 미리 그려봄으로써 중요한 내용이 빠지거나 중복되는 부분이 없도록 막을 수 있다.

또한 개요는 다른 사람의 글을 이해하는 데에도 매우 유용하다. 좋은 글일수록 내용 전개나 논리적 연결 관계가 분명한데, 개요는 그러한 글의 구조를 일목요연하게 보여준다. 즉 개요를 통해 각 부분의 화제들이 서로 어떻게 관련되어 전체 주제를 구성하는지 이해할 수 있다.

(1) 개요의 형식

개요의 형식은 여러 가지가 있지만, 다루는 단위에 따라 단락 단위 개요, 장·절 항목 단위 개요, 줄거리식 개요 등이 있다. 이 중 줄거리식 개요는 소설과 같은 종류의 글에 어울린다. 단락 단위 개요는 글의 전개 순서에 따라 단락의 핵심적인 내용을 기술하는 것으로 짧고 간단한 글에 적합하다. 그러나 논문과 같은 긴 글은 단락이 많아 단락 단위 개요를 작성하기 어려우므로, 장·절이나 항목 단위의 개요를 작성하는 것이 좋다. 이 경우 개요가 바로 그 글의 목차가 될 수 있다.

또한 개요는 기술하는 방법에 따라 화제 개요와 문장 개요로 나뉜다. 화제 개요는 각 항목들을 단어나 구로 간결하게 진술한 개요로서 전개 과정을 한눈에 알아볼 수 있으며 작성하기에 간단하다는 장점이 있다. 그러나 핵심을 추려 표현한 것이기 때문에 글로 표현하기 위해서는 내용의 보완이 필요하다. 한편 문장 개요는 각 항목의 요지를 문장으로 작성한 개요를 말한다. 화제 개요와 달리 문장의 형태로 작성하기 때문에 글로 표현하기가 쉬운 반면 개요를 작성하는 시간이 오래 걸리고 한 눈에 내용을 파악하기 어렵다. 이러한 장단점을 고려하여 둘 가운데 하나를 선택한 후 일관성 있게 형식에 맞추어 끝까지 작성하는 것이 좋다.

<표 2.8> 개요의 종류

단위	기술 방법	종합	글의 종류
줄거리 단락 장 · 절 항목	화제 문장	줄거리식 개요	소설
		단락식 화제 개요 단락식 문장 개요	짧은 글
		항목식 화제 개요	논문

  여러 개요의 형식에서 공통적으로 유의할 점은 단락과 단락, 절과 절, 장과 장 사이의 논리적인 연결 구조를 갖추도록 하는 것이다. 무엇보다도 쓰고자 하는 글의 종류나 성격에 따라 개요 역시 적절한 형식을 취하는 것이 효과적이라 할 수 있다.

  목차는 논문의 세부적 항목을 기술 순서와 위계에 따라 나열해 놓은 것을 말한다. 목차는 논문의 구성과 전개를 요약한 것이므로, 대부분의 독자는 우선 목차를 통해 논문의 내용을 확인한다. 따라서 목차는 한눈에 알아볼 수 있도록 논리적으로 구성해야 한다. 목차는 개요와 비슷한 절차에 따라 작성한다. 그러나 개요와 목차는 비슷하지만 다르다. 개요는 전개될 내용을 대략적인 화제나 문장으로 적는 것이라면, 목차는 논문의 내용을 대(大)항목과 중(中)항목, 소(小)항목으로 나누고, 항목마다 적절한 제목을 붙이고, 항목 사이의 위계를 드러내도록 번호를 부여한다. 목차가 개요에 비하여 훨씬 체계적이고 구체적인 정보를 제공하는 것이다. 만약 개요에서 항목식 화제 개요로 작성하였다면 개요가 곧 목차가 될 수 있다.

목차는 항목에 번호를 부여하는 방법에 따라, 크게 장절(章節)식 목차, 수문(數文)식 목차, 수(數)식 목차로 나눌 수 있다. 그런데 장절식 목차와 수문식 목차는 하위항목의 번호가 상위항목이 바뀔 때마다 다시 새로 부여되므로, 그 부분이 전체 글의 어디에 속하는지 드러내 주지 못한다. 반면에 수식 목차는 하위항목에 상위항목의 번호를 함께 표기하여 전체 글 가운데 그 부분이 차지하는 위상을 한눈에 알아볼 수 있도록 해준다.

<표 2.9> 목차의 다양한 형식

장절(章節)식 목차	수문(數文)식 목차	수(數)식 목차
제1편 　제1장 　　제1절 　　　제1항 　　　　제1목 　　　　제2목 　　　제2항 　　제2절 　제2장 제2편	Ⅰ. 　A. 　　1. 　　　(1) 　　　(2) 　　2. 　B. Ⅱ.	Ⅰ. 　1. 　　1) 　　　① 　　　② 　2. Ⅱ.

(2) 개요 작성 방법

개요에는 글의 제목과 주제문 그리고 글의 전개 방법과 주요 내용을 일목요연하게 적어야 한다.

① 주제를 살릴 수 있는 제목을 정한다.

이때 정한 제목은 반드시 확정적인 것이 아니며 이후 수정할 수도 있다. 글을 쓰는 환경이나 시기에 따라 글의 내용을 충분히 포괄하는 훌륭한 제목이 처음부터 붙여지기도 하지만, 대부분의 경우에는 확정적인 제목을 처음부터 정하는 경우는 드물다.

제목은 글의 주제를 직접적으로 드러내는 것이 좋으며, 읽었을 때 글의 내용을 짐작할 수 있도록, 글쓴이의 관점이나 태도를 알 수 있도록 작성하는 것이 바람직하다. 비유적이거나 함축적인 표현의 제목을 붙이는 것도 효과적일 수 있으나, 주제가 추상적이고 모호해지지 않도록 유의해야 한다. 글의 본문 중에서 개성적인 표현이나 어휘를 발췌하여 제목으로 쓰는 것도 하나의 방법이 될 수 있다. 명사형의 제목을 붙이는 것이 일반적이지만, 글의 성격에 따라 문장형의 제목을 쓰는 것도 괜찮다. 무엇보다도 글의 제목은 여러 개의 제목을 염두에 두었다가 초고를 완성한 후 최종 단계에서 결정하는 것이 효과적이다.

② 제목 아래 주제문을 작성한다.

주어와 술어가 완전하게 갖추어진 주제문을 제목 아래 놓음으로써 앞으로 전개될 글의 전체적인 내용을 보여준다. 이때 주제문에 의문문이나 비유적인 표현을 사용하면 문장의 의미가 모호해져 글의 구체적인 전개 방향과 윤곽을 보여주기 어렵다. 앞서 다룬 주제문의 요건을 충족시키는 직설적이고 지시적인 문장을 사용하여 주제를 선명하게 제시해 주어야 한다.

③ 글의 재료를 범주화하여 대항목을 정한다.

우선 주제를 드러내기 위한 핵심적인 어구나 문장을 열거해 보고, 그 중에서 논점이 가까운 것끼리 묶도록 한다. 그리고 묶인 항목들을 대표할 만한 개념어나 문장을 표제로 삼아 대항목을 정한다. 이 단계에서 무질서하게 흩어져 있는 글의 재료들을 일정한 범주로 묶고 일반화하여 내용을 조직하도록 한다.

④ 설정된 범주들을 논리적으로 체계화하여 하위항목을 정한다.

대항목으로 묶인 여러 요소 가운데, 종속적인 논점을 지닌 요소들이 두 가지 이상이 있다면 이들을 하위항목으로 나눈다. 비슷한 내용을 담고 있는 대항목의 여러 요소를 포괄적인 것과 세부적인 것, 상위 범주와 하위 범주로 나누어 정리하는 것이다.

⑤ 설정된 항목들을 알맞은 순서에 따라 배열한다.

설정된 상위항목과 하위항목을 일정한 순서에 따라 정리한다. 공간적 순서, 시간적 순서, 내용의 중요도, 원인과 결과, 간단한 것과 복잡한 것 등의 요소를 고려하여 항목을 순서대로 배열한다.

⑥ 각 상위항목과 하위항목에 일정한 형식의 번호를 내림차순으로 붙인다. 이때, 같은 계열의 번호에는 대등한 수준의 내용이 놓여야 한다.

1. 다음은 '대학 도서관과 장서 규모'에 관한 비판적인 글을 쓰기 전에 떠오른 생각들을 적은 문장이다. 비슷한 내용을 담은 문장끼리 묶고 일정한 흐름에 따라 배열해 보자. 그리고 배열된 순서에 의거하여 목차를 작성해 보자.

- 한국 대학 도서관의 장서 규모는 전 세계 대학 중에서 하위권을 차지하고 있다.
- 도서관 장서 규모는 대학 교육의 질과 관련이 깊다.
- 한국 대학 도서관의 수준이 미달된 현상의 원인은 무엇일까?
- 대학은 도서관의 장서 문제를 어떻게 해결할 수 있을까?
- 대학생의 독서량이 부족하다.
- 대학생이 가장 많이 읽는 책은 취업 관련 수험서이다.
- 대학생의 도서관의 활용이 도서 대출보다는 열람실 이용에 치중되고 있다.
- 대학 자체의 교육 목적을 회복해야 한다.
- 열람실 규모를 제한하고, 장서를 확보하는 데에 더 많은 예산을 투입해야 한다.
- 열람실을 이용하는 학생들도 '열람실'은 '독서실'이라는 인식에서 벗어나야 한다.
- 도서관 측에서도 학생들의 잘못된 인식을 깨기 위한 캠페인을 해야 한다.
- 도서관을 감독하는 시스템이 필요하다.
- 최상위 교육 기관임을 자처하는 대학이 독서의 중요성을 망각해서는 안 된다.

제목 : _____

주제문 : _____

유사한 논점 묶기

논점들 사이의 상하 위계를 설정하고 배열하여 번호 붙이기

<참고>

단락식 문장 개요를 작성할 때는 다음의 예와 같은 형식으로 작성하면 효과적이다.

서론	주제, 범위와 관점, 방법론 등의 제시

본 론	본론 1: 소주제문
	논거
	뒷받침 문장
	본론 2: 소주제문
	논거
	뒷받침 문장
	본론 3: 소주제문
	논거
	뒷받침 문장 ⋮

결 론	주제의 정리 및 강조, 전망의 제시

(3) 개요 작성의 예

짧은 글의 경우는 단락이 많지 않고 다루는 내용 또한 많지 않으므로 단락식 개요를 작성하는 것이 효과적이다. 아무리 짧은 글일지라도 일정한 주장을 담으려면 최소한의 분량이 확보되어야 하기 때문이다. 단락식 개요는 화제 개요와 문장 개요의 두 가지 형태로 작성할 수 있다. 다음은 '자취'라는 주제로 글을 쓰기 위한 단락식 화제 개요이다.

제목 : 자취 생활의 이점
주제문 : 대학생의 자취는 자립심을 길러주고 시간의 활용 폭을 넓혀주는 등 이로운 점이 많다.

Ⅰ. 서론: 문제 제기
Ⅱ. 자취의 장단점과 보완방법
    1. 자취의 장점
    2. 자취의 단점
    3. 보완 방법
Ⅲ. 결론: 요약과 주장

위의 개요는 글 전체의 흐름과 방향을 간단명료하게 보여주지만 이를 통해 글의 구체적인 내용을 알 수는 없다. 이와 같은 점이 화제(Topic, 핵심적인 단어)만을 열거하는 화제 개요의 장점이자 단점이다.

반면에 문장 개요는 문장으로 기술한다는 점에서 글의 내용을 글로 전환하는 데 용이하다. 특히 짧은 글의 경우, 단락 단위로 핵심적인 내용을 담고 있는 짤막한 문장을 배열하여 글의 방향을 잡는 것이 효과적이다. 이때 주의할 점은 개요의 각 문장에 앞으로 쓸 글의 내용이 구체적으로 들어가 있어야 한다는 점이다. 예를 들어서 위의 'Ⅱ.1. 자취의 장점' 부분을 '자취에는 장점이 있다'와 같이 기술한다면 문장 개요를 작성하는 것의 무의미하다. 이러한 점에 유의하며 위의 화제 개요를 문장 개요로 전환하면 다음과 같다.

제목 : 자취 생활의 이점
주제문 : 자취는 자립심을 길러주고 시간의 활용 폭을 넓혀주는 등 이로운 점이 많다.

Ⅰ. 서론 : 통학 거리가 먼 학생은 자취를 하는 경우가 많다.
Ⅱ. 자취의 장단점과 보완방법
  1. 자취를 하면 통학 시간이 줄어 체력과 시간에 여유가 생기며, 그 결과 수업 참여율과 과제 완성도가 상승하고 자립심도 키울 수 있다.
  2. 자취를 하면 나태해 지거나 고독감에 빠지는 경우가 종종 있으며 경제적인 부담과 가사의 번거로움이 있다.
  3. 외로움을 극복하기 위해 부모님이나 친구와 지속적으로 소통하며 규모 있는 살림을 위한 계획표를 작성하는 등 보완 방법을 찾는다.
Ⅲ. 결론: 자취는 시간 활용 면에서나 정신적인 성장 면에서나 유익하므로 통학 거리가 먼 학생에게 추천한다.

이제 글의 윤곽과 내용이 보다 구체적으로 드러나게 되었다. 이렇게 완성된 단락식 문장 개요는 실제 글쓰기에 매우 유용하다. 단락은 소주제문과 뒷받침 문장으로 이루어지므로, 문장 개요 뒤에 논거가 되는 뒷받침 문장 2~3개를 첨가하면 한 단락이 완성되고, 이들 단락을 연결하면 하나의 글이 완성될 수 있는 것이다.

그런데 위의 개요에는 한 가지 문제가 남아 있다. 개요를 구성하고 있는 각 문장에 너무 많은 정보가 압축되어 담겨있다는 점이다. 'Ⅱ.1. 자취의 장점'에서 '시간 절약, 체력적 여유, 수업 참여율, 과제 완성도, 자립심' 등이 언급되었는데, 이들 내용은 하나의 문장으로 모두 수렴되기 어렵다. 이때 '자취의 장점'에 해당하는 내용을 분류하여 '하위항목'을 만들 수 있으며, 내용을 세분화하고 확장할 수 있다.

한편, 하위항목을 설정하고 내용을 확장할 경우 단락이 많아지고 단락 간의 관계가 복잡해지게 된다. 이 경우는 단락식 문장 개요를 작성하는 것이 번거로우므로 항목식 화제 개요를 작성하도록 한다. 다시 '자취'를 주제로 한 항목식 화제 개요를 보이면 다음과 같다.

제목 : 자취 생활의 이점
주제문 : 대학생의 자취는 자립심을 길러주고 시간의 활용 폭을 넓혀주는 등 이로운 점이 많다.

Ⅰ. 서론
Ⅱ. 자취의 장점
    1. 시간적 · 체력적 여유
    2. 수업 참여율과 과제 완성도 상승
    3. 자립심 향상
Ⅲ. 자취의 단점
    1. 정신적 나태와 외로움
    2. 경제적 부담과 가사의 번거로움
Ⅳ. 보완 방법
    1. 가족과의 지속적 소통
    2. 계획적인 살림 운영
Ⅴ. 결론

위의 항목식 화제 개요처럼 장은 로마자로, 절은 아라비아 숫자로 표기하는 수식 목차를 이용하면 층위가 구별되어 글 전체의 구성을 단번에 파악할 수 있어 편리하다. 이렇게 번호를 차등하여 부여하면 5단계 구조의 문제와 해결 구성이라는 것을 빠른 속도로 파악할 수 있게 된다.

※ 다음 제목과 주제문을 보고 개요를 짤 때 잘못된 점을 수정해 보자.

제목 : 드라마 강국, 한국과 미국

주제문 : 한국 드라마와 미국 드라마는 차이점도 있지만, 각각의 스타일과 전통을 꾸준히 이어가고 있는 좋은 예이다.

Ⅰ. 서론
Ⅱ. 본론
  1. 내용적 특징
    1) 한국 드라마의 특징
    2) 미국 드라마의 특징
    3) 일본 드라마와의 비교
  2. 구성의 특징
    1) 한국 드라마
    2) 시즌별로 구성된 미국 드라마는 결말을 기다려야 하는 단점이 있다.
  3. 인물 구도의 특징
    3.1. 주인공 중심의 한국 드라마
    3.2. 미국 드라마와 비교
  4. 기타 국가 드라마에 미친 영향
    1) 한류 열풍
결론

※ 다음 자유롭게 나열되어 있는 항목들을 모두 사용하여, 제목과 주제문에 부합하는 개요를 완성하시오.

대학생 우울증의 맞춤형 치료 / 입원 치료/ 결론

기질적 원인 / 인지 치료 / 환경적 원인

대학생 우울증의 원인 분석 / 약물 치료 / 기타 치료/ 서론

제목: 대학생 우울증의 원인과 대처방안

주제문: 대학생 우울증의 원인에 따라서 다양한 대처방안을 마련해야 한다.

▎5절. 초고 쓰기

이론	초고의 의미와 서론, 본론, 결론을 쓰는 방법을 안다.
실제	글의 목적과 주제에 따라서 초고를 쓴다.

글의 주제에 알맞은 자료를 조사하고 내용을 조직하여 개요를 작성하고 나면 본격적으로 글을 쓰기 시작한다. 그런데 막상 글을 쓰려고 하면 막막해지는 경우가 종종 있다. 그렇다고 마냥 주저하다가는 글을 제대로 쓰지 못하게 된다. 우선은 작성된 개요를 바탕으로 글을 써나가는 것 자체가 중요하다. 글은 한꺼번에 완성되는 것이 아니라 여러 번에 걸쳐 다듬어야 하는 것이므로 완벽한 글을 써야 한다는 강박관념을 버릴 필요가 있다. 초고(草稿)의 '초(草)'가 '거칠게'라는 의미를 지닌다는 점을 잊지 말자.

1. 서론 쓰기

서론은 글을 시작하는 부분으로서, 서론에서는 글 전체의 주제를 밝히고 본론에서 어떠한 방식으로 문제를 해결하고 풀어나갈지를 보여주게 된다. 나아가 논제에 대한 분석과 이해를 바탕으로 논의의 방향과 범위 등을 구체적으로 설정하는 단계이기도 하다. 그러나 서론의 기능은 뒤에 오는 내용을 인도하는 데에 있으므로, 글 전체의 내용을 서론에서 모두 다루게 되면 본론과 결론에서 동일한 내용이 반복되어 개성적이고 참신한 글이 되기 어렵다.

서론의 분량은 정해진 바가 없지만 글 전체의 1/5의 정도가 적당하다. 예를 들어 5개의 단락으로 이루어진 한 편의 글을 작성한다고 할 때, 서론은 글 전체의 1/5인 한 단락 정도의 분량으로 작성하는 것이 바람직하다. 만약 편폭이 긴 글을 쓴다면 서론에 여러 단락을 배치할 수도 있으나, 전체 분량의 1/5을 넘지 않도록 하는 것이 좋다.

서론에서는 본론의 전개 내용을 효과적으로 소개하기 위해서 다양한 글쓰기의 방법을 사용할 수 있다. 그러나 무엇보다도 독자의 흥미를 유발하여 앞으로 전개할 논지에 집중하도록 해야 한다는 점에서, 서론은 다음과 같은 방법을 사용하여 쓸 수 있다.

① 주제와 관련된 생활 경험이나 예화를 들어 시작하는 방법

우선 가장 손쉬운 서론 쓰기 방법은 주제와 관련된 생활 경험이나 과거에 있었던 사실을 예로 드는 것이다. 이 방법은 굳이 자료를 찾지 않더라도 개인적인 경험을 활용하여 쓰는 것이 가능하므로 글쓰기에 익숙하지 않은 학생들도 비교적 쉽게 사용할 수 있다. 유의해야 할 점은 신변잡기에 가까운 예는 객관성이 결여되어 독자들이 공감하기 어려울 수 있으므로, 독자들의 공감대를 형성할 수 있는 보편적이고 흥미 있는 예를 선택해야 한다는 것이다.

요즘 가요 프로그램을 보면 일부 가수들의 무대 의상과 춤이 지나치게 선정적인 경우가 있다. 방송통신위원회가 선정성 논란에 대해 방송 3사에 권고 조치를 내렸다는 뉴스가 발표되었다. 그리고 공중파 3사는 가요프로그램의 시청등급을 12세에서 15세 이상 시청가로 변경하였다고 한다. 이러한 선정성 규제 대책을 듣고 반가운 마음이 앞섰다.

- 학생 글

② 문제를 제기하며 시작하는 방법

논의하고자 하는 내용이 왜 문제가 되는가를 부각시키면서 시작하는 방법이다. 이때의 문제는 기존의 논의에서는 언급되지 않은 새로운 것일 수도 있고, 이미 정설로 굳어진 견해나 현상에 대한 반성이나 비판일 수도 있다.

③ 주제와 관련된 최근의 화젯거리나 사건으로 시작하는 방법

이 방법은 우선 독자의 공감대를 형성하는 동시에 호기심을 불러일으키기에 좋다. 아래의 예시 글은 코로나 팬데믹에 관련된 내용을 다루면서 우리가 자주 접하고 있는 메타버스(metaverse)의 화제성을 독자에게 전하고 있다. 이와 같이 최근 화젯거리로 시작되는 글은 독자의 관심도가 높아져 공감대가 확대되는 장점이 있다. 유의해야 할 점이 있다면 지나치게 개인적인 관심거리를 화젯거리로 삼기보다는 객관화된 보편적인 사건이나 사실을 언급해야 한다는 점이다.

> 사람들은 신종 코로나바이러스 감염증 팬데믹 이후 전혀 다른 세상을 살아간다. 경제, 산업, 문화, 교육 등 사회 전반에 걸쳐 '비대면'이라는 개념이 스며들었으며, 이런 일상의 새로운 대안으로서 사람들 간의 교류와 감염병 예방, 이 두 가지를 모두 충족할 수 있는 '메타버스'에 전 세계의 이목이 쏠리고 있다.
>
> – 학생 글

④ 주제문이나 소주제문을 내세우며 시작하는 방법

논의하고자 하는 중심 생각을 먼저 제시하는 방법이다. 주제문이나 소주제문을 서두에 제시하면 글의 목적과 방향을 처음부터 명확하게 할 수 있다는 장점이 있다. 글을 쓰는 이의 입장에서는 자신의 주장을 글의 첫머리에 두기 때문에 그 주장을 입증하기 위해 내용을 전개하는 집중적인 글쓰기를 할 수 있다. 다만 제시하는 주제를 미리 모두 펼쳐 놓으면 본론에서 같은 내용이 반복될 수 있으므로 적절한 안배가 필요하다.

⑤ 주제를 구분하여 제시하며 시작하는 방법

앞으로 전개될 내용을 항목별로 구분하여 제시하면서 시작하는 방법이다. 글의 범위와 대상을 분명하게 드러낼 수 있어서, 독자들이 다음에 나올 내용을 미리 예상하고 쉽게 주제를 파악할 수 있다. 대상의 다양한 양상이나 성격 등에 대한 내용을 본론에서 전개하고자 할 때 서론에서 그 범위를 미리 제시하여 이해를 도울 수 있다.

⑥ 용어나 개념을 정의하며 시작하는 방법

독자가 이해하기 어려운 용어나 개념은 서론에서 정의하여 대상을 한정할 필요가 있다. 다루고자 하는 개념이 생소하거나 재정의가 필요한 경우, 일반적인 정의와 다르게 용어를 해석해야 하는 경우, 개념을 상식 수준 이상으로 풍부하고 심도 있게 소개하고자 하는 경우 등에 자주 사용된다. 서론에서 어떤 사물이나 개념에 대해 의미와 범위를 분명하게 규정하면 글쓴이와 읽는 이는 각각 그 의미와 범위에 의거해 글을 쓰고 이해할 수 있다.

아래의 예문은 '은유'라는 용어를 해석(정의나 개념 설명)하며 시작하고 있다. '은유'를 어원을 바탕으로 설명함으로써 해당 개념에 대한 독자의 이해를 심화시키고 이어지는 논의의 배경을 제공하고 있다.

> 은유는 본질적으로 한 대상이나 개념을 다른 대상이나 개념의 관점에서 이해하고 경험하는 비유법이다. 은유를 뜻하는 영어 〈메타포〉라는 말의 어원을 보면 그 뜻이 훨씬 분명하게 드러난다. 이 말의 뿌리를 거슬러 올라가보면 〈메타페레인〉이라는 그리스어와 만나게 된다. 메타는 〈너머로〉나 〈위로〉라는 뜻이고 페레인이란 〈옮기다〉 또는 〈나르다〉라는 뜻이다. 그러니까 메타포란 한 말에서 다른 말로 그 뜻을 실어 옮기는 것을 말한다. 언어학에서는 이러한 현상을 두고 의미의 전이(轉移)라고 부른다. 은유란 곧 의미의 전이가 일어나는 언어 현상이라고 정의를 내릴 수 있다. 물론 의미의 전이가 일어나는 것은 비단 은유에 그치지는 않는다. 가령 환유나 제유를 비롯하여 반어나 역설 또는 상징과 우화 같은 다른 수사법에서도 얼마든지 일어난다. 그러나 의미의 전이는 어떤 비유법보다도 은유에서 가장 뚜렷하게 그리고 체계적으로 일어난다.
>
> – 김욱동, 『은유와 환유』

2. 본론 쓰기

서론이 글 전체의 주제를 밝히고 글이 나아갈 방향을 제시해 준다면, 본론은 서론에서 제기한 문제를 풀어나가 최종적으로 주제문에 해당하는 글쓴이의 주장이 타당함을 입증한다. 본론은 글의 근간이자 핵심이다. 따라서 어떤 문제에 대해 글을 쓸 때 핵심적인 모든 논의는 본론에서 이루어진다.

본론은 주로 설명과 논증의 방법으로 전개된다. 글의 주제와 서론에서 제기된 문제에 따라 다양한 설명 방법 중 하나를 활용하여 정보를 전달하기도 하고, 논증의 방법으로 주장을 하여 설득을 꾀하기도 한다. 따라서 본론은 글 전체의 유기적인 관계를 고려하며 단락의 전개 방법에 따라 집필하면 된다.

본론에서 논지를 충분히 전개하기 위해서는 아무리 짧은 글일지라도 몇 개의 단락으로 이루어져야 한다. 이때 단락 내의 문장들 사이, 그리고 단락과 단락 사이에 접속어와 지시어 등을 적절하게 사용해야 논지가 자연스럽게 연결될 수 있다. 서술은 논리적이고 체계적이어야 하며, 무엇보다도 서론에서 제시한 주제의 범위를 벗어나지 말아야 한다. 서론에서 제시한 주제에 대하여 충분한 논거를 제시하고 일관성 있게 논리를 전개하여 독자에게 자신의 주장을 설득시킬 수 있어야 한다.

여기서 주의할 점은 본론에서는 주어진 문제와 관련된 핵심적인 내용을 모두 다루어야 한다는 것이다. 설명 혹은 주장의 모든 내용이 본론 속에 있어야지 다른 부분에 포함되어서는 안 된다. 특히 본론에 이어지는 결론에서 핵심적인 설명이나 주장을 새롭게 전개하는 경우가 있는데, 이는 최종적인 견해로서의 '결론'과 글의 구성 요소로서의 '결론'을 혼동하는 데서 발생하는 오류이다. 설명과 논증의 결론은 글의 가장 핵심적인 내용이므로 본론에 포함시켜야 한다.

3. 결론 쓰기

결론은 서론과 본론에서 이끌어 온 주장과 논리적인 근거들을 요약하고 강조하는 역할을 한다. 그러므로 비약이나 논리적 오류 없이 서론과 본론에서 이끌어오던 내용을 차분하게 정리해야 한다. 특히 본론의 주장이나 의견을 요약하여 제시하는 것이 결론의 중요한 기능이다. 결론 쓰기에는 다음과 같은 다양한 방법이 있다.

① 내용을 요약하고 강조하며 끝을 맺는 방법

서론과 본론에서 이끌어온 내용을 요약, 강조하면서 글을 끝맺는 방법이다. 이 방법은 글쓴이의 주장을 선명하게 할 뿐만 아니라 독자들에게도 주장을 정확하게 전달할 수 있는 장점이 있어서, 결론 쓰기의 방식 중에서 가장 널리 사용된다.

아래의 예시 글은 '메타버스의 문제점'에 관한 필자의 주장을 요약하고 강조하며 글을 끝맺고 있다.

> 이렇듯 메타버스에는 서버 관련 문제, 네트워크 문제, 데이터 문제와 같은 기술적 문제, 그리고 디지털 범죄의 악질화, 법적 쟁점의 문제, 운영 기업의 영향력과 같은 사회적 문제가 존재한다. 그렇다고 하여 메타버스의 전망이 마냥 암울하기만 한 것은 아니다. 이러한 문제점들을 해결하기 위해 많은 움직임이 일어나고 있기 때문이다. 기술적 문제점을 해결하기 위한 블록체인 기술 개발이나 사회적 문제점을 해결하기 위한 법적 논의 등 메타버스를 보다 나은 방향으로 발전시키려는 시도는 끊임없이 이루어지고 있다.
>
> – 학생 글

② 내용을 요약하고 과제를 제시하며 끝을 맺는 방법

서론과 본론에서 제시된 주장과 논의의 결과를 요약한 후에 자신이 주장한 주제와 관련하여 앞으로 해결해야 할 해결책이나 과제를 독자에게 제시하면서 끝맺는 방식이다. 이러한 방식으로 결론을 맺을 때 유의해야 할 점은 결론의 내용이 본론의 내용에서 벗어나지 않아야 한다는 것이다. 예를 들어 '~하기 위해서는 ~해야 한다' 등의 문형을 활용하면 안정적으로 글을 마무리할 수 있다.

아래 예시 글은 '디자인'에 관한 논의를 요약하고, 앞으로 디자이너들이 윤리라는 새로운 디자인 가치에 더 주의를 기울여야 한다는 과제를 제시하고 있다.

디자인은 빠르게 변화되어 왔고, 이제는 '윤리'라고 하는 새로운 가치를 요구하고 있다. 디자이너들은 기능적, 장식적인 요소만 고려할 것이 아니라 새로운 가치를 찾고 좋은 디자인에 대해 고민하며 재성찰할 필요가 있다. 오늘날의 디자인이 존재할 수 있는 이유는 이전의 많은 디자이너가 그 가치를 발전시켰다는 점에 있다. 오늘날의 디자이너들이 이 점을 잊지 않고 끊임없이 성찰한다면 기존의 것보다 더 나아진 '더 나은 디자인'을 할 수 있을 것이다.

- 학생 글

③ 일반적인 진술로 끝을 맺는 방법

서론과 본론에서 전개한 구체적인 진술을 추상적이고 일반적인 진술로 바꾸어 끝을 맺는 방식이다. 다만 너무 식상한 내용으로 글을 마무리하면 주장이 선명하게 드러나지 않으며 글 전체의 의미가 모호해질 수 있다.

④ 독자에게 당부하며 끝을 맺는 방법

독자에게 당부의 말을 하며 끝을 맺는 방식은 본론에서 밝힌 주장의 근거들을 바탕 삼아 독자에게 구체적 행동이나 사고의 전환을 촉구하는 방식으로, 독자에게 강한 인상을 심어주는 효과가 있다. 그리고 현실적으로 적절한 해결책이 없는 문제일 경우에도 이 방법을 사용하면 효과적으로 결론을 맺을 수 있다.

아래의 예시 글은 패스트 패션을 지양하기 위해 업계가 어떤 역할을 해야 하는지에 대해 당부하는 형식으로 글을 끝맺고 있다.

지금까지 패스트 패션의 문제점과 이를 해결하기 위한 대안들에 대해 논의해 보았다. 앞에서 살펴본 바와 같이 패스트 패션은 환경 오염을 유발하고 모방으로 인해 디자인의 창의성을 잃게 만든다. 또한 인권 문제도 야기한다. 만일 이 문제가 해결되지 않는다면 앞으로 패션 산업의 발전은 더뎌질 것이다. 그러므로 패션 업계는 궁극적으로 패스트 패션의 완전한 소멸을 목표로 설정하고 자신들의 디자인 행위가 윤리적인지 고민해 보아야 할 것이다.

– 학생 글

⑤ 전망을 제시하면서 끝을 맺는 방법

서론과 본론에서 이끌어 온 주장을 요약하고 강조하는 것에 그치지 않고, 자신의 주장이나 의견을 더욱 발전시키고 확장시켜 추후 전개될 방향을 예상하여 전망하는 방식이다. 단순한 본론의 요약에 비하여 자신의 주장을 각인시키는 효과를 거둘 수 있으며 독자에게 보다 강한 인상을 남길 수 있다. 단, 전망을 제시할 때에는 서론이나 본론에서 주장한 논점을 벗어나지 않도록 하는 것이 좋다.

이상으로 결론 쓰기의 다양한 방법을 살펴보았는데, 결론 쓰기의 공통적인 유의점은 다음과 같다.

첫째, 본론의 논의에서 벗어난 내용을 쓰면 안 된다. 결론이 글 전체의 마무리 단계임을 고려할 때 서론, 본론과 연관성이 없는 내용을 쓰면 글의 일관성이 훼손되며 본론에서 서술한 내용이 설득력을 얻기 어렵다.

둘째, 서론과 본론에서 쓴 내용을 동일하게 반복해서는 안 된다. 결론에서는 본론의 내용을 압축하거나 표현을 바꾸어 쓰며 새롭게 요약하여 제시해야 한다.

셋째, 본론의 특정한 부분만 언급하기보다는 글 전체의 내용을 요약하는 것이 좋다. 그래야만 독자가 결론을 통해 글 전체를 다시 정리할 수 있다. 또한 충분한 근거 없이 글쓴이의 주장을 일방적으로 강요하는 듯한 마무리 방식은 지양해야 한다. '-해야 한다'와 같은 표현을 사용할 때 글 전체를 통해 근거가 충분히 마련되어 그러한 주장이 설득력을 갖는지를 반성해 보아야 한다.

1. 다음의 소재로 글을 쓰고자 할 때, 서론은 어떤 방법으로 쓰면 좋을지 생각해 보자.

    1) 학교 폭력

    2) 스마트폰

    3) 환경과 우리들의 삶

    4) 유행과 개성

    5) 대학생 아르바이트

2. 아래의 주제로 한 편의 글을 쓰려 할 때, 주제를 효과적으로 드러내기 위해 어떠한 구성 방식을 선택하는 것이 좋은지 논의해 보자.

    현대 사회는 가족을 포함하여 모든 인간관계가 단절적이며, 이로부터 비롯된 인간 소외라는 문제를 안고 있다.

6절. 퇴고하기

이론	퇴고하기의 원칙과 유의점을 안다.
실제	자신이 쓴 초고를 퇴고하면서 글을 완성한다.

1. 퇴고의 원칙

일반적으로 퇴고란 '고쳐쓰기' 혹은 '글다듬기'를 말한다. 그렇다면 우리가 자주 사용하는 퇴고란 말은 어디서 유래한 것일까? 퇴고라는 단어의 유래는 멀리 당나라의 시인 가도(賈島, 779-843)에게서 찾을 수 있다.

> 鳥宿池邊樹　　새들은 연못가 나무 위에 잠들고
> 僧敲月下門　　중은 달 아래 문을 두드리네

위의 글은 가도가 쓴 시의 일부이다. 인용의 두 번째 구절 '승고월하문(僧敲月下門)'은 처음에는 '승퇴월하문(僧推月下門)'이었다. 가도는 이 구절이 마음에 들지 않아 '밀다'라는 의미의 '퇴(推)'를 두드린다는 의미의 '고(敲)'로 바꾸면 어떨까 하는 고민을 하게 되었다. 가도는 고와 퇴를 자주 바꾸어 보면서 어떤 시어를 선택하는 것이 좋을까 고심했다. 말을 타고 가면서도 고민하던 가도는 미처 경윤(京尹)의 행차를 보지 못하고 이들과 부딪혔다. 경윤 앞에 끌려 나간 가도는 시의 마지막 구절에 '퇴'와 '고' 가운데 어떤 것을 써야 할지 고민하다가 미처 길을 비키지 못했고 변명했다. 이 말을 들은 경윤은 호탕하게 웃으면서 잠시 생각에 잠기더니 '퇴'보다 '고'가 낫다고 조언하였다. 이 경윤은 바로 중국의 대문호 가운데 한 사람인 한유(韓愈, 768-824)였다. 가도는 한유의 조언을 따랐으며 이후 두 사람은 글벗이 되었다. 이 고사에서 유래하여 글을 다듬고 고쳐 쓰는 일을 '퇴고'라고 부르게 되었다.

이처럼 초고를 작성한 후에 자신의 글을 거듭 고쳐 써야만 좋은 글을 얻을 수 있다.

단 한 번의 글쓰기로 완성도 높은 명작 글을 얻기란 거의 불가능에 가깝다. 『바람과 함께 사라지다』라는 작품으로 잘 알려진 마거릿 미첼은 영화의 원작인 소설을 완성하기까지 30여 년이 걸렸다고 한다. 작가가 얼마나 투철하게 작품에 전념하며 원고를 다듬었을지 짐작할 수 있는 대목이다. 글쓰기의 과정에서 다듬기는 퇴고의 과정으로서 한 편의 글이 더욱 단단해질 수 있는 중요한 과정이다. 달리 말해 퇴고란 글쓴이가 자신이 의도한 대로 글쓰기가 이루어졌는가를 살펴보고 문제점을 보완하는 과정이라고 할 수 있다.

글의 통일성과 긴밀성을 확보하기 위해서는 퇴고의 일반적인 원칙에 근거하여 충실하게 글을 다듬어야 한다. 퇴고의 일반적인 원칙이란 부가의 원칙, 삭제의 원칙, 재구성의 원칙이다.

부가의 원칙이란 주제를 나타나는 데 있어서 논리적으로 긴밀하지 못한 부분이나 부연이 필요한 부분에 내용을 첨가하는 것을 말한다. 그리고 삭제의 원칙이란 불필요한 부분을 삭제하여 글의 전개를 자연스럽게 하는 것을 말한다. 마지막으로 주제를 좀 더 효과적으로 드러내기 위하여 글의 순서를 재배치하는 것을 재구성의 원칙이라고 한다.

2. 퇴고의 방법과 실제

구성하기를 거쳐 쓴 한 편의 글은 우선 글 전체의 수준에서 세부적인 수준으로 고쳐쓰기가 진행되어야 한다. 이를 좀 더 자세히 살펴보면 ① 글 전체 수준에서 퇴고하기, ② 단락 수준에서 퇴고하기, ③ 문장 수준에서 퇴고하기, ④ 단어 수준에서 퇴고하기로 나눌 수 있다. 각 각의 단계에서 글쓴이는 아래의 사항들을 확인하면서 퇴고를 진행해야 한다.

① 글 전체 수준에서

㉠ 글의 제목과 부제목은 적절한가?

㉡ 목차는 적절하게 구성되었는가?

㉢ 주제가 명확히 드러나 있는가?

㉣ 글 전체의 일관성과 통일성이 유지되고 있으며, 자신의 입장을 명료하게 드러냈는가?

㉤ 단락 구분 등의 형식적 구성이 적절한가?

㉥ 부적절하거나 불필요한 부분은 없는가?

㉦ 본론에서 서론의 논지를 충분히 반영하여 설득력 있게 논증을 전개하고 있는가?

㉧ 결론에서 서론과 본론에 나타난 입장을 효과적으로 정리하고 있는가?

㉨ 글의 전개상 위치를 바꾸어야 할 부분은 없는가?

㉩ 글 전체의 분량과 서론, 본론, 결론의 분량은 적절한가?

② 단락 수준에서

㉠ 글의 전개상 위치를 바꾸어야 할 단락은 없는가?

㉡ 단락들 간의 연결은 적절한가? 특히 접속 부사를 올바르게 사용하였는가?

㉢ 각 단락의 분량은 적당한가?

㉣ 단락 가운데 이어 쓰거나 나누어 써야 할 단락은 없는가?

㉤ 형식 단락과 내용 단락은 서로 호응하는가?

㉥ 단락 내 중심 문장은 명확히 드러나 있는가?

㉦ 단락 내 뒷받침 문장들은 효율적인가?

③ 문장 수준에서

㉠ 문장 간의 연결이 자연스러운가?

㉡ 문장 성분들이 서로 잘 호응하는가?

ⓒ 문법에 어긋나는 문장은 없는가?

ⓓ 어색한 표현은 없는가?

ⓔ 부적절하거나 불필요한 문장 또는 구절은 없는가? 특히 쓸데없이 장황하게 수식을 한 부분은 없는가?

ⓕ 문장 간의 연결이 논리적인가?

ⓖ 문장에 사용된 어휘들은 적절한가?

④ 단어 수준에서 고쳐쓰기

ⓐ 한글 맞춤법과 표준어 규정에 어긋나는 부분은 없는가?

ⓑ 어휘의 선택은 올바른가?

ⓒ 핵심 용어의 의미와 범주를 일관성 있게 사용하고 있는가?

ⓓ 불필요한 외국어나 외래어는 없는가?

ⓔ 비속어나 은어는 없는가?

ⓕ 원고지 사용법이나 교정 부호를 정확하게 사용하였는가?

이와 같이 글의 전체와 부분을 고루 살피되 초보자의 경우에는 특히 자동문과 타동문을 혼동하지는 않았는지, 불필요한 피동문이나 사동문을 쓰지는 않았는지, 각 문장에서 빠진 문장 성분은 없는지, 조사나 어미를 잘못 사용한 문장이 없는지, 어순이 잘못된 문장은 없는지에 유의하면서 자신이 쓴 글을 고치도록 한다.

다음은 일반적으로 사용하는 교정부호들이므로 글을 수기(手記)로 퇴고할 경우에 참고하도록 하자.

- 띄어 쓸 때

예) 우리나라 좋은ⱽ나라

⌒	**- 붙여 쓸 때** 예) 아름 다운 자연을 보호하자.
⌄	**- 글자를 끼워 넣을 때** 예) 연포 해수욕장에 가는 날이었다.
⌄	**- 여러 글자를 고칠 때** 예) 아버지께서 밥을 진지를 잡수신다.
♂	**- 글자를 바꿀 때** 예) 상점에 물건이 가득 싸였다. 쌓
⌐_	**- 줄을 바꿀 때** 예) 수정이는 밖을 보고 외쳤다. "야! 첫눈이다."
⤴	**- 줄을 이을 때** 예) 나는 12시에 집에 왔다. 동생이 벌써 와 있었다.
[	**- 글자를 오른쪽으로 옮길 때** 예) 나는 제기차기를 아주 잘 합니다.
]	**- 글자를 왼쪽으로 옮길 때** 예) 나는 할아버지가 참 좋습니다.
∽	**- 글의 순서를 바꿀 때** 예) 맛있게 점심을 먹었다.
♂∾	**- 글자를 뺄 때** 예) 엉터리이로 보인다.

3. 최종 점검

글쓰기의 단계에 따라, 주제를 설정하고 자료를 찾고 내용을 구성하여 개요를 작성하는 과정을 거친 다음, 초고를 쓰고, 퇴고를 하면 글이 완성된다. 그런데 이렇게 완성된 글의 대부분은 글쓴이 자신이 아닌 다른 사람에게 보여주기 위한 것이다. 따라서 독자를 위하여 마지막 점검을 해야 한다. 점검의 대상에는 글의 내용뿐 아니라 여러 가지 형식도 포함된다. 최근에는 종이와 펜을 이용하여 손으로 써 내려가는 '아날로그'식 글쓰기는 점차 사라지고 있고, 대신 전자 기기를 이용한 '디지털'식 글쓰기가 대부분이다. 그러나 최종 점검은 종이로 출력해서 전체적인 윤곽과 내용 및 형식을 살피는 것이 바람직하다. 다음 표를 이용하여 작성한 글을 점검해 볼 수 있다.

〈표 2.10〉 형식면 최종 점검표

	형식		
	문항	**예**	**아니오**
1	글의 각 페이지 하단에는 쪽 번호가 있는가?		
2	글의 내용을 함축적으로 지시하는 제목이 있는가?		
3	각 문단 첫머리에는 들여쓰기를 했는가?		
4	각 장과 절에는 통일된 형식의 장절 번호가 붙어 있는가?		
5	필요한 각주가 있는가?		
6	각주 번호는 본문의 해당 부분 뒤에 붙였는가?		
7	참고문헌 목록이 있는가?		
8	참고문헌의 형식은 통일되어 있는가?		

9	언론 보도 기사와 인터넷 자료를 인용한 경우에도 적절한 형식으로 통일하여 목록을 정리하였는가?		
10	맞춤법은 정확한가?		

<표 2.11> 인용면 최종 점검표

인용			
	문항	예	아니오
1	자료를 공정하게 인용했는가?		
2	통계 수치나 그래프를 인용할 경우에 조사기관과 년도를 정확히 제시하였는가?		

<표 2.12> 내용면 최종 점검표

내용			
	문항	예	아니오
1	서론에는 이 글의 목적을 함축적으로 명시한 주제문이 있는가?		
2	서론에는 이 글에서 다루는 대상과 범위에 대해 명시되어 있는가?		
3	본문에서 주관적이거나 감정적인 표현이 불필요하게 쓰인 곳은 없는가?		
4	본문에서 주장하는 바와 근거가 제시되었는가?		
5	결론에는 본론의 내용이 요약되어 있는가?		
6	서론과 결론의 분량이 적절한가?		

※ 다음은 어떤 글의 서론이다. 서론에 필요한 내용이 빠짐없이 갖추어져 있는지, 추가되어야 할 내용과 삭제해야 할 내용이 있다면 무엇인지 정리해 보자.

(가) 인류가 불을 피우고 사냥 도구를 발명한 이후 과학 기술 문명은 엄청나게 빠른 속도로 진보하였다. (나) 그 결과 인류의 삶의 질은 향상되고 인류는 더 편리하게 살게 될 수 있게 되었다. (다) 그러나 그 이면에는 무분별한 환경 파괴와 생태계의 오염이 있었다. (라) 현대 사회의 가장 중요한 문제 가운데 하나가 될 정도로 심각해졌다. (마) 환경 문제는 인류뿐 아니라 지구 자체의 존속까지 위협하게 되었다. (바) 이렇게 된 데에는 여러 가지 원인이 있겠지만, 가장 근본적인 원인은 인간 중심적인 사고이다. (사) 특히 서양의 자연관에서 두드러지게 드러난다. (아) 그 예를 데카르트의 '나는 생각한다. 고로 나는 존재한다.'라는 말에서 찾아볼 수 있다. (자) 이 명제는 '생각하는 나만이 확실하다.'라는 의미를 내포하고 있고, 생각하는 동물은 인간밖에 없으므로 인간이 자연을 다스릴 권리가 있다는 결론에 이르게 한다.

3장

글쓰기의 방법

█ 1절. 문장 쓰기

이론   바른 문장 쓰기의 중요성과 바른 문장의 요건에 대해 안다.

실제   적절한 어휘 선택과 정확한 문법을 바탕으로 올바른 문장을 쓴다.

1. 바른 문장의 중요성

문장은 언어를 활용한 의사소통에서 가장 기본이 되는 단위이다. 한 편의 글은 단락이 모여 이루어지고, 단락은 문장들이 모여 완성된다. 좋은 글을 완성하기 위해서는 글을 구성하는 하나하나의 문장에 세심한 주의를 기울여야 한다. 자신의 생각을 잘 드러내는 글을 쓰기 위해서는 올바른 문장을 쓰는 일이 중요하다는 사실을 인식할 필요가 있다.

문장은 어휘의 배열로 이루어지므로, 문장 쓰기의 출발은 적절한 어휘를 사용하는 데에 있다고 할 수 있다. 또한 선택한 어휘의 배열이 한국어 사용자들에게 오해 없이 받아들여질 수 있어야 하는데, 이를 위해서는 한국어의 문법에 어긋남이 없도록 해야 한다. 이러한 과정을 거쳐 생성한 문장은 어문규범에 맞추어 써야 의미를 정확하게 전달할 수 있다. 따라서 올바른 문장을 쓰기 위해서는 아래와 같은 사항을 고려해야 한다.

- 어문규범에 맞을 것
- 적합한 어휘를 선택할 것
- 적격한 문장의 구조를 갖추고 문장의 각 성분을 호응시킬 것

2. 바른 문장의 요건

(1) 어문규범에 맞는 표기

어문규범은 '한글 맞춤법, 표준어 규정, 외래어 표기법, 로마자 표기법'으로 구성되어 있다. 〈한글 맞춤법〉은 한국어를 한글로 표기하는 것에 관한 규약으로 '띄어쓰기'에 관한 내용을 포함하고 있고, 부록에 문장부호 사용법을 싣고 있다. 〈표준어 규정〉은 한국어 표준 어휘의 선정에 관한 규약으로 〈표준 발음법〉을 포함하고 있다. 〈외래어 표기법〉은 외국에서 들어와 한국어가 된 외래어를 한글로 표기하는 규약으로 영어에서부터 러시아어에 이르기까지 19개 언어에 대한 표기 일람표를 제시하고 있다. 〈로마자 표기법〉은 한국어를 한글이 아닌 로마자로 표기하는 규약인데, 한글을 모르는 외국인이 한국어를 읽을 수 있도록 한국어 자모를 로마자로 나타내는 내용을 담고 있다.

어문규범은 한국인만을 위한 규정이 아니라, 한국어를 사용하는 모든 사람을 대상으로 하는 규정이다. 다시 말해 한국어를 사용하는 모든 사람 사이의 의사소통을 원활히 하기 위한 것이다. 한국에 사는 한국인과 해외에 사는 교포는 물론이고, 한국에

서 생활하는 외국인이나 외국에서 한국어를 공부하는 모든 사람들이 한국어를 사용할 때 이 규정을 따라야 한다. 이 가운데 문장을 쓸 때 특히 주의 깊게 살펴야 할 것은 〈한글 맞춤법〉과 〈표준어 규정〉이다.

〈한글 맞춤법〉에서는 특히 한글의 표기 원리를 제시하는데, 제1장 총칙 제1항에서 '한글 맞춤법은 표준어를 소리대로 적되, 어법에 맞도록 함을 원칙으로 한다.'고 하였다. '한글'이라는 표음문자를 이용하여 한국어를 표기할 때, 소리대로 적으면 의미 전달이 부정확해질 수 있다. 따라서 이를 보완하기 위해 '어법에 맞게' 써야 되는데, 이는 단어의 형태를 고정시키는 것을 의미한다. 예를 들어 소리대로 적으면 '놉고 노픈 하느리라 말들 하지만'이지만 형태를 고정하면 '높고 높은 하늘이라 말들 하지만'이 된다. 동일한 의미나 기능일 경우 형태를 고정시킴으로써 의미 파악이 쉽도록 하는 것이다.

1) 두음법칙

두음법칙은 단어의 첫머리에 나타날 수 없는 소리를 제약하는 규칙이다. 고유어는 단어의 첫소리로 'ㄹ'이나 '냐, 냬, 녀, 녜, 뇨, 뉴, 니'가 올 수 없다는 것이 두음법칙의 내용이다.

두음법칙을 적용할 때 주의해야 할 것은 한자어이다. 한자어는 근원적으로 외래어의 범주에 들지만 '외래어 표기법'이 말하는 '외래어'에 포함되지는 않는다. 즉 한자어는 고유어와 동일한 어문규범의 적용을 받는다. 그러므로 한자어 '녀자(女子), 뇨소(尿素), 뉴대(紐帶), 닉명(匿名), 락원(樂園), 량심(良心), 례의(禮儀), 로인(老人)' 등은 두음법칙에 따라 '여자, 요소, 유대, 익명, 낙원, 양심, 예의, 노인'과 같이 발음하고 표기해야 한다. 이는 '뉴스(news), 라디오(radio), 리본(ribbon)'과 같은 외래어들이 두음법칙의 적용을 받지 않는 것과 대조된다. 그리고 두음법칙은 어두 위치에 적용되는 제약이므로 어두 위치가 아닐 때는 적용되지 않는다. 다만 한자어 '냥(兩), 년(年), 리(里)'와 고유어 '녀석, 냠냠'은 예외로 인정한다.

두음법칙에 관한 잦은 오류는 어두 위치가 아닌데도 두음법칙을 적용하는 아래의 경우에 나타난다.

① '렬, 률'은 모음이나 'ㄴ' 받침 뒤에서 '열, 율'로 쓴다.
　나열(羅列), 비율(比率), 전율(戰慄), 백분율(百分率)
② 복합어의 경우 어두가 아니더라도 두음법칙이 적용된 형태를 쓴다.
　해외여행(海外旅行), 육십육(六十六), 중노동(重勞動), 비논리적(非論理的)
　남녀노소(男女老少), 남존여비(男尊女卑), 신여성(新女性), 공염불(空念佛)

②의 복합어에서 뒤에 결합된 단어는 이미 두음법칙이 적용된 것이다. 예를 들어 '해외여행'은 두 단어 '해외'와 '여행'이 결합된 복합어로 '여행'이 이미 두음법칙의 적용을 받은 후 '해외'에 결합된 것이다.

2) 사잇소리 표기

사잇소리 표기는 단어와 단어가 결합하는 합성어에 적용되는 규칙이다. 고유어가 합성어의 구성 요소로 참여하는 경우, 합성어를 이루는 둘째 요소의 첫소리가 된소리로 발음되거나 'ㄴ' 혹은 'ㄴㄴ' 소리가 덧날 때 첫 요소의 음절말에 'ㅅ'을 표기하는 것을 말한다. 각각의 예를 들면 다음과 같다.

① 고유어+고유어: 나뭇가지, 냇가, 맷돌, 모깃불, 아랫집, 햇볕, 혓바늘
② 고유어+한자어: 귓병, 아랫방, 전셋집, 찻잔, 텃세, 햇수

위의 ①, ②는 모두 두 번째 단어의 첫소리가 된소리로 발음되는 예이다. 반면 아래의 ③, ④는 두 번째 단어의 첫소리가 된소리로 발음되지 않으나, 다른 소리가 덧나 사잇소리를 표기한 예이다.

③ 'ㄴ' 첨가: 아랫니, 잇몸, 제삿날, 양칫물

④ 'ㄴ' 첨가: 뒷일, 깻잎, 베갯잇, 예삿일

다음의 여섯 단어는 2음절 한자어로 원칙적으로는 사잇소리 표기 대상에 포함되지 않지만, 예외적으로 사잇소리를 표기에 반영한다.

⑤ 곳간(庫間), 셋방(貰房), 숫자(數字), 찻간(車間), 툇간(退間), 횟수(回數)

그런데 두 말이 어울릴 적에 'ㅂ' 소리나 'ㅎ' 소리가 덧나는 경우가 있는데, 이는 소리대로 적는다.

⑥ 댑싸리(대ㅂ싸리)　　멥쌀(메ㅂ쌀)　　볍씨(벼ㅂ씨)　　입때(이ㅂ때)

　입쌀(이ㅂ쌀)　　접때(저ㅂ때)　　좁쌀(조ㅂ쌀)　　햅쌀(해ㅂ쌀)

⑦ 머리카락(머리ㅎ가락)　살코기(살ㅎ고기)　　수캐(수ㅎ개)

　수컷(수ㅎ것)　　수탉(수ㅎ닭)　　안팎(안ㅎ밖)

　암캐(암ㅎ개)　　암컷(암ㅎ것)　　암탉(암ㅎ닭)

3) 단어의 형태를 밝혀 적기

한글 맞춤법은 단어의 기본 형태를 밝혀 적는 표기 원리를 택하고 있다. '높다'의 활용형을 발음 나는 대로 적으면 '노프니, 노파서, 놉고'이지만, 기본 형태를 밝혀 적으면 '높으니, 높아서, 높고'가 되는 것이다. 형태를 통일함으로써 뜻을 명확히 할 수 있다. 그런데 형태는 다르나 공교롭게 발음이 같은 단어들이 있다.

① 물이 얼음이 된다.　　　　일이 자정 어름에야 끝났다.

② 쟁반을 좀 반듯이 들어라.　반드시 성공합시다.

③ 여기 좀 더 있다가 갈 게.　이따가 해.

④ 소금에 배추를 절인다.　　손발이 자주 저린다.

⑤ 우표를 <u>붙</u>이다.   편지를 <u>부</u>치다.

한글 맞춤법 제57항은 일상 언어생활의 빈출 어휘를 중심으로 이러한 유형에 속하는 단어들의 쌍을 제시하고 있으므로, 평소에 자주 참고하여 각 단어의 형태를 잘 구별할 수 있도록 해야 할 것이다.

4) 발음과 표기

동사 '되다'는 모음으로 시작하는 어미 '-어, -어도, -었-' 앞에서는 '돼, 되어도/돼도, 되었-/됐-'으로 바뀐다. 그런데 /되/와 /돼/의 발음을 구별하지 못하는 바람에 두 형태를 잘못 표기하는 일이 자주 일어난다.

① <u>되</u>고 안 <u>되</u>고가 중요해? (○)   되고 안 <u>돼</u>고가 중요해? (×)

    잘 <u>되</u>네. (○)   잘 <u>돼</u>네. (×)

    잘 <u>되</u>면 좋지. (○)   잘 <u>돼</u>면 좋지. (×)

    <u>되</u>지 말란 법 있어?(○)   <u>돼</u>지 말란 법 있어? (×)

    잘 <u>될</u>까? (○)   잘 <u>됄</u>까? (×)

    이제 <u>된</u> 거야. (○)   이제 <u>됀</u> 거야. (×)

    잘 <u>되</u>니까 좋다. (○)   잘 <u>돼</u>니까 좋다. (×)

    그러면 안 <u>돼</u>. (○)   그러면 안 <u>되</u>. (×)

    <u>돼</u>도 걱정이야. (○)   <u>되</u>도 걱정이야. (×)

    <u>됐</u>으니까 그만 해. (○)   <u>됬</u>으니까 그만 해. (×)

    참 안<u>됐</u>다.(○)   참 안<u>됬</u>다. (×)

'되다' 외에도 '뵈다, 쇠다, 죄다, 외다, 쐬다' 등의 동사 역시 동일한 방식으로 표기한다.

'왠'과 '웬' 역시 혼동하는 경우가 많은데, 모음 /ㅙ/와 /ㅞ/를 구별하지 못하는 데서 오는 문제이다. '왠지'는 '왜인지'의 축약형으로 '무슨 까닭인지'라는 의미를 갖고, '웬'은 '어떠한, 어찌 된'의 뜻을 갖는 관형사이다. 따라서 '왠지'는 한 단어이므로 띄어 쓰지 않고 '웬'과 그 뒤 명사는 두 단어이므로 띄어 써야 한다. 다만 '웬일'이나 '웬걸'과 같이 결합 관계가 매우 긴밀해져 한 단어로 인정된 경우에 띄어 쓰지 않는다.

② 오늘은 왠지 비가 올 것 같다. 왠지 모르게 자꾸 자신감이 떨어져.

③ 웬 비가 이렇게 많이 와? 웬 만큼 하지. 웬 돈이야? 이게 웬 떡이야?

④ 웬일이야? 웬걸!

잘못된 발음 습관이 그대로 글에 반영되어 표기에 오류가 나타나는 예들이 많이 있다. 가장 광범위하게 나타나는 현상이 단어의 첫소리 자음을 된소리로 발음하거나 'ㄹ' 앞에서 'ㄹ'을 하나 더 집어넣어 발음하는 일이다. 예시하면 아래와 같다.

⑤ 그런 일을 저질르게(→저지르게) 된다.

    일자리를 얻을려고(→얻으려고) 모인 사람들

⑥ 음식을 쫌(→좀) 싸가자. 찝개(→집게)로 찝어야(→집어야) 돼.

⑦ 힘쎄고(→힘세고) 오래가는 건전지

다음으로 자주 나타나는 오류는 'ㄹ' 받침을 가진 용언들의 활용형을 잘못 사용하는 경우이다.

⑧ 너도 알으라고(→알라고) 그랬지.

    여기 살으라고(→살라고) 해도 안 살아.

    돈을 많이 벌은(→번) 사람들은 더 많이 내야지.

이 외에도 잘못된 발음 습관이 문자 표기로까지 이어진 다음과 같은 예들이 있다.

⑨ 나래도(→나라도) 그렇게 했을 거야.

⑩ 다 해논(→해 놓은) 일에 재를 뿌리네.

　내가 사논(→사 놓은) 거야.

⑪ 학교에 잠깐 들렀다(→들렀다) 왔어.

⑫ 문을 잘 잠궈야지(→잠가야지).

⑬ 방귀 좀 꼈기로서니(→뀌었기로서니)

　학교까지 떠(→뛰어) 왔어.

　이제 생각이 바꼈어(→바뀌었어).

　이상에서 살펴본 것과 같이 발음의 혼란이나 잘못된 발화 습관에 의해 굳어진 말소리는 단어의 형태를 잘못 인식하게 하고, 이렇게 잘못 인식된 단어의 형태가 굳어져서 그대로 문자 표기에 이어진다는 점에서 문제가 된다. 그러므로 바른 문장으로 좋은 글을 쓰기 위해서는, 평소에 단어의 형태를 정확하게 인지하려는 노력과 표기의 원리를 확인하려는 태도가 필요하다. 즉 좋은 글을 쓰는 것은 우리 말과 글에 대한 올바른 인식과 세심한 주의에서 출발한다고 할 수 있다. 한국인이 한국어와 한글을 능숙히 사용하는 것은 저절로 되는 것이 아니라 일상의 노력을 통해 이루어질 수 있는 것이다.

5) 표준어 규정

　어문규범에서는 표기에 혼동을 겪을 수 있는 단어들의 정확한 표기 형태를 표준어 규정을 통해 제시하고 있다. 본래 형태를 밝혀 적은 쪽을 표준어로 삼는 것이 일반적이지만, 언어 현실을 반영하여 언어 사용자들이 익숙하게 널리 사용하는 것을 표준어로 삼기도 한다.

① 설거지(○)　　　설겆이(×)　　　돌잔치(○)　　　돐잔치(×)

　무(○)　　　무우(×)

② 자장면/짜장면　　만날/맨날　　삐치다/삐지다　　눈초리/눈꼬리

①은 현재 언어 사용자들이 널리 사용하는 것을 표준어로 삼은 예이며, ②는 이전에는 표준어가 아니었던 것을 복수의 표준어로 인정한 예이다.

'위'가 명사와 결합하여 복합어를 만들 때에는 그 형태를 '윗-'으로 적는다. 다만 결합하는 단어의 첫소리가 된소리나 거센소리일 경우에는 '위'로 쓴다. 또한 아래와 위의 대립이 없는 단어와 결합할 때에는 '웃'으로 쓴다.

③ 윗눈썹, 윗니, 윗도리, 윗머리
　　위짝, 위쪽, 위턱, 위팔
　　웃돈, 웃어른, 웃옷

그 외에 비표준어가 표준어로 자주 혼동되는 예가 있으므로 주의해야 한다. 이를 보이면 아래와 같다.

④ 오뚝이(○)　　오뚜기(×)　　설레다(○)　　설레이다(×)

내로라하는(○)　　내노라하는(×)　　며칠(○)　　몇일(×)

금세(○)　　금새(×)　　어이없다(○)　　어의없다(×)

무난하다(○)　　문안하다(×)　　굳이(○)　　구지(×)

눈곱(○)　　눈꼽(×)　　역할(○)　　역활(×)

덩굴(○)　　덩쿨(×)　　마늘종(○)　　마늘쫑(×)

6) 띄어쓰기

전통시대 동양에서는 글자를 쓸 때 빈 칸 없이 모두 붙여 썼다. 한중일 삼국이 모두 그러하였다. 조선시대까지 한자든 한글이든 글자는 붙여 쓰는 것이었다. 그러다 갑오개혁으로 국문이 공용문자가 되면서 한글을 이용하여 효과적으로 표기하는 방법에

대한 시도가 다각적으로 이루어졌는데, 영어의 띄어쓰기 방법이 적용되어 오늘날까지 이르고 있다. 즉 모든 단어는 띄어 씀을 원칙으로 하게 된 것이다.

조사는 자립성을 가진 여러 언어 단위에 두루 결합할 수 있는데, 조사 자신은 자립성이 없으므로 어떠한 경우에도 그 앞 단위와 붙여 써야 한다. 그리고 조사는 필요한 만큼 연이어 겹쳐 쓸 수 있는데 조사의 결합체가 아무리 길어도 그 앞말과 반드시 붙여 써야 한다. 예시하면 아래와 같다.

<1896년 독립신문>

① 고향에서만이라도, 머리에서부터, 밥은커녕, 학생입니다
② 단지 하고 안 하고의 문제가 아니다.
　　무엇을 할까보다는 어떻게 할까를 생각하자.
　　이 일이 얼마나 중요한지부터 생각합시다.

의존 명사는 언제나 앞의 말과 띄어 써야 한다. 다만 단위를 나타내는 의존 명사가 아라비아 숫자와 함께 쓰이거나 순서를 나타낼 때는 붙여 쓸 수 있다.

③ 일 때문에, 가까운 데, 할 수 있다, 할 줄 몰라, 갈 거야
④ 세 시 이십 분, 한 개, 세 마리, 국장 겸 과장, 청군 대 백군
⑤ 제일과, 6층, 16동, 2015년, 10개, 7미터, 80원

수를 적을 때에는 만 단위로 띄어 쓴다.

⑥ 십이억 사천오백구만 구천육백이십칠

　12억 4509만 9627

　띄어쓰기에서 특히 주의해야 할 것은 의존 명사와 조사·어미 등의 형태가 같은 예들이다. '만큼, 뿐, 대로, 만'은 조사와 의존 명사의 형태가 같고 '지, 데, 듯'은 의존 명사와 어미의 형태가 비슷하여 띄어쓰기의 혼란을 낳는다. 또한 '같이, 밖에'처럼 조사가 부사나 명사와 형태가 같은 경우가 있으므로 주의해야 한다.

⑦ 나만큼　　　할 만큼　　　이것뿐　　　할 뿐

　나름대로　　될 대로　　　나만　　　10년 만

⑧ 같이 가　　바보같이 운다　너밖에　　그 밖에 여러 가지

⑨ 여기 온 지, 집에 간 지　　잘 있는지, 얼마나 지루한지, 언제 올지

⑩ 공부할 데, 책을 산 데　　마음은 착한데, 일은 잘 하는데

⑪ 땀이 비 오듯 한다　　부러운 듯 바라본다

　동사나 형용사에 '-어지다'나 '-어하다'가 결합하여 동사가 된 경우, 하나의 단어가 되었으므로 띄어 쓰지 않는다.

⑫ 꿈은 이루어진다.　　점점 예뻐진다.　　좀 부지런해져라.

⑬ 두려워하지 마라.　　좋아하는 일을 찾자.　　예뻐하는 사람

　특히 부사 '잘, 안, 못, 같이, 함께' 등이 결합하여 새로운 의미의 동사나 형용사를 만든 경우 이들을 한 단어로 보아 띄어 쓰지 않는다.

⑭ 잘 해야 돼.　　술을 잘한다.

⑮ 일을 잘 못한다.　　답을 잘못 썼다. 내가 잘못했다.

⑯ 성격이 <u>못</u>됐다.　　바빠서 <u>못</u> 했다.

　<u>안</u> 해도 돼.　　참 <u>안</u>됐다.

⑰ <u>함께</u> 가자.　　<u>함께</u>하는 사회

　<u>같이</u> 가.　　의견을 <u>같이</u>하는 사람들

　'잘하다'는 부사 '잘'과 동사 '하다'의 연결이지만 이것이 '즐겨하다'는 의미를 생성했고, '잘'과 '못'의 결합인 '잘못'은 '그릇되게', '잘못하다'는 '실수하다, 그르치다'의 의미를 생성했기 때문에 별개의 단어로 다룬다. '안되다'는 '가엾다'의 뜻을 갖고 '못되다'는 '고약하다, 나쁘다'의 뜻을 갖는 단어가 되었다. '함께하다'는 '어떤 일을 더불어 하다', '같이하다'는 '같은 사정에 처하다'의 의미를 가진 단어이다.

1. 다음 중 맞는 표현을 선택해 보자.

1) (수익률/수익율)을 (백분률/백분율)로 표시해 보자.
2) (전세집/전셋집)의 (수도관/수돗관)에 문제가 생겼는지 (수도물/수돗물)에서 이상한 냄새가 난다.
3) 명절 연휴에 많은 사람들이 (해외녀행/해외여행)을 떠난다.
4) 노트북이 몇 번 (재부팅되더니/재부팅돼더니) 아까 완전히 다운이 (됬다/됐다).
5) (맞힌/맞춘) 문제의 (개수/갯수)를 세었다.
6) 우리가 (치울게/치울께).
7) 일부러 그런 건 (아니에요/아니예요).
8) 당신이 행복하기를 (바랐습니다/바랬습니다).
9) (웃어른/위어른/윗어른)께 존경하는 마음을 갖자.
10) 조만간에 꼭 (뵈요/봬요).

2. 다음 중 틀린 부분을 찾아 고쳐 보자.

1) 내가 요리는 해도, 설겆이는 도저히 못 하겠다.
2) 친구들이 일제히 "사겨라! 사겨라!"하고 박수를 치기 시작했다.
3) 어제 수강아지 한 마리가 우리 집에 들어와서 외양간의 숫양과 함께 잤다.
4) 조카가 오뚜기에 관심을 보이기 시작했다.
5) 친구를 다시 만난다고 생각하니 설레이는 마음을 감출 수 없었다.
6) 부산국제영화제 개회식에 내노라하는 배우들이 모두 모였다.
7) 편지봉투에 우표를 부쳐서 그에게 붙였다.

3. 다음의 문장을 적절하게 띄어쓰기 해보자.

　1) 영화가시작된지이십분이지났다.

　2) 밖에나가노는것밖에는할수있는일이없다.

　3) 이백삼십일만천육백오십원

　4) 날씨가추워꽃은커녕봉오리도보이지않는다.

　5) 형만큼은아니지만나도여학생들에게종종선물을받아올만큼인기가있다.

　6) 그는올듯말듯애매하게말했다.

　7) 어제선배를만났는데도서관에사람이많아서공부할데가없다고했다.

　8) 그가오든지말든지상관하지않고시작했다.

　9) 그녀는머리에서부터발끝까지빛이났다.

　10) 자주가던단골까페에못가본지벌써몇달째이다.

(2) 적절한 어휘 선택

어휘는 문장의 기초가 되므로 어휘를 적절하게 선택하는 것은 적절한 문장을 쓰는 것과 직접적으로 연관된다. 올바른 문장을 쓰기 위해서는 어휘의 의미를 정확하게 알고, 문장에 어울리는 적절한 어휘를 선택해야 한다.

1) 조사와 어미의 사용

조사와 어미는 대개 한 형태가 하나의 기능을 갖는다. 그러므로 기능에 맞는 조사와 어미를 올바로 선택해서 사용해야만 문장의 의미를 정확하게 나타낼 수 있다. 조사와 어미에 나타나는 오류는 크게 두 가지로 나뉜다. 하나는 문법 형태의 정확한 기능을 알지 못해 그 형태를 잘못 선택한 것이고, 다른 하나는 발음이 비슷한 조사와 어미를 서로 혼동하는 것이다.

① 나에(→나의) 사랑

　학생에(→학생의) 말을 듣고

　송년회 모임에(→모임에서) 마음껏 즐기시라고

② 냉동실에서(→냉동실에) 보관한다.

　다른 조건에서는(→조건에는) 문제가 없었으나

③ 여성에게(→여성의) 눈길을 끌기 위해

④ 자신의(→자신이) 속한 동호회에

⑤ 방송국에게(→방송국에) 항의 전화를 걸었다.

⑥ 봄나물을 뜯으로(→뜯으러) 다니고

⑦ 그 애가 돌아갔다라는(→돌아갔다는) 말은 어디서 들었니?

조사나 어미의 본래 형태와 그것의 문법적 기능을 정확히 알지 못하여 나타나는 오류 가운데 가장 흔히 볼 수 있는 것이 '-(으)로서'와 '-(으)ㅁ으로써'의 혼란이다.

'-(으)로서'는 '자격, 입장, 처지' 등의 뜻을 나타내고 '-(으)ㅁ으로써'는 앞의 행위가 뒤따르는 행위의 '수단'이 됨을 나타낸다. 그 외에 이유를 나타내는 '-(으)므로'도 있으므로 그 사용에 유의해야 한다.

⑧ 나로서는 어쩔 수 없었다.

　　교사로서 잊지 말아야 할 몇 가지

⑨ 투표에 적극 참여함으로써 우리의 권리를 찾읍시다.

　　비행기를 발명함으로써 인간은 하늘을 날 수 있게 되었다.

⑩ 주변 사람들에게 피해가 가므로 음식물 쓰레기를 함부로 버리면 안 된다.

　　사람들이 많이 모이는 행사이므로 안전 문제를 일으킬 수 있다.

다음으로 '-오'와 '-요'를 들 수 있다. '-오'는 문장을 끝내는 기능을 하는 종결어미이고 '-요'는 존칭의 뜻을 더해주는 보조사이다. '-오'는 높임을 나타내는 '-시-'와 결합하여 사용되는 예가 가장 많다. 한 문장 안에서 어떤 요소를 나열하여 연결할 때에는 '-요'가 쓰인다.

⑪ 어서 오십시오. (○)　　　　　어서 오십시요.(×)

　　알맞은 답을 쓰시오.(○)　　　알맞은 답을 쓰시요.(×)

　　한 줄로 서시오.(○)　　　　　한 줄로 서시요.(×)

⑫ 산은 산이요 물은 물이다.(○)　산은 산이오 물은 물이다.(×)

'-던'과 '-든'의 사용에도 유의해야 한다. '-던'은 과거를 회상하는 의미의 '-더-'가 결합된 것이며, '-든'은 '선택'이나 '조건'을 나타낸다.

⑬ 어제 하던 거야.　　　얼마나 잘 먹던지!　　　철없던 시절이었어.

⑭ 가든 말든 상관 마.　　거기 있거든 오라고 해.　　누가 가든지 가야 돼.

문장을 끝맺을 때 쓰는 '-데'와 '-대'도 발음을 구별하지 못해 형태를 혼동하는 예이다. '-데'는 말하는 이가 과거에 직접 경험한(직접 보거나 듣거나 한) 사실을 말할 때 사용하는 것으로 '-더라'와 바꿔 쓸 수 있다.

⑮ 너 어제 보니까 일찍 가고 없<u>데</u>/없<u>더라</u>.

그쪽 교실이 생각했던 것보다 크<u>데</u>/크<u>더라</u>.

동생이 더 예쁘<u>데</u>/예쁘<u>더라</u>.

반면 '-대'는 다른 사람의 말을 전할 때 쓰는데 '-다고 해'가 준말이다. '-다고 해'가 쓰인 문장은 그 머리에 '다른 누군가가 말하기를'이라는 표현이 생략된 것으로 볼 수 있다.

⑯ 걔는 어제 갔<u>대</u>.   모두 내일 간<u>대</u>.   언니는 밥 안 먹는<u>대</u>.

형은 요즘 숙제가 많<u>대</u>.   언니보다 동생이 더 예쁘<u>대</u>.   쟤는 가기 싫<u>대</u>.

2) 서로 어울리는 어휘 선택

문장을 쓸 때 적합한 단어를 선택하기 위한 몇 가지 조건이 있다. 우선 문장 안에 수관형사나 수사가 쓰일 때 이들과 결합할 수 있는 단위 의존 명사의 결합제약을 고려해야 한다. 특히 단위를 나타내는 의존 명사가 고유어일 경우에는 그 앞의 수 표현 역시 고유어가 선택되며, 한자어일 경우에는 수 표현 역시 한자어가 선택되는 것이 일반적이다.

① 꽃 <u>세</u> 송이, 개 <u>한</u> 마리, 양말 <u>두</u> 켤레, <u>스무</u> 날

<u>십</u> 년(年), <u>일</u> 분(分), 이십 일(日)

<u>오십구</u>(→쉰아홉) 살의 학생

여자가 <u>3</u>(→셋)이나 있다

다음으로는 선택한 단어의 의미가 문장의 다른 단어들의 의미와 어울리는지 살펴야 한다. 먼저 ②는 단어가 지닌 본질적인 의미를 잘못 알고 사용한 예들이다.

②　자신의 생각과 틀리다고(→다르다고) 하여

　　정답을 세 개밖에 못 맞췄다(→맞혔다).

　　여러분의 노고에 대한 많은 수상이(→시상이) 있을 것이니

　　한글을(→한국어를) 두고 왜 영어를 공용어로 삼자고 논의하는지 모르겠다.

③은 특정 단어들의 의미가 비슷하거나 같다고 여겨 적합한 선택을 하지 못한 예들이다.

③　사람들은 컴퓨터를 선호하고(→좋아하고) 하루 종일 컴퓨터 앞에만 앉아 있다.

　　집에서는 맏딸의 지위에(→위치에) 있고

　　신체가(→몸/체격이) 줄었다.

　　성적이 상승했다(→향상됐다).

　　불우이웃돕기 성금이 너무 작게(→적게) 모였다.

④는 서술어가 요구하는 주어나 목적어 등이 서술어의 의미와 호응하지 않는 예들이다.

④　모임을 주도하는 입장을 겪다보니(→입장에 있다 보니)

　　무역학과를(→무역학을) 전공하였던 것

　　무슨 생각이 계시겠지(→있으시겠지).

　　손님, 주문하신 피자 나오셨습니다(→나왔습니다).

3) 의미 중첩

한 문장 안에 같은 의미를 지닌 단어가 중첩되어 나타나면 문장이 불필요하게 길어지고 의미가 모호해지기 쉽다. 같은 의미를 지닌 한자어와 고유어가 나란히 쓰이는 아래와 같은 예들이 가장 흔히 볼 수 있는 오류들이다.

① 일방적인 편견, 좋은 호평, 근거 없는 낭설, 나이가 어린 연소자
  약 십여 군데 가량, 매년마다, 과거 몇 년 전만 해도, 역전 앞에서
  구름처럼 운집하다, 미리미리 예습하다, 천천히 서행하다
  감옥을 탈옥하다, 원고를 투고하다

그리고 ②와 같은 단어 중첩도 나타나는데 아래 문장은 '주위에'와 '모두에게'를 합하여 하나로 표현하는 것이 바람직하다.

② 한 해 동안 주위에 친절과 웃음으로 모두에게 기쁨을 주고
  ⇒ 한 해 동안 주위의 모든 사람에게 기쁨을 주고

4) 불필요한 한자어·외국어

한자어는 한국어 어휘의 60% 정도에 이를 정도로 그 양이 많지만 아래 예시된 것과 같은 한자어들은 보다 널리 쓰이는 말로 대체해서 쓸 수 있다. 되도록 고유어를 살려 사용하고 의미 전달에 꼭 필요한 정도의 한자어를 적절하게 사용하려는 노력이 있어야 한다.

① 심심(甚深)한(→깊은) 감사의 말씀
  지난(至難)한(→매우 어려운) 과정의 연속
  남녀 공(共)히(→함께)
  허가를 득한(→얻은) 후 게시할 것

특히 외국어를 무분별하고 과도하게 사용하는 일은 글을 쓰는 모든 사람이 크게 경계해야 할 일이다.

② <u>모던한</u>(→현대적인) 감각

    <u>워킹 우먼</u>의(→일하는 여성의) 필수 <u>아이템</u>(→필수품)

    나보다 우리를 위하는 <u>마인드</u>(→마음)

    그 가게의 <u>오너</u>(→주인)는

    도전 정신과 패기가 <u>플러스가 되어</u>(→더해져)

    자신 있게 말할 수 있는 <u>스킬</u>(→기술)도 터득하고

    무척이나 <u>오버</u>하면서(→과장되게 행동하면서)

5) 글에 어울리지 않는 축약 표현

글을 쓸 때에는 둘 이상의 형태를 줄여 쓰거나 긴 단어의 축약형을 쓰지 않는 것이 좋다. 이러한 축약형은 공적인 성격의 글이나 격식을 갖추어 써야 하는 글에는 어울리지 않는다.

① 그런 <u>게</u>(→것이) 전부는 아니지만

    <u>이게</u>(→이것이) 아니면 <u>저거다</u>(→저것이다) 하면서

② 그런 <u>걸</u>(→것을) 다 일일이 살펴보는 것은 힘들다.

    <u>어딜</u>(→어디를) 가든

    <u>뭘</u>(→무엇을) 해야 할지 몰랐다.

③ <u>그럼</u>(→그러면) 좋겠지만

    <u>아님</u>(→아니면) 말고 하는 식의

④ <u>오긴</u>(→오기는) 했지만

    확실한 <u>건</u>(→것은) 아니지만

아무런 사전 언급이나 지시 없이 문맥 안에 ⑤와 같은 표현을 사용하는 일이 없도록 주의를 기울여야 한다.

⑤ 홍대(→홍익대학교)의 경우만 해도

학식(→학생식당)의 복지 문제

저는 여러 가지 알바(→아르바이트)를 경험했고

어제 생파(→생일 파티)를 했는데

일상적인 대화에서 자주 사용되는 표현 가운데, 글에 썼을 때에는 적절하지 않은 것이 있다. 대화에서 흔히 사용되는 속어가 대표적인 예인데, 이러한 표현은 격식적인 것이라고 할 수 없으므로 글을 쓸 때에는 사용하지 않는 것이 좋다.

⑥ 사고 같은 건 안 치고

⇒ 사고 같은 것은 일으키지 않고

⑦ 학점을 잘 딸 수 있을지

⇒ 학점을 잘 받을 수 있을지

⑧ 요즘 한창 뜨고 있는

⇒ 요즘 한창 각광받고 있는 / 요즘 한창 인기를 얻고 있는

⑨ 저는 공부와 안 친합니다.

⇒ 저는 공부하는 일을 좋아하지 않습니다.

1. 다음 문장에 어울리는 표현을 골라 표시해 보자.

1) 영업부의 직원을 (늘여야/늘려야) 합니다.

2) 네가 집에 (가던 말던/가든 말든) 상관하지 않겠다고 (하던데/하든데)?

3) 바늘에 실을 (꿰어서/꿰여서) 꽂아 둔다.

4) 알아보니까 그 사람은 이미 (출국했던데/출국했던대), 도대체 네 동생은 그런 헛소문을 어디서 (들었데/들었대)?

5) 우리 문화유산을 잘 보전하여 (후손에/후손에게) 물려줘야 한다.

2. 다음 문장에서 어휘의 선택이 어색한 부분을 찾아 고쳐 보자.

1) 서로 의견이 틀리다고 해서 상대를 비방하면 안 됩니다.

2) 그는 나에게 눈물로서 호소했다.

3) 어머니는 불교를 믿지만 나는 교회를 믿는다.

4) 많은 나라들이 일본과의 수교할 의향을 갖고 있다.

5) 이 일이 잘 해결된 것은 모두 선생님의 탓입니다.

6) 흡연자도 국민으로써 흡연을 즐길 권리가 있다.

7) 오랜 세월 동안 학계에서 몸 담아 왔다.

8) 약은 약사에게 상의하십시오.

9) 이 주스는 사과로만 갈아 만듭니다.

10) 제 말을 잘못 오해하셨네요.

(3) 문장 구성

　문장은 단어들의 결합체이고 단어들은 문장 안에서 일정한 순서에 따라 배열되므로, 올바른 문장을 쓰기 위해서는 문장의 구조에 대한 기본적인 이해가 필요하다.

　문장을 구성하는 필수 성분은 '주어, 목적어, 서술어'이고 이 성분들을 꾸미는 부속 성분으로 '관형어, 부사어'가 있다. 주어는 문장의 주체가 되는 성분이고 목적어는 서술 행위의 대상이 되는 성분이며 서술어는 주체의 행위나 상태를 서술하는 성분이다. '관형어'는 체언을 꾸미는 성분이고 '부사어'는 용언을 꾸미는 성분인데 이들은 그것의 꾸밈을 받는 성분 앞에 놓인다. 필수 성분인 '주어, 목적어, 서술어' 외에 다른 성분을 반드시 더 요구하는 서술어가 있다. '되다, 아니다, 같다, 다르다, 주다, 삼다' 등의 용언이 문장의 서술어가 될 때 그러하다.

　이러한 문장의 각 성분이 적절히 어울려 구성되어야 정확한 문장이 된다. 각 성분은 구조적으로 적절히 엮여 있어야 하며 또한 의미상으로도 서로 자연스럽게 호응해야 한다.

1) 문장 성분의 호응

　성분 호응이란 문장에 한 요소가 나타나면 반드시 다른 요소가 나타나야 하는 제약을 말한다. 즉 서술어는 그것의 성격에 맞는 주어나 목적어가 반드시 있어야 하고 각 요소들은 문법과 의미상의 충돌이 없어야 한다.

　아래 문장들에서 주어는 각각 '취미, 공지사항, 생각, 스타일, 장점'이므로 서술어로 올 수 있는 것은 서술격 조사 '-이다'나 '어떠하다'의 의미를 지닌 형용사이다. 만일 주어와 서술어의 호응이 이루어지지 않으면 그 문장은 비문이 된다.

① 취미는 등산, 탁구, 여행, 영화감상 등이 있으며
　　⇒ 취미는 ~ 등이며
② 공지사항은 이번 휴가를 맞이하여 봄철 정기산행을 가고자 합니다.

⇒ 공지사항은 ~ 정기산행을 가자는 것입니다.

③ 저의 생각은 부정적인 시각입니다.

⇒ 저의 생각은 부정적입니다.

④ 저의 장점은 성실함과 꼼꼼함을 들 수 있습니다.

⇒ 저의 장점은 ~하고 ~한 것입니다.

⇒ 저는 ~하고 ~한 것이 장점입니다.

⑤가 자연스러운 문장이 되려면 '사람들'이 주어, '살다'가 서술어라고 보아야 한다. 그런데 여기서는 '사람들'이 목적어로 쓰여 문장이 자연스럽지 못하므로, '사람들이' 와 같이 수정해야 자연스럽다. ⑥의 서술어인 '관심을 갖다'는 '-에 관심을 갖다'와 같이 쓰는 것이 보다 자연스럽다. ⑦은 주어 '저는'과 서술어 '가족이다'가 호응하지 않아 부자연스러운 문장이 되었다.

⑤ 모든 사람들을 건강하게 살 수 있도록 도움을 준다.

⇒ 모든 사람들이 ~

⑥ 겉모습을 꾸미는 것은 청소년기에 접어들면서 더욱 관심을 갖게 된다.

⇒ 청소년기에 접어들면서 겉모습을 꾸미는 것에 ~

⑦ 저는 부모님과 여동생, 모두 네 명이 한 가족입니다.

⇒ 저의 가족은 ~ 네 명입니다.

⑧은 서술어가 '나누다'이므로 '-을 -으로 나누다' 혹은 '-이 -으로 나뉘다'로 표현할 때 주어나 목적어가 반드시 필요하다. ⑨는 무정물인 '투표'가 '실시하다'의 주어가 될 수 없으므로 어색한 문장이다.

⑧ 사랑에는 아가페적 사랑과 플라토닉, 에로스 사랑의 세 부류로 나눈다.

⇒ 사랑을 ~ 세 부류로 나눈다.

⇒ 사랑은 ~ 세 부류로 나뉜다.

⑨ '최고의 사원을 찾아라'의 투표가 드디어 내일 실시하게 됩니다.

⇒ ~ 투표를 ~ 실시하게 됩니다.

⇒ ~ 투표가 ~ 실시됩니다.

2) 올바른 수식 표현

수식어는 수식을 받는 말 앞에 놓이되 가능한 한 가장 가까운 위치에 있어야 의미의 모호함과 왜곡을 막을 수 있다. 아래 문장들에서 '지금의, 가게의'는 각각 '성격, 매출'을 꾸미고 있으므로 이들을 최단거리에 배열해야 자연스러운 문장이 된다.

① 제 샘이 많고 지지 않으려는 성격은

⇒ 샘이 ~지 않으려는 제 성격은

② 제가 일한 가게의 전에 비해 매출이 13%가량 상승했고

⇒ ~ 가게의 매출이 전에 비해 ~

특히 조사 '-의'를 바르게 사용하지 않아 의미가 모호하거나 구조가 이상한 문장이 되는 일이 자주 일어난다. '-의'를 과도하게 사용하지 말고, 한국어 어법에 맞게 단어를 배열하여 문장의 의미를 정확하게 나타내어야 한다.

③ 현대의 토지 이용의 효율성에 의해서 아파트가 생겨나게 되었다.

⇒ 현대로 오면서 토지를 효율적으로 이용하기 위해 ~

④ 다양한 리더의 경험을 바탕으로

⇒ 리더로서 겪었던 다양한 경험 ~

⑤ 타지에서의 혼자의 생활이 나의 부족한 자신감을 키울 수 있는 계기가 되었다.

⇒ 타지에서 혼자 생활한 것이 ~

⑥ 신분 상승에의 욕망

⇒ 신분 상승을 향한 욕망

3) 접속문 구성

문장을 연결할 때는 몇 가지 지켜야 할 규칙이 있다. 첫 번째 규칙은 연결되는 문장의 구조가 같아야 한다는 것이다. 두 번째 규칙은 명사가 접속될 때 두 명사의 의미 속성이 일치해야 한다는 것이고, 세 번째 규칙은 두 문장이 공유하지 않는 성분을 생략할 수 없다는 것이다. 아래 예문에서 그 규칙을 확인할 수 있다.

① 누나는 모범생이고, 형은 냉면을 좋아한다.
　　⇒ 누나는 모범생이고 형은 괴짜이다.
　　⇒ 누나는 김밥을 좋아하고 형은 냉면을 좋아한다.
② 나는 사과와 과일을 좋아한다.
　　⇒ 나는 사과와 딸기를 좋아한다.
　　⇒ 나는 야채와 과일을 좋아한다.
③ 부모님께 순종하고 공경해 왔으며
　　⇒ 부모님께 순종하고 부모님을 공경해 왔으며

아래 ④~⑧은 '-와/-과', '-거나'로 연결된 표현이 서로 대등한 성격을 지니지 않아 부자연스러운 문장이 되었다.

④ 저는 기타와 음악을 주류로 하는 동아리 활동을 했습니다.
　　⇒ 저는 기타 연주를 하는 ~
⑤ 교통수단이 발달하여 주거와 직장이 멀어지게 되었다.
　　⇒ ~ 집/가정/주거지와 직장이 ~
⑥ 저희 결혼식에 오셔서 축복과 격려하여 주신 데 감사드립니다.
　　⇒ ~ 축복과 격려를 해 주신 ~

⇒ ~ 축복하고 격려하여 ~

⑦ 자세한 일정이 궁금하시<u>거나</u> 그 외 다른 기타사항은 게시판에 있으니

⇒ 자세한 일정이 궁금하시거나 다른 문의사항이 있으시면 게시판을 ~

⇒ 자세한 일정과 기타사항은 게시판에 있으니

⑧ 긍정적인 사고<u>와</u> 많은 사람들과 친해지는 법을 배울 수 있었다.

⇒ 긍정적<u>으로</u> 사고하고 ~

4) 잘못된 피사동 표현

문장이 잘못된 피동문이 될 때 가장 자주 나타나는 오류는 이미 피동 표현인 동사에 '-어지다'가 결합하여 피동형을 의도하는 경우이다.

①의 서술어들은 '-되다'가 포함되어 있으므로 이미 피동의 의미를 갖는다. 그런데 '-되다'의 뒤에 다시 '-어지다'가 결합하여 피동 표현이 중복되는 오류가 발생했다.

① 그것이 큰 문제라고는 <u>생각되어지지</u>(→생각되지) 않았다.

당락이 <u>결정되어진다</u>(→결정된다).

②의 서술어들은 능동사가 피동접미사와 결합하여 피동사를 생성하는 예들이다. 능동사 '놓다, 쌓다, 나누다'를 피동문의 서술어로 사용하려면 어간 '놓-, 쌓-, 나누-' 뒤에 피동접미사 '-이-'를 결합하여 피동사 '놓이다, 쌓이다, 나뉘다'로 만들면 된다. 그런데 아래 예문은 피동사인 '놓이-, 쌓이-, 나뉘-' 뒤에 다시 '-어지다'가 결합하여 이중피동 형태를 취한 오류를 보인다.

② 현관 앞에 덩그러니 <u>놓여진</u>(→놓인) 자전거

적립금이 <u>쌓여지고</u>(→쌓이고) 있다면서

이 앞에서 길이 둘로 <u>나뉘어진다</u>(→나뉜다).

한국어 문법에서 ①과 ②의 피동형은 허용되지 않는 형태이므로 쓰지 말아야 한다.

③은 사동문이 아닌 문장의 서술어가 사동 형태로 나타났고 ④는 피동문이 아닌 문장에 피동 서술어가 나타난 오류를 보인다.

③ 차를 주차시키느라(→주차하느라) 늦었습니다.

　돈은 오후에 입금시켰다(→입금했다).

④ 열차가 곧 도착된다는(→도착한다는) 안내 방송

또한 과도한 사동 표현으로 문장의 의미가 모호해지는 것도 흔히 볼 수 있는 오류이다.

⑤ 우리는 겉모습을 꾸미며 남에게 호감을 갖게 하고 싶어 한다.

　⇒ ~ 남에게 호감을 사고 싶어 한다.

　⇒ ~ 남의 호감을 사고 싶어 한다.

⑥ 사춘기에는 남들에게 잘 보이게 하기 위해 신경을 쓰기 시작한다.

　⇒ ~ 남들에게 잘 보이기 위해 ~

5) 한국어다운 문장

외국어를 직역하면서 생긴 번역체 어투를 한국어 문장 표현에 그대로 가져오는 일은 삼가야 한다. 아래 예문에서 번역체 어투가 만들어낸 문장의 기이함을 알 수 있다.

① 우리 회사는 그런 사람을 필요로 한다.

　⇒ ~ 사람이 필요하다

② 우리 사회의 안전불감증을 보여주는 사례의 하나이다.

　⇒ ~ 사례이다.

③ 교실 청소의 방법에 대하여 설명하기 위한 내용을 선정해 보자.

⇒ 교실 청소 방법을 설명하는 ~

④ 한국의 기후는 <u>남극의 그것보다</u> 따뜻하다.

　　⇒ ~ 남극보다 따뜻하다

⑤ <u>지방에 위치한</u> 중소기업들

　　⇒ 지방에 있는

⑥ 이 폭발 <u>사고로부터의</u> 가르침이다.

　　⇒ ~ 사고에서 얻은 ~

　　<u>탱크로부터</u> 날아온 파편은 수백 미터 밖에서도 발견되었다.

　　⇒ 탱크에서 ~

⑦ 채취 부위<u>에 의한</u> 차이에 대해서는

　　⇒ 채취 부위에 따른 차이 ~

그 밖에 글쓰기에서 상투적으로 나타나는 아래와 같은 표현들이 있는데, 보다 간결하고 한국어다운 표현으로 고쳐 써야 문장의 의미가 분명해진다.

⑧ 남편이 <u>바쁜 관계로</u>(→바빠서)

　　저의 집이 <u>큰집인 관계로</u>(→큰집이어서)

⑨ 이것은 주말 여행 <u>관련</u>입니다.

　　⇒ 이것은 주말 여행에 관련된 것입니다

⑩ <u>행동에 있어서</u>(→행동할 때) 남에게 피해를 주지 않고

　　그 <u>분야에 있어서</u>(→분야에서) 최고를 달리고 있는

⑪ 맡은 <u>업무에 대해서</u>(→업무에) 빠른 적응을 하기 위해

※ 다음 문장에서 어색한 부분을 찾아 고쳐 보자.

1) 사람들이 나와서 장기자랑과 집안의 자랑거리를 소개하였다.
_____

2) 나의 입장은 면접을 통해 신입생을 선별하는 것은 반대한다.
_____

3) 꿈을 이루기 위해서는 자신의 최선을 다하는 것이다.
_____

4) 코알라가 항상 자고 있는 이유는 주식인 유칼립투스 잎에 영양분이 거의 없다.
_____

5) 사회의 무조건 고학력을 중시하는 세태가 사라져야 한다.
_____

6) 건물을 해체시키는 새로운 기술이 개발되어졌다.
_____

7) 칼과 복면을 한 강도가 저기로 달아났다.
_____

8) 자신의 행동이 그 공동체의 이념에서 어긋나는 행위를 하지 않는 것이다.
_____

9) 아침부터 회의를 가졌던 관계로 종일 피곤했다.
_____

10) 안내 드릴 말씀은 코로나 바이러스 대응을 위한 백신 접종을 확대해야만 한다.

_____

11) 현대의 학생의 수면의 양과 질이 모두 좋지 않다.

_____

12) 떠드는 사람이나 음식물을 먹으면 공부 분위기를 흐리기 때문에 퇴출시켜야 합니다.

_____

13) 두 달 전부터 본격 생산을 시작했다.

_____

14) 요즘 많이 읽혀지는 책은 무엇입니까?

_____

15) 사고 원인 파악과 재발 방지 대책을 조속히 마련해야 한다.

_____

2절. 단락 쓰기

> **이론** 단락의 개념과 구조, 요건 및 전개 방법에 대해 안다.
> **실제** 단락의 요건을 갖춰 글의 주제와 목적에 맞는 단락을 쓴다.

1. 단락의 성격

단락은 글의 주제를 드러내기 위해 조직된 소주제들을 담는 그릇으로 한 편의 글은 단락의 집합체이다. 그러므로 좋은 글을 쓴다는 것은 좋은 단락을 쓴다는 말이며 글에 조리가 있다는 것은 단락들이 조리 있게 잘 배열되어 있다는 말과 같다.

하나의 단락은 하나의 소주제를 담는데, 좋은 단락이 되려면 이 소주제의 타당성과 명확성을 충분히 확보할 수 있는 만큼의 논거를 지녀야 한다. 단락의 소주제를 명시적으로 담고 있는 문장을 소주제문이라고 하고 이를 뒷받침하기 위해 배열된 문장들을 뒷받침 문장이라고 한다.

소주제문이 놓인 자리가 단락의 앞쪽인지 중간인지 뒤쪽인지에 따라 단락을 '두괄식 단락', '중괄식 단락', '미괄식 단락'으로 나눈다. 이 외에 소주제문이 앞쪽과 뒤쪽에 모두 있는 '양괄식 단락', 소주제문이 명시적으로 드러나지 않은 '무괄식 단락'이 있다. '무괄식 단락'은 특정 문장을 통해 단락의 소주제가 드러나는 것이 아니라 단락의 전체 문장들을 통해 소주제가 추리되는 방식이므로, 서사나 묘사를 중심을 하는 문학적인 글에서 흔히 볼 수 있다.

아래 단락은 소주제문을 명시적으로 갖지 않으나 단락 안의 모든 문장들에서 '메밀꽃이 핀 밤길의 풍경'이라는 하나의 소주제를 도출할 수 있다.

이지러는 졌으나 보름을 갓 지난 달은 부드러운 빛을 흐뭇이 흘리고 있다. 대화까지는 팔십리의 밤길, 고개를 둘이나 넘고 개울을 하나 건너고 벌판과 산길을 걸어야 된다. 길은 지금 긴 산허리에 걸려 있다. 밤중을 지난 무렵인지 죽은 듯이 고요한 속에서 짐승같은 달의 숨소리가 손에 잡힐 듯이 들리며 콩 포기와 옥수수 잎새가 한층 달에 푸르게 젖었다. 산허리는 온통 메밀밭이어서 피기 시작한 꽃이 소금을 뿌린 듯이 흐믓한 달빛에 숨이 막힐 지경이다. 붉은 대공이 향기같이 애잔하고 나귀들의 걸음도 시원하다. 길이 좁은 까닭에 세 사람은 나귀를 타고 외줄로 늘어섰다. 방울 소리가 시원스럽게 딸랑딸랑 메밀밭께로 흘러간다.

이효석,「메밀꽃 필 무렵」

2. 단락의 요건

문장들의 결합체가 한 단락으로 인식되기 위해서는 형식적 요건과 내용적 요건을 모두 갖추어야 한다. 형식적 요건은, 한 문장들의 결합체와 다른 문장들의 결합체가 한눈에 구별될 수 있도록 나누어 놓는 것을 말한다. 내용적 요건은, 한 단락으로 묶인 여러 문장들에서 하나의 소주제를 도출할 수 있는가 하는 것을 말한다. 좋은 단락이 되려면 형식적 요건과 내용적 요건을 함께 갖추어야 한다. 형식적 요건으로 볼 때 하나인 것처럼 보이는 단락에 소주제가 없거나 여럿일 때, 그리고 하나의 소주제가 형식적 단락과 무관하게 여러 문장에 걸쳐 도출될 때, 주제의 응집성과 글의 논리성이 현저히 떨어지기 때문이다.

(1) 단락의 형식적 요건

단락의 형식적 요건은 아주 간단하다. 단락의 첫 행을 들여쓰기 하고 뒤따르는 여러 문장들을 차례로 이어 쓴 뒤에 단락의 마지막 문장이 끝나는 자리에서 행을 바꾸는 것이다. 한글로 문자 생활을 할 때 '들여쓰기'란 한글 문자 1음절만큼의 공간을 비워 놓고 쓰는 것을 의미한다. 한글 문자 1음절의 크기는 1전각의 크기를 가지므로, 원고지에서는 한 칸을 비워야 하고 컴퓨터용 프로그램을 사용할 때는 2타를 들여 써야 한다. 그러므로 아래 예문 중 단락의 형식적 요건을 가장 적절하게 갖춘 것은 ④번이다.

①

사물놀이는 꽹과리, 징, 장구, 북 등 네 가지 농악기로 연주하도록 편성된 음악, 또는 이러한 편성에 따른 합주단을 말한다. 원래, 사물(四物)이란 불교 의식에서 사용되던 네 가지 악기를 말한다. 그러나 이후에 꽹과리, 징, 장구, 북을 가리키는 말로 뜻이 바뀌어 사용되었다.

②

　사물놀이는 꽹과리, 징, 장구, 북 등 네 가지 농악기로 연주하도록 편성된 음악, 또는 이러한 편성에 따른 합주단을 말한다.
　원래, 사물(四物)이란 불교 의식에서 사용되던 네 가지 악기를 말한다.
　그러나 이후에 꽹과리, 징, 장구, 북을 가리키는 말로 뜻이 바뀌어 사용되었다.

③

　사물놀이는 꽹과리, 징, 장구, 북 등 네 가지 농악기로 연주하도록 편성된 음악, 또는 이러한 편성에 따른 합주단을 말한다. 원래, 사물(四物)이란 불교 의식에서 사용되던 네 가지 악기를 말한다. 그러나 이후에 꽹과리, 징, 장구, 북을 가리키는 말로 뜻이 바뀌어 사용되었다.

④

　사물놀이는 꽹과리, 징, 장구, 북 등 네 가지 농악기로 연주하도록 편성된 음악, 또는 이러한 편성에 따른 합주단을 말한다. 원래, 사물(四物)이란 불교 의식에서 사용되던 네 가지 악기를 말한다. 그러나 이후에 꽹과리, 징, 장구, 북을 가리키는 말로 뜻이 바뀌어 사용되었다.

(2) 단락의 내용적 요건

단락의 내용적 요건을 갖추는 일은 그리 간단하지 않다. 형식적인 면에서 한 단락으로 묶인 문장들의 결합체가 내용적인 면에서도 한 단락인 것으로 인정받기 위해서는 완결성과 통일성, 일관성을 갖춰야 한다. 이 세 가지 원리는 한 단락 내부의 요건인 동시에 글 전체가 갖춰야 할 요건이다. 즉 문장들로 구성된 한 단락과 단락들로 구성된 한 편의 글 모두 그 구성 요소가 완결성과 통일성, 일관성을 갖출 때 좋은 단락이자 좋은 글이 된다.

1) 완결성

완결성이란 소주제와 그 소주제를 뒷받침할 만큼 충분한 수의 뒷받침 문장이 있어야 한다는 원리이다. 소주제가 보편타당한 진리로 여겨지는 것이라 할지라도 필요에 따라 적절한 수의 뒷받침 문장을 제시하여야 한다. 더구나 소주제가 논쟁을 일으킬 수 있거나 잘 알려지지 않은 사실에 관한 것일 때, 독자를 이해시킬 만한 충분한 정도의 뒷받침 문장이 필요하다. 예문을 통해 이를 확인해 보자.

아래 단락은 소주제문이 단락의 앞쪽에 있는 두괄식 구조를 취하고 있으며 완결성을 잘 갖춘 단락이다. 단락의 주제문은 ①이고 ②~⑦은 「조웅전」과 「홍길동전」의 차이를 구체적으로 제시하는 뒷받침 문장이다.

① 조선 후기에 유행한 영웅 소설 「조웅전」은 「홍길동전」의 구조에서 벗어나 있다. ② 조웅은 홍길동처럼 신이한 능력의 소유자가 아니다. 홍길동은 초월적인 능력을 발휘하여 자신의 힘으로 원하는 바를 이루어 낸다. ③ 그러나 조웅은 혼자의 힘으로는 자신이 처한 상황을 타개해 나가지 못한다. ④ 때문에 그는 신이한 능력의 소유자들, 즉 도사나 선인들로부터 도움을 받는다. ⑤ 또 홍길동은 자신이 처한

어려움을 해결하기 위하여 기존의 체제에서 벗어나 자신만의 세계를 만들어 낸다. ⑥ 그러나 조웅은 기존 질서를 복원·수호하고 그에 합류한다. ⑦ 결연의 면모 또한 다른데,「홍길동전」의 결연이 부귀영화에 따르는 부수적인 요소라면「조웅전」에서의 결연은 위안과 안정이라는 독립적인 의미를 제공하는 요소이다.

-학생 글

반면 아래 단락은 완결성 요건을 갖추지 못했다. 이 단락의 중심 생각은 '베짱이를 부정적인 캐릭터로 보지 않을 수 있다'인데, 어떤 근거로 그런 견해를 갖게 되었는지를 밝히는 뒷받침 문장을 전혀 제시되지 않아 글쓴이의 견해를 납득하기 어렵다. 베짱이가 어떤 측면에서 긍정적인지, 혹은 어떤 측면에서 개미를 돕는 것으로 볼 수 있는지에 대한 충분한 설명이 필요하다.

> ①「개미와 베짱이」는 베짱이를 부정적인 캐릭터로 보는 이야기이다. ② 그러나 독자에 따라서는 베짱이를 긍정적인 캐릭터로 볼 수 있다. ③ 다른 한편으로는 개미와 베짱이가 서로 도와 가며 사는 모습이 좋다고 생각할 수도 있다.

2) 통일성

통일성은 단락 안의 모든 문장들이 소주제와 관련 있는 내용을 담고 있어야 한다는 원리이다. 소주제와 무관한 문장이 들어 있거나 소주제 혹은 소주제의 일부 개념과 상충하는 내용을 담은 문장이 들어 있지 않아야 한다는 것이다.

아래 단락은 한국 언더그라운드 힙합이 젊은 세대의 욕구와 감정의 표현 수단이라는 점을 밝히고 있다. 이 단락의 소주제는 ①과 ⑥에 나타나 있는데 ①에서 간략하게 제시된 소주제는 ②~⑤의 뒷받침 문장들을 통해 입증되고, 이를 토대로 ⑥에서 완결된 형태로 제시되고 있다. 이 단락은 미괄식 구조에 가까우며 충분한 수의 뒷받침 문장들이 소주제에 설득력을 부여하고 있어 통일성을 갖춘 단락이라고 할 수 있다.

① 한국 언더그라운드 힙합은 젊은 세대들의 감정 표현의 창구 역할을 하였다. ② 많은 젊은이들이 자신들의 자유를 제한하는 가정과 학교, 자신들의 이야기에 귀를 기울여주지 않는 기성세대에 대한 답답함을 힙합 음악을 통해 발산하였다. ③ 특히 외환위기 이후 청년들은 힙합 음악을 통해 보편적인 희망을 발견하며 사회에 대한 저항 의식을 표출하였다. ④ 기성세대가 쌓아 올린 사회가 무너진 것에 대한 허무함과 좌절감을 음악으로 표현한 것이다. ⑤ 또한 당시 라이브 클럽 무대는 관객들에게도 열려있어 원하는 사람은 무대로 올라가 자신의 목소리를 마음껏 낼 수 있었다. ⑥ <u>요컨대 한국 언더그라운드 힙합은 청년, 청소년들의 자아실현에 대한 욕구해소와 개인적, 집단적 감정 표현을 위한 수단이었다고 할 수 있다.</u>

-학생 글

이와 달리 아래 단락은 뒷받침 문장이 소주제로 수렴되지 못하는 문제를 안고 있다.

① <u>흉악범의 신상 공개에는 법적인 문제가 따른다.</u> ② 신상 공개는 죄형법정주의에 어긋나는 가중처벌에 해당한다. ③ 피의자의 죄가 아직 확정되지 않은 상태에서 피의자의 신상을 일반인에게 공개하는 것은 재판하기도 전에 피의자를 처벌하는 것이다. ④ 모든 사람에 대한 기본권의 보장은 오랜 세월에 걸쳐 가치가 확인된 헌법상의 소중한 원칙이다.

이 단락의 소주제는 ①에 있다. ①을 소주제라고 한다면 이를 뒷받침하는 문장들은 흉악범의 신상 공개가 어떤 법적인 문제를 갖고 있는지에 대해 구체적으로 언급해야 한다. ②와 ④는 소주제와 직간접적으로 관련된 내용이다. 그러나 ③은 피의자의 신상 공개와 관련된 내용으로서 이는 '흉악범'의 신상 공개와는 구분되며 결과적으로 단락의 통일성을 해치고 있다.

3) 일관성

일관성은 한 단락이 의도한 문장 배열순서의 이유를 말해주는 원리이다. 앞 문장과 뒤 문장이 유기적인 연결 고리를 가지고 있어 두 문장의 논리적 관계를 한 눈에 알 수 있도록 해주는 긴밀성 요건이라고 할 수 있다. 단락의 일관성은 형식과 내용의 양 측면에서 갖출 수 있다.

일관성을 갖추기 위한 형식적 측면의 방법은 적절한 지시어와 접속 성분을 사용하여 문장 사이의 관계를 가시적으로 드러내는 것이다. 아래 단락에서 그 예를 보자.

① 고양이들이 새를 사냥하는 현상을 방지하기 위한 수단으로 '새 보호 목도리'를 씌우는 방법이 있다. ② 이는 고양이의 목에 알록달록한 목도리를 씌워 새들이 고양이를 보고 달아날 수 있도록 하는 것이다. ③ 이러한 방법을 사용할 수 있는 까닭은 새들이 색을 구분할 수 있기 때문이다. ④ 혹자는 고양이에게 이 목도리가 안전한지 의문을 가질 수 있다. ⑤ 그러나 이 목도리는 고양이가 앞발을 이용하여 쉽게 벗을 수 있도록 만들어졌으며, 실험 결과 목도리를 씌운 고양이의 80퍼센트 이상이 목도리를 착용한 상태로 안전하게 지냈다고 한다.

이 단락의 소주제는 ①에 있다. 이어지는 문장들은 새로운 아이디어와 그것의 구체적인 내용을 소개하여 주제문을 효과적으로 뒷받침하고 있다. 특히 적절한 지시어와 접속어를 통해 문장들 사이의 관계를 드러냄으로써 글의 내용이 일목요연하게 드러난다.

반면 아래 단락은 문장 사이의 긴밀성을 보여주는 형식적 요소가 부족하다. 이 단락의 소주제는 '표준어와 비표준어의 경직된 경계가 약화되어야 한다.'로 소주제문은 ④이다. 이 단락은 그 전체적인 의미를 파악하는 것은 어느 정도 가능하지만 문장 사이의 관계가 불분명하여 세부적인 의미를 확정하는 것은 쉽지 않다. 이러한 문제를 해결하기 위해서는 예컨대 ①이 ②의 주어가 되고 ③이 ②의 원인이 된다는 점이 분명해질 수 있도록 문장을 유기적으로 연결하는 장치가 필요하다. ⑦은 ⑥을 부연하여

'여러 말 중에 어느 하나를 선택해 쓸 수 있는 경우의 수가 늘어난다.'라는 것을 의미한다는 점 또한 밝혀 쓰는 것이 좋다. 특히 의미가 모호한 ⑥의 '이는' 역시 '표준어와 비표준어의 경계가 흐릿해지는 일'을 가리킨다는 것이 드러나도록 표현해야 한다.

① 특정한 말이 표준어가 되었다는 소식이 뉴스가 된다. ② 우리의 현실이다. ③ 표준어와 비표준어의 경계가 뚜렷하기 때문이다. ④ 이 경계는 흐릿해지는 것이 옳다. ⑤ 그래야 어느 날 갑자기 표준어로 '승격'하는 일이 벌어지지 않는다. ⑥ 이는 곧 언어생활이 더 풍부해진다는 것을 뜻한다. ⑦ 적절한 말을 선택해 쓰는 것이 바람직하다는 의미이기도 하다.

위의 단락을 아래와 같이 고쳐 쓰면 일관성이 강화되어 의미 전달이 한층 분명한 단락이 된다.

① 특정한 말이 표준어가 되었다는 소식이 뉴스가 된다. ② 이것이 우리의 현실이다. ③ 또한 이는 표준어와 비표준어의 경계가 뚜렷하기 때문에 일어나는 현상이다. ④ 그러나 이 경계는 흐릿해지는 것이 옳다. ⑤ 그래야 어느 날 갑자기 비표준어가 표준어로 '승격'하는 일이 벌어지지 않는다. ⑥ 말의 경계가 흐릿해지는 것은 곧 언어생활이 더 풍부해진다는 걸 뜻한다. ⑦ 다시 말해 표준어의 경계에 과도하게 구속되지 않고 가장 적절한 말을 선택해 쓰는 것이 바람직하다는 의미이기도 하다.

내용적 측면의 일관성이란 가시적으로 드러나는 특정 단어, 곧 지시어나 접속어에 의한 것이 아닌 문장 배열 자체에 내재된 논리성을 말한다. 즉 문장이 기술하는 사물이나 개념의 속성에 따라 조리 있는 한 가지 배열 순서를 취하는 것이다. 사물이나 개념을 기술할 때 그것의 안에서 밖으로 혹은 밖에서 안으로, 위에서 아래로 혹은 아래에서 위로, 과거에서 현재 그리고 미래로 혹은 그 반대의 순서로, 전체에서 부분으로 혹은 부분에서 전체로 독자가 예측할 수 있는 한 가지 일정한 순서를 지니고 문장을 배열하는 것이다. 그렇게 함으로써 배열된 문장들의 유기적 관계가 내재적으로 드러날 수 있다.

1. 아래 예시된 주제 중 하나를 선택하여 단락의 요건에 맞는 한 단락을 써보자.

   1) 결혼

   2) 외모

   3) 징크스

   4) 지구의 종말

   5) 학력

   6) 인공지능

2. 다음에 제시된 단락이 갖는 문제점을 지적하고, 어떻게 고치는 것이 좋을지 생각해 보자.

> 1) 유기 동물로 인한 사회적 비용이 증가하면서 시민들 사이에서는 '반려동물 보유세'를 도입해야 한다는 의견이 나오고 있다. 반려동물 보유세란 동물 복지 증진을 위해 정부나 지자체에 반려동물을 등록하고 일정한 세금을 납부하게 하는 제도를 말한다. 이에 대해 찬반 여론이 첨예하게 대립하고 있다. 찬성 측에서는 반려 동물의 복지와 유기 동물을 위한 시설의 확충을 위해 반드시 별도의 예산을 마련할 필요가 있다고 주장한다.

2) 중세는 교회가 지배하는 사회였으므로, 교회에 의해 이단자로 낙인찍히면 사회에서 어떤 보호도 받을 수 없었다. 체포 및 고문으로 신체의 자유가 제한되는 것 외에 가장 두드러졌던 것은 재산권의 제한이었다. 이단으로 몰리면 이단자의 재산은 모두 몰수되었다. 이것은 이단 심판이 활발하게 이루어졌던 가장 직접적인 이유 중 하나였다. 재판이 시작되면 이단자에 대한 모든 변호, 곧 자기변호나 타인에 의한 변호 등이 모두 금지되었다. 중세 유럽의 이단자 재판에서 가장 직접적이고도 확실한 증거는 밀고였다. 교회는 밀고자의 신분을 철저히 보장함으로써 사람들의 밀고를 부추겼고, 이로 인해 순식간에 수많은 이단자가 생겨났다. 밀고와 떠도는 풍문이 가장 강력한 증거가 되어 재판이 열리게 되었는데, 일단 이단자로 한번 의심을 받게 되면 벗어날 방도가 거의 없었다.

3) 조선 시대에 한글로 쓴 편지를 언간(諺簡)이라고 부른다. 조선 후기의 것이 다수 전해진다. 언간은 대체로 발신인이나 수신인 가운데 한쪽이 여성이었다. 한글 편지를 작성하거나 받아본 사람 중에는 남성도 포함되어 있다. 여성이나 아이들과 주고받은 편지는 한글로 작성하기도 했다. 남성끼리 언간을 주고받은 예는 거의 없다. 남성간의 편지는 주로 한문으로 작성되었다.

3. 단락 전개하기

흔히 글쓰기라고 하면 머릿속의 생각을 문장으로 옮기는 것이라고 여긴다. 그런데 머릿속의 생각은 다양하고도 다층적이다. 글쓰기는 그 가운데에서도 깊고 체계적인 생각, 즉 '사유'를 문자로 표현하는 것이다. 따라서 사유의 방법에 다양한 유형이 있듯이 글쓰기에도 다양한 방법이 있게 된다. 우리는 이러한 다양한 글쓰기 표현 방법을 부지불식간에 일상생활에서도 사용하고 있는데, 그 개념과 구체적인 방법을 안다면 글쓰기에서도 활용할 수 있을 것이다.

예를 들어 서론 쓰기에서 정의나 구분의 방법을 사용할 수도 있고, 본론에서 비교나 대조를 통해 논증을 이끌어 갈 수도 있다. 또한 서사와 묘사를 통해 사건의 전말이나 현장의 분위기를 기술할 수도 있다. 이렇듯 다양한 글쓰기 방법을 알고 활용한다면 글의 분량이나 내용이 저절로 풍성해질 것이다. 나아가 다양한 표현 방법을 구사하기 위한 노력은 머릿속의 생각을 정리하고 깊은 성찰에 이르는 데에도 도움이 될 수 있다.

(1) 정의(定義)

정의는 어떤 대상이나 사물의 의미를 분명하게 한정하는 설명 방법이다. 사고를 정확하게 전개하고 전달하기 위해서 중요한 낱말이나 구절의 의미를 한 가지 뜻으로 제한할 필요가 있을 때 주로 사용된다.

정의는 지정(指定)과 구별되는데, 지정이 대상의 정체를 확인시켜 준다면, 정의는 한 낱말이 지닌 정확한 의미를 풀어 준다. 예를 들어 일상 회화에서 "경실련이 뭐야?"라는 질문을 한다고 했을 때 지정과 정의의 대답은 다르다.

> 지정의 대답 : 경실련은 경제정의실천시민연합이라는 단체의 약자이다.
> 정의의 대답 : 경실련이란 사회 각계의 다양한 구성원이 참여하여 한국경제의 정

의실현을 통해 민주복지사회 건설을 목표로 한 비정치적 시민운동단체이다.

정의는 특히 '전통, 민주주의, 주체, 생태주의' 등 추상적인 용어에 대해 정확한 의미를 부여하는 데 쓰인다. 용어의 개념을 정의하기 위해서는 그 개념이 어떤 부류에 포함되는지, 그 부류에 속하는 다른 개념들과 구별되는 점이 무엇인지를 분명하게 제시해야 한다. 즉 정의할 용어를 그 개념이 속하는 범주인 유(類)개념과 그 개념의 개별적 특성인 종차(種差)를 통해 한정하는 것이다.

피정의항 = 종차(種差) + 유(類)개념

이와 같은 정의 방법은 용어의 개념이 속한 부류를 우선 설정해야 하기 때문에 '분류적 정의'라고 한다. 즉 정의는 개념과 사물의 뜻을 밝히는 방법이기도 하지만 범위를 정하는 방법이기도 하다. 피정의항은 유개념이 포괄하는 범위를 넘어설 수 없으며, 종개념은 유개념 속에서 피정의항만이 갖는 속성에 대해 지정하고 있으므로 그 범위가 보다 분명하게 지정된다.

또한 정의에는 연원이 오래된 용어의 본래 의미와 역사적으로 변화된 의미 및 현재의 의미를 차례로 밝히는 '어원적 정의'가 있다. 다음 예문은 과학의 개념을 어원적 기원을 밝혀 정의하고 있다.

과학(科學)이라는 말은 'science'의 번역어로 도입되었으며, 'science'라는 말은 '지식'을 뜻하는 라틴어 'scire'에서 유래된 'scietia'에서 기원하였다. 그러므로 넓은 뜻에서 과학은 지식, 특히 신뢰할 만한 지식을 뜻하며, 이는 동아시아권에서 널리 쓰이는 또 하나의 용어인 학문(學問)이라는 말과 유사한 성격을 지닌다. 그러나 'science' 또는 과학이라는 용어는 학문이라는 용어에 비해 제한된 의미로 사용된다.

이 외에도 모르는 말의 의미를 뜻이 같은 다른 말로 정의하는 '동의적 정의'와 정의되는 용어의 예를 드는 '예시적 정의'가 있다.

동의적 정의 : 수목 = 나무, 도로 = 길

예시적 정의 : 채소는 무, 배추, 시금치, 파 등을 가리킨다.

그러나 이들 방법을 독립적으로 사용해서는 사고를 명료하게 하거나 생각을 분명하게 전달하는 데에 크게 도움이 되지 않는다. 따라서 앞에서 말한 방법과 혼합하여 사용하는 것이 효과적이다.

1. 다음의 단어를 정의해 보자.

1) 자존감
2) 문화지체
3) 밈(meme)
4) 반려동물
5) 낙수 효과

2. 다음은 '메타버스'와 관련된 글이다. 이 글에서 '메타버스'를 어떤 방식으로 정의하고 있는지 말해 보자.

'메타버스(metaverse)'는 '초월'이라는 의미의 '메타(meta)'와 '세계'를 뜻하는 '유니버스(universe)'의 합성어로, 현실 세계와 가상 공간이 적극적으로 상호 작용하는 공간을 의미한다. 감각 전달 장치는 메타버스 속에서 사용자를 대신하는 아바타가 보고 만지는 것으로 설정된 감각을 사용자에게 전달하는 장치이다. 사용자는 이를 통하여 가상 공간을 현실감 있게 체험하면서 메타버스에 몰입하게 된다.

시각을 전달하는 장치인 HMD*는 사용자의 양쪽 눈에 가상 공간을 표현하는, 시차*가 있는 영상을 전달한다. 전달된 영상을 뇌에서 조합하는 과정에서 사용자는 공간과 물체의 입체감을 느낄 수 있다. 가상 공간에서 물체를 접촉하는 것처럼 사용자의 손에 감각 반응을 직접 전달하는 장치로는 가상 현실 장갑이 있다. 가상 현실 장갑은 가상 공간에서 아바타가 만지는 가상 물체의 크기, 형태, 온도 등을 사용자가 느낄 수 있도록 설계되어 있다. 이 외에도 가상 현실 장갑은 사용자의 손가락 및 팔의 움직임에 따라 아바타를 움직이게 할 수 있다.

한편 사용자의 움직임을 아바타에게 전달하는 공간 이동장치를 이용하면, 사용자는 몰입도 높은 메타버스 체험을 할 수 있다. 공간 이동장치인 가상 현실 트레드밀은 일정한 공간에 설치되어 360도 방향으로 사용자의 이동이 가능하도록 바닥의 움직임을 지원한다.

* HMD : 머리에 쓰는 3D 디스플레이의 한 종류.
* 시차 : 한 물체를 서로 다른 두 지점에서 보았을 때 방향의 차이.

(2) 분류(分類)와 분석(分析)

공부는 정리정돈을 잘 하는 것으로부터 시작한다고 하는데, 주변 환경은 물론이고 생각도 잘 정리해 두어야 한다. 분류는 바로 생각의 정리정돈이다. 분류는 사물의 특성이나 용어의 개념을 명확히 하기 위해 일정한 기준에 따라 유사한 부류로 묶는 것을 말한다. 분류의 하위 개념인 구분(區分)은 일정한 기준에 따라 나누는 것을 의미하는데, 구분을 넓은 의미의 분류에 포함시켜 이해하는 경우도 많다.

우리는 분류를 통해서 복잡한 구성으로 되어 있는 것을 구체적으로 파악하거나 체계적으로 이해하여 이용할 수 있게 된다. 일상생활에서 옷장에 의류를 보관할 때, 식료품점에서 물건을 나열할 때에도 분류가 사용된다. 글쓰기에서는 전달하고자 하는 내용을 체계적으로 제시하거나 이해하기 쉽게 설명할 때 분류의 방법이 사용된다.

분류는 공통성을 가지는 개체들을 모아서 일정한 부류로 묶는 것이다. 이때 개체의 성격이나 특성을 정확하게 파악하는 것이 전제되어야 한다. 또한 분류의 기준을 세워야 하는데, 기준에 따라서 분류 결과가 달라질 수도 있으므로 목적에 따라서 기준을 알맞게 세워야 한다. 예를 들어 홍익대학교 학생의 용돈 지출에 관한 글을 쓰고자 할 때, 학생을 '과기대생, 상경대생, 조형대생, 광고홍보학부생' 등으로 나눌 수도 있고, '통학 학생, 자취 학생, 기숙사생' 등으로 나눌 수도 있다. 또한 상황에 따라서 분류가 여러 번 진행되기도 한다. '통학 학생, 자취 학생, 기숙사생'의 분류 가운데 통학 학생에 하위 항목을 두어 '기차 통학 학생, 버스 통학 학생'으로 나누어 볼 수도 있는 것이다.

다음으로 분석이란 설명하고자 하는 개념이나 대상을 나누고[分] 쪼개서[析] 그것의 특성을 밝히는 글쓰기 방법을 말한다. 다시 말해서 하나의 대상을 그것을 구성하는 각각의 요소들로 나누고 각 요소들이 어떻게 전체와 유기적으로 연결되어 있는지를 밝히는 방식이다. 분류가 상하의 위계를 염두에 두고 나누는 것이라면, 분석은 구조에 따라서 나누는 것이다. 역사 서술에서 시대를 '구분'하지 '분석'하지는 않으며, 문장구조를 '분석'하지 '구분'하지는 않는다.

분석을 분류와 구별하기 위해 '시계'를 예로 들어보자. 시계는 용도에 따라 '벽걸이, 탁상, 손목' 시계로 분류할 수도 있고, 표시 방식에 따라 '아날로그, 디지털' 시계로 분류할 수도 있다. 반면에 기능에 따라 '동력부, 전달부, 표시부'로 분석할 수도 있고, 부위에 따라서 '외부와 내부'로 분석할 수도 있다. 그런데 분류의 결과로서의 '손목용, 탁상용, 벽걸이용' 시계는 시계로서 작동할 수 있지만, 기능에 따라 분석된 '동력부, 전달부, 표시부'는 시계의 일부로서 구조적인 기능을 지시한다. 이와 같이 분류와 분석은 대상을 나누는 지적 작용이라는 점에서 유사하지만 그 방법과 결과에는 차이가 있다.

분류와 분석 모두 현대 학문에서 비중 있게 사용되는 연구 방법이다. 분석해야만 분류할 수 있고, 분류를 통해서 분석을 심화시킬 수 있다. 마찬가지로 글쓰기에서도 기술하고자 하는 대상을 정확하고 체계적으로 파악하고 전달하기 위해서 분류와 분석의 방법을 쓰는 것이다.

1. 우리 대학의 동아리들을 조사해 보고 각각 다른 기준에 따라 분류해 보자.

기준 ①

_____

_____

기준 ②

_____

_____

2. 다음에 제시되는 화제를 하나 골라 대해 분석의 방식을 써 한 단락으로 전개하라.

1) 세대 갈등

2) 4차 산업혁명

3) 다수결

4) 성적부진

5) 외국어 학습법

6) 시청률

(3) 비교와 대조

비교와 대조는 유사하거나 대립되는 사물을 서로 연관지어 설명하는 방식으로, 비교는 두 대상 사이의 유사점을 드러내며 대조는 차이점을 드러낸다. 비교와 대조를 통해서 전달하고자 하는 사물 또는 개념의 특성을 보다 선명하게 드러낼 수 있으며, 주장의 논점을 뚜렷하게 부각시킬 수 있다.

비교나 대조를 할 때 유의할 점은 두 가지 이상의 사물이 서로 비교할 만한 가치나 의의가 있어야 한다는 것이다. 그러기 위해서는 우선 동일한 차원이나 범주에 속한 대상을 선정해야 한다. 예측 가능한 대상을 선정했을 때는 상식적인 비교에 그치기 쉬우므로, 새로운 의미를 발견할 수 있거나 인식의 변화를 이끌어낼 수 있는 비교 대상을 찾아야 한다. 비교할 대상이 선정되고 나면 비교의 기준을 세워야 한다. 기준이 여러 개라면 논리적인 순서나 필자의 의도에 따라 그 기준들을 배치한다.

\<표 3.1\> 비교를 위한 대상, 기준 점검표

대상\기준	기준1	기준2	기준3	…	기준n
대상1					
대상2					
…					
대상n					

비교는 기술하는 방식에 따라 대상별 비교와 기준별 비교로 나눌 수 있다. 대상별 비교는 대상 하나에 대해서 여러 기준을 적용하여 설명한 후 다른 대상에 대해서도 동일한 방법으로 설명하는 방법이다. 비교적 분량이 짧거나 비교 기준이 적은 비교에 효과적이다. 기준별 비교는 기준 하나에 대해서 여러 대상을 적용하여 설명하고 다른

기준으로 넘어가는 방법이다. 비교의 기준이 많고 여러 대상을 비교하는 복잡하고 긴 글에 효과적이다.

한편, 유추(類推)는 낯선 대상을 친숙한 대상에게 비유하는 특별한 종류의 비교라고 할 수 있다. 일반적으로 낯선 대상을 그것과는 차원이나 범주가 다른 대상과 비교하면서 설명해 나가는 방식을 취한다. 즉 유추는 낯설어서 이해하기 어려운 대상을 독자들에게 쉽게 설명하기 위한 방법이라고 할 수 있다.

유추는 또한 차원이나 범주가 다른 대상들을 그들의 공통점을 중심으로 새롭게 연결하는, 일종의 논리적 비약을 수반하는 글쓰기라고 할 수 있다. 그러므로 유추의 방법으로 글을 쓰기 위해서는 그러한 유추가 성립하는지, 유추의 방식을 통해 설명하고자 하는 대상의 특성이 더 잘 드러날 수 있는지를 확인해야 한다. 보통 새롭고 복잡한 것, 그래서 낯선 것을 오래되고 단순한 것, 그래서 친숙한 것에 빗대어 설명하는 것이 일반적이다. 예컨대, 아직 자녀를 두지 않은 젊은 세대에게 자녀 양육의 어려움과 기쁨을 설명하고자 한다면 반려동물 기르기를 통해 자녀 양육을 설명하는 유추의 방식으로 글을 쓸 수 있다.

1. 다음 학생 글에서 비교하고 있는 대상과 기준이 무엇인지 찾아보자.

> 　록 밴드의 음악을 들을 때 우리는 보컬과 드럼 외에 무언가 웅장한 소리와 카랑카랑한 소리를 들을 수 있는데, 이들의 정체는 각각 베이스와 일렉 기타이다. 두 악기는 록 밴드에서 없어서는 안되고 모두 기타라는 공통점이 있지만, 뚜렷한 차이점도 있다.
>
> 　둘의 차이는 악기의 구조에서 찾을 수 있다. 일단 두 악기는 현이 다르다. 베이스의 현은 네 줄이며 매우 두껍다. 반면 일렉 기타는 베이스보다 두 줄 많은 여섯 줄이며, 줄의 굵기는 얇은 편이다. 또 다른 구조적 차이로 기타의 길이를 들 수 있다. 베이스가 일렉 기타보다 더 길고, 따라서 음정을 결정하는 플랫 사이 또한 베이스가 일렉 기타보다 더 넓다.
>
> 　이러한 구조적 차이에 따라 두 기타는 록 밴드에서의 음역과 역할이 나뉜다. 일렉 기타는 곡의 소리를 전체적으로 풍부하게 만들어주고 다양한 현에서 나오는 소리를 통해 곡의 개성을 살려주어 듣는 이를 즐겁게 한다. 줄의 수가 많아 표현 가능한 음역이 넓다. 한편 베이스는 있는지 없는지 모르다가도 없으면 아주 허전한 악기이다. 낮은 음으로 전체적 소리를 잡아주며 드럼과 함께 곡의 리듬감을 살리는 데 중요한 역할을 한다. 또한 파장이 긴 낮은 음을 내어 멀리까지 소리를 전달하는 기능을 한다.
>
> 　이렇게 다른 개성을 가진 기타 중에 자신에게 맞는 것을 찾기란 쉬운 일이 아니다. 그러나 록 밴드를 사랑하고 기타 연주에 관심이 있는 사람이라면 두 악기를 모두 연주해 보고 더 자신에게 잘 맞고 흥미를 주는 악기를 선택하는 것이 중요하다.
>
> － 학생 글

2. 다음 예시에서 적절한 대상을 골라서 운동 종목을 비교해 보자.

> 탁구, 테니스, 축구, 아이스하키, 루지, 태권도, 야구, 씨름, 크리켓, 게이트볼, 소프트볼, 정구, 배드민턴, 리듬체조, 마라톤, 농구, 배구, 유도, 퀴디치, 레슬링, 권투, 수영, 양궁, 사격, 요트, 조정, 핸드볼, 럭비, 펜싱, 승마, 클라이밍, 역도, 스케이트보드, 스키

(4) 예시(例示)

예시는 추상적 개념을 구체적으로 이해시키기 위해 예를 들어 설명하는 방식이다. 추상적인 내용을 보다 잘 이해시키기 위해서 가능한 친숙한 사례를 들어 구체화시키는 것이다. 예시는 구체적인 사례를 필자가 재구성하거나 해석을 덧붙여서 쓰는 것이 보통이다. 따라서 예시는 다른 이의 서술을 그대로 따오는 인용과는 다른 성격을 갖는다. 아래 글에서는 '이분법적 사고'에 대한 예시를 제시하고 있다.

이분법적 사고란 어떤 대상을 두 개의 대립된 상황으로 나누어 한 쪽을 택하고 다른 쪽을 버리는 사고방식이다. 예를 들면 전쟁터는 승리 아니면 패배, 곧 삶이 아니면 죽음이라는 이분법적 사고가 지배한다. 또 "자유가 아니면 죽음을 달라"라는 부르짖음도 일종의 이분법적 사고를 담은 표현이라고 할 수 있다.

예시는 글을 쉽게 이해하는 데 도움을 주지만 적절하지 못한 예시는 오히려 글의 신뢰도를 떨어뜨릴 수 있으므로, 적절한 수의 예시를 적확하게 사용하는 것이 중요하다.

※ 적절한 예시를 활용하여, 다음을 설명하는 단락을 써보자.

    1) 공정무역

    2) 함께 먹으면 좋은 음식

    3) 동물의 천적 관계

    4) 자연선택(自然選擇, natural selection)

(5) 서사(敍事)

서사는 일정한 시간 속에서 일어나는 사건과 행위를 시간적 순서에 따라 서술하는 글쓰기 방법이다. 사건 진행 과정이나 사물의 변화를 시간적인 순서에 따라 구체적으로 풀어서 서술하면 된다.

그런데 서사는 소설이나 신화·전설 같은 문학 양식의 진술 방법으로만 인식하는 경우가 많다. 그러나 역사 서술이나 신문 보도 기사 같은 비문학 영역에서도 서사가 이루어진다. 이는 설명의 한 방법으로서의 서사인데, 과정적 서사, 또는 설명적 서사라고 한다.

서사의 구성 요소는 움직임, 시간, 의미이다. 움직임이란 서사가 대상의 움직임, 곧 변화를 드러내야 한다는 것이다. 이 움직임은 필연적으로 시간의 흐름 속에서 일어나게 된다. 끝으로 그러한 움직임이 시간의 경과에 따라 어떠한 의미를 지니는지 밝혀야 한다. 곧 무의미한 사건의 배열이 아닌, 시간의 흐름에 따라 변화하는 의미 있는 사건의 기술이 서사라고 할 수 있다.

① 왕비가 죽고, 왕이 죽었다.
② 왕비가 죽자 그 슬픔을 이기지 못한 왕도 얼마 지나지 않아 죽었다.

①은 단순한 사건의 나열이고, ②는 사건과 사건 사이의 인과 관계가 시간의 흐름에 따라서 드러난 서사적인 문장이라고 할 수 있다.

※ 다음 주제 중 한 가지를 택하여 글을 써 보자.

　　1) 최근에 겪은 곤란한 사건

　　2) 존경하는 인물의 생애

　　3) 나의 작품 제작 과정

　　4) 유용한 기기의 작동 과정

　　5) 첫사랑의 전말

(6) 묘사(描寫)

묘사는 언어로 그림을 그리는 것을 의미하며, 사물이나 상황, 또는 대상으로부터 받은 인상을 감각적으로 재현하는 글쓰기이다. 대상의 외형적 특징을 표현함으로써 대상을 구체적으로 이해시키거나 대상으로부터 받은 느낌을 전달하려는 목적을 가지고 있다. 묘사는 주관적 묘사와 객관적 묘사로 다시 나눌 수 있다.

주관적 묘사는 대상에 대한 정보나 실체와는 무관하게 대상을 바라보는 필자의 주관적 인상이나 느낌을 생생하게 전달하는 것을 말한다. 주로 소설이나 시 등의 문학적인 글에서 많이 사용되며, 독자의 상상력을 자극하여 심미적인 즐거움을 주고 공감을 유발하려는 목적을 지닌다. 이때 묘사에 있어 일관적인 태도를 유지하며 감각적이면서도 구체적이고 참신한 표현을 추구해야 하며, 대상의 지배적 인상과 세부적 사항 사이의 긴밀한 관계를 찾는 것이 중요하다.

객관적 묘사는 대상이 지닌 정보를 정확하게 전달하기 위해 대상이 지닌 속성을 객관적, 사실적으로 그려내는 것이다. 주로 설명문이나 논증문과 같은 학술적 글쓰기에 사용되며 실용적, 설명적 기능을 수행한다. 이때 대상의 세부 사항을 명확히 이해하고 기술해야 하며, 정확하고 사실적인 언어를 사용해야 한다. 정확성을 기하기 위해 종종 계량적 언어를 동원하기도 한다.

① 이지러는 졌으나 보름을 갓 지난 달은 부드러운 빛을 흐뭇이 흘리고 있다. 대화까지는 팔십리의 밤길, 고개를 둘이나 넘고 개울을 하나 건너고 벌판과 산길을 걸어야 된다. 길은 지금 긴 산허리에 걸려 있다. 밤중을 지난 무렵인지 죽은 듯이 고요한 속에서 짐승 같은 달의 숨소리가 손에 잡힐 듯이 들리며 콩 포기와 옥수수 잎새가 한층 달에 푸르게 젖었다. 산허리는 온통 메밀밭이어서 피기 시작한 꽃이 소금을 뿌린 듯이 흐뭇한 달빛에 숨이 막힐 지경이다. 붉은 대공이 향기같이 애잔하고 나귀들의 걸음도 시원하다. 길이 좁은 까닭에 세 사람은 나귀를 타고 외줄로 늘어섰다. 방울 소리가 시원스럽게 딸랑딸랑 메밀밭께로 흘러간다.

② 메밀은 마디풀과에 속하는 한해살이풀이다. 60~90cm까지 자라고 줄기 속은 비어 있다. 잎은 원줄기 아래쪽 1~3마디는 마주나지만 그 위의 마디에서는 어긋난다. 꽃은 백색이고 7~10월에 무한꽃차례로 무리지어 핀다. 수술은 8~9개이며 암술은 1개이다.

–《네이버사전》

위의 두 예문을 통해 주관적 묘사와 객관적 묘사의 특징을 확인할 수 있다. 이효석의 「메밀꽃 필 무렵」에서는 메밀꽃이나 메밀밭에 대한 객관적이고 과학적인 정보는 없다. 그러나 '피기 시작한 꽃이 소금을 뿌린 듯'하고, '붉은 대궁이 향기같이 애잔하다.'라는 감각적인 어구를 통해 메밀꽃의 생태를 표현하고 이를 독자에게 정서적으로 전달하고 있다. 그 아래 사전 정보에서는 메밀의 생태에 대한 정보를 전달하기 위해 구체적인 수치를 활용하고 있고 대상의 외형을 최대한 객관적으로 묘사하기 위한 용어가 사용하고 있다.

그런데 주관적인 묘사든 객관적인 묘사든 대상에 대한 관찰이 전제되지 않으면 독자에게 객관적인 정보나 감각적인 인상을 전달할 수 없다. 대상에 대한 관심과 정밀한 관찰을 통해 대상의 본질을 이해하고 파악해야만 훌륭한 묘사가 가능한 것이다.

※ 다음을 소재로 묘사하는 글을 써 보자.

1) 여행지의 풍경
2) 가족의 얼굴
3) 내가 짓고 싶은 집
4) 책의 표지
5) 신제품의 외형 소개
6) 학교 안의 공간

(7) 논증(論證)

논증이란 어떤 문제에 대하여 자기 나름의 주장을 내세우고 그것이 옳다는 것을 증명함으로써 독자를 합리적으로 설득시키려는 글쓰기 방식이다. 우리 삶은 여러 가지 상황이나 조건에 둘러싸여 있는데, 그에 대한 관심이나 의견이 개인마다 다를 수 있어 논란의 여지가 있을 수 있다. 그래서 '자기 나름의 주장'을 가지게 되는데, 이는 조금이라도 색다르고 남다른 자신만의 의견을 말한다. 그런데 이를 전혀 표현하지 않으면 주장이 될 수 없다. 말이나 글로 표현해야 하는 것이다. 그렇다고 일방적으로 주장만 내세우면 상대방의 동의를 얻을 수 없다. 확실한 근거나 증거를 바탕으로 조리 있게 말하거나 글로 써야 한다. 즉 상대방을 합리적으로 설득시켜서 자기의 주장하는 바에 동의하도록 해야 하는 것이다.

논증에서는 자신의 주장을 세우는 것이 우선되어야 한다. 주장을 세우는 데에는 ① 기존에 제시되었던 주장들 가운데 하나를 택하여 새로운 논거와 추론 방법으로 그 주장의 타당성을 재확인하는 방법, ② 상대방의 주장이 잘못되었음을 지적하고 논박하면서 새로운 주장을 이끌어 내는 방법, ③ 다른 사람이 생각하지 못했던 문제를 인식하여 자신의 주장을 펼치는 방법, ④ 문제점을 제시하고 그 원인을 심층적으로 파고들어 해결책을 제시하는 방법 등이 있다.

이 가운데 ③ 새로운 주장을 펼치기는 대학생들이 구사하기 어려운 방법이다. 이보다는 기존에 제시되었던 주장들 가운데 하나를 택하여 그 주장과 관련된 자신의 관점을 세워 보는 ① 의 방법으로 논증문 쓰기를 훈련하는 것이 좋다. 여기에는 주장이 대립되거나 상반되는 의견 중에서 어느 한 쪽을 선택하여 자신의 주장을 옹호하는 방법도 포함된다.

주장이 세워졌으면 논거를 통해 주장을 뒷받침해야 한다. 논거란 필자의 판단이나 주장이 옳다는 것을 증명해 주는 사실이나 이유, 원인 등과 같은 증거를 말한다. 논거의 종류에는 사실논거와 의견논거가 있다. ① 사실논거는 구체적이고 현실적인 사실을 근거로 삼는 것으로서, 일반적 지식, 정보, 통계적 수치나 사실, 역사적 자료, 체험,

목격담이 여기 해당된다. ② 의견논거(소견논거)는 특정 분야의 전문가나 권위자의 의견에 바탕을 둔 논거이다.

주장과 논거를 확보하고 난 뒤에는 그 논거를 토대로 자신의 주장의 타당성을 밝히는 논증 과정이 있어야 한다. 이를 추론이라고 한다. 추론은 어떤 판단을 근거로 하여 다른 판단을 이끌어 내는 것으로, 귀납 추론, 연역 추론, 변증법적 추론 등이 있다.

귀납 추론은 특수하거나 개별적인 사실로부터 일반적인 결론을 이끌어 내는 추론 방식으로, 대상들 사이의 공통점을 결론으로 삼기 때문에 전제와 결론 사이의 필연적인 관계보다는 개연성·유관성 등을 중심으로 일반적인 결론을 도출하는 논리 전개 방식이다. 따라서 연역 추론과는 달리 전제가 결론의 참됨에 결정적인 근거를 제공하지는 못한다. 다음 예문은 여러 가지 논거를 바탕으로 '2000년대 들어와 텔레비전 자막이 급증하였다.'라는 주장을 이끌어 내는 귀납적 추론 방법으로 쓰인 글이다.

자막 사용량과 양상에 대한 객관적인 지표를 보면 90년대 후반 이후 텔레비전의 자막 사용량이 급증하였음을 알 수 있다. 1995년에 1분당 자막은 2면밖에 쓰이지 않았으나 2000년의 3.5면을 거쳐 2005년에는 7.4면에 이르렀다. 자막 1면당 글자 수도 1995년의 10.3자에서 2005년에는 18자로서 급격히 증가하였다. 양뿐만 아니라 사용되는 영역도 넓어져서 애초에는 보도 분야에서만 조금씩 사용되던 자막이 2000년부터는 연예, 오락 프로그램으로 확대되었다. 이처럼 예전에 비해 요즘은 텔레비전을 켜기만 하면 수없이 많은 자막을 어떤 프로그램에서건 늘 볼 수 있게 되었다.

연역 추론은 이미 알고 있는 하나 또는 둘 이상의 일반적인 명제(판단)를 기초로 하여 새로운 명제(판단)를 이끌어 내는 추론 방식으로, 일반적인 원리나 원칙을 전제로 하여 구체적이고 특수한 사실의 진실 여부를 입증하는 논리 전개 방식이다. '대전제 – 소전제 – 결론'으로 이어지는 삼단 논법이 연역 추론의 대표적인 유형이다. 다음 예문은 연역 추론 방법으로 '텔레비전 자막은 어문 규범을 따라야 한다.'라는 주장을 펼치고 있다. 추론 과정은 'TV는 현대 사회의 중요한 매체이다.' → '사람들은 TV 자막의 영향을 많이 받는다.' → 'TV 자막의 부정적인 영향이 없도록 노력해야 한다.'로 이루어지고 있다.

　　텔레비전의 막대한 영향력을 감안하면 텔레비전 자막은 반드시 어문규범을 지켜야 한다. 텔레비전은 현대 사회의 주요 매체이기 때문에 많은 사람들에게 영향을 끼친다. 이러한 영향력은 언어 분야에서도 마찬가지여서 사람들은 텔레비전의 말과 글을 그대로 따라하는 경우가 많다. 특히 규범에 맞지 않는 자막은 심각한 영향을 끼치기도 한다. 텔레비전의 막대한 영향력이 부정적으로 작용하지 않도록 하는 노력이 절대적으로 필요한 것이다.

　　변증법적 추론은 일반적으로 '정(正) – 반(反) – 합(合)'의 과정으로 설명하는데, 정명제에 대한 반성적 명제를 토대로 이 두 가지 명제를 지양(止揚)하는 결론을 도출하는 추론 방식이다. 변증법적 추론의 첫 단계는 하나의 의견을 제시하는 것으로 시작되는데, 이를 테제(thesis, 正)라고 한다. 다음 단계는 테제에 상반되거나 모순되는 주장인 안티테제(antithesis, 反)를 제시한다. 테제와 안티테제를 제시한 후에 두 주장의 장점과 단점을 분석·종합한 후에 제3의 새로운 결론인 진테제(synthesis, 合)를 도출한다. 변증법적 추론 방법은 문제 해결형 글쓰기의 방법으로 사용될 수 있다. 다음 예문은 '국어 발전에 미치는 TV 영향'을 부정적인 면과 긍정적인 면을 고려하여 제3의 의견으로 마무리 짓고 있다.

　　텔레비전의 악영향과 긍정적 영향에 대한 상반된 지적을 고려한다면 긍정적 영향력을 극대화하여 국어 발전을 위해 적극적으로 활용할 방안을 모색해야 한다. 출연자들의 무분별한 비속어와 오류투성이의 자막을 보면 텔레비전이 국어 파괴의 주범이라는 혐의를 벗기 어려워 보인다. 그러나 국내의 한 방송사에서는 세대 간의 언어차이를 극복하기 위한 오락 프로그램을 개발하여 많은 호응을 얻고 있다. 그리고 이 프로그램에 국어 발전에 많은 도움을 준다는 평가도 받고 있다. 이렇듯 텔레비전이라는 양날의 칼은 국어발전에도 유용하게 쓰일 수 있다는 점을 고려해 긍정적으로 활용할 방안을 적극적으로 모색해야 한다.

그런데 여러 논증의 방법이 있기는 하지만, 실제로 논증의 글을 쓸 때는 주장, 논거, 추론 등의 용어에 크게 얽매일 필요가 없다. 이러한 용어의 개념과 활용 방안을 알아두면 매우 유용하기는 하지만 절대적인 것은 아니다. 논증의 글의 성패는 어떻게 효과적으로 주장을 뒷받침하고 있는가가 중요하기 때문이다.

따라서 논증을 하고자 할 때는 핵심주장과 핵심논거를 적절히 결합해 명료한 화제문을 먼저 쓰고 이를 차분히 뒷받침하면 된다. 경우에 따라서는 다양한 설명 방식을 쓸 수도 있고 여러 추론 방법을 섞어 쓸 수도 있다.

1. 다음 글에서 주장과 주장을 뒷받침하기 위해 쓰인 표현 방법을 찾아보자.

대한민국에서 태어나 성장하여 대학에 입학한 학생이라면 일상생활에서 국어를 사용하는 데에 아무런 어려움이 없을 것이다. 주변 사물의 이름을 모르는 경우도 거의 없을 것이다. 그러나 주변에서 사물의 이름이나 뜻을 모른 채 잘못 사용하는 경우를 종종 보게 되며, 그때마다 당혹감을 느낀다.

얼마 전 절친한 친구와 얘기를 나누던 중, 재미삼아 바닐라와 바나나는 서로 다른데 이름이 비슷해서 헷갈린다고 한 적이 있다. 그러자 그 친구는 화들짝 놀라며 둘이 같은 것이 아니냐고 되묻는 것이었다. 아니 그렇다면 바나나우유와 바닐라 아이스크림이 같은 맛이 나며, 바닐라 빵에서 바나나 향이 난다는 것인가?

필자의 이런 반박에도 그 친구는 자신의 주장을 끝까지 굽히지 않았고, 결국 스마트폰으로 정보를 검색해 보고 나서야 외마디 탄식을 지르며 인정했다. 말쑥하고 훈훈한 외모의 그 친구의 이미지에 살짝 금이 가는 순간이었다. 그 뒤에도 두 가지가 같다고 생각하는 사람을 여럿 보았는데, 그때마다 놀라지 않을 수 없었다.

생각해 보니 둘의 유사점도 무시할 수 없다. 둘 다 식품에 자주 첨가되는 향신료이고, 단맛이 나며, 첨가된 식품의 색도 노르스름한 빛깔을 띠어 언뜻 보면 같은 것이라 생각하기 쉽다. 거기에 발음마저 유사하다. 그러나 바나나는 열대지역에서 열리는 나무의 과실이며, 바닐라는 키 작은 풀의 씨앗과 줄기에서 얻는 향신료이다. 그런데도 둘이 같다고 생각하는 것은 발음의 유사점을 사물의 유사점으로 오인하였기 때문이다.

이처럼 학생들이 비슷한 발음의 단어를 혼동하여 사용하는 예가 의외로 많다. '어이없다'를 '어의없다'로 쓰거나 '명예훼손'을 '명예회손'이라고 쓰는 경우도 심심찮게 볼 수 있다. 이렇게 단어를 잘못 사용하는 사람은 독서량이나 어휘력에서 대단히 부족한 사람이라는 인상을 줄 수 있다.

이러한 혼동을 없애기 위해서는 사물의 이름을 본래의 모습과 결부시켜 파악하는 습관을 들여야 할 것이다. 사물뿐만 아니라 용어의 개념과 정확한 발음을 아는 것 또한 필요하다. 단어의 정확한 뜻이나 표기법을 알지 못한 채 그냥 사용하는 잘못된 습관 때문에 스스로의 인상을 해칠 수도 있기 때문이다.

– 학생 글

2. 다음에 제시되는 화제에 대해 주장을 쓰고 적절한 논증 방법을 선택해 한 단락으로 전개하라.

1) 차이와 차별
2) 외국인 노동자
3) 다국적 기업
4) 생명공학의 양면성
5) 예술의 윤리
6) 원자력 발전소 건설
7) 스트레스
8) 가짜 뉴스

4장

글쓰기의 실제

1절. 이메일

> **이론**　이메일 쓰기의 성격을 파악하고 작성시 유의할 점을 안다.
>
> **실제**　목적에 맞는 이메일을 써 본다.

1. 이메일의 특징과 의의

일반적으로 편지는 정서적인 상호작용과 정보 공유를 목적으로 쓴다. 정서적 상호작용이란 편지를 보내는 대상과의 관계를 돈독히 하기 위한 것으로, 안부를 묻거나 여러 감정(감사·축하·사랑·불만 등)을 표현하는 것을 말한다. 상대방에게 자신의 마음을 전달하고자 할 때 정성 들여 손글씨로 쓴 편지는 진심을 전하는 좋은 수단이 될 수 있다. 정보 공유는 비일상적인 소식 또는 구체적인 정보를 전하거나, 상대방에게 특별한 자료나 행위를 구하는 것을 의미한다. 예나 지금이나 편지는 중요한 정보 공유의 통로가 된다. 16세기 조선의 유학자 이황(李滉)과 기대승(奇大升)은 편지를 통해 사단칠정(四端七情)의 논쟁을 전개하기도 하였고, 17세기 스위스의 수학자 베르누이(Bernoulli)는 영국의 뉴턴(Newton)과 독일의 라이프니츠(Leibniz)에게 편지를 보내 미적분 문제를 냄으로써 두 사람의 실력을 가늠하기도 하였다.

한편, 새로운 글쓰기 공간인 CMC(computer-meditated communication)의 등장은 종이 글쓰기를 대신한 전자 글쓰기(e-writing)가 이루어지는 여건이 많아졌음을 의미한다. 전자 글쓰기에는 e-메일(전자 우편), 댓글, 채팅, SNS 등이 모두 포함되는데, 그 특징은 다음과 같다.

<전자 글쓰기의 특징>

① 저장, 복사, 검색 가능
② 문자 매체 중 가장 빠른 수송 속도와 반응
③ 메시지 외에 다양한 멀티미디어 자료 첨부
④ 안전성의 문제(전자 우편의 독자는 전 세계일 수도 있음, 영원히 보존됨)
⑤ 유희, 오락적인 요소

위의 특징 가운데 ①, ②, ③은 전자 글쓰기의 편의성을 나타내지만, ④는 그 위험성을 드러낸다. 즉 보안에 문제가 있을 경우 개인 정보가 유출될 수 있으며, 과거에 쓴 글을 삭제하고 싶어도 영원히 보존될 수 있는 것이다. ⑤는 전자 글쓰기가 일상화되면서 그 자체가 소통이자 놀이의 성격을 지닌다는 것을 의미한다. 포괄적으로 볼 때 이들 전자 글쓰기는 손쉽게 쓸 수 있다는 장점이 있는 반면, 공들여 쓰기보다는 대충 쓰고 넘어가기 쉽다는 단점을 지니고 있기도 하다.

그런데 이메일 쓰기는 대충 쓰고 넘어가면 안 되는 경우가 있기 때문에 문제가 된다. 이메일 도입 초기에는 전자 글쓰기의 다섯 번째 특징인 유희, 오락적인 요소가 있기도 하였으나, 현재 이 요소는 댓글, 채팅, SNS에서 주로 나타나고 있다. 오히려 이메일은 공적인 영역에서 공적인 의사소통으로서 중요한 역할을 하고 있다. 예를 들어 관공서, 학교, 기업의 공지사항이나 공식 입장 등이 이메일로 전달되며, 내부의 정보 공유 등이 이메일의 형식으로 이루어지기도 한다. 즉 공적인 이메일은 가벼운 마음으로 대충 읽고 쓸 수 없는 성격의 글이다. 따라서 이메일 쓰기의 원리와 구체적인 사례를 알아야 한다.

<표 4.1> 건설회사 과장의 하루 일과

시간	주요 업무 내용
7:30	출근
7:50	현장 점검 및 안전 교육 실시
8:30	전자 메일 읽고 답장 쓰기
9:00	외주 공사 발주에 대한 회의 자료 준비
10:00	회의
11:00	회의 내용을 바탕으로 회의록 작성
11:30	관공서 공사 관련 협조 요청 공문 작성과 발송
12:00	점심 식사
13:00	실행 예산 보고서 작성
14:00	우편물 확인하고 필요할 경우 답신 보내기
14:30	결재 서류 취합 정리하여 상부에 보고
15:00	출장 계획서 작성, 출장지 거래처 회의를 위한 자료 준비
16:00	전자 메일 읽고 답장 쓰기
17:00	자재 입고 검수
18:00	저녁 식사, 현장 마무리 및 점검
19:30	업무 정리, 일보(日報) 작성
20:00	퇴근

2. 이메일의 구성과 내용

(1) 수신자(독자)의 성격 파악

얼굴을 맞대고 이루어지는 대화가 직접적 의사소통이라면, 펜과 종이 혹은 컴퓨터를 매개로 하는 글쓰기는 간접적 의사소통이라 할 수 있다. 따라서 글쓰기를 시작하기 전에 글의 형식이나 격식 등을 따져 보아야 한다. 글쓰기는 '글의 유형과 목적 분석 → 독자 분석 → 주제 설정 → 자료 찾기 → 개요 작성 → 초고 쓰기 → 퇴고하기'의 과정을 거쳐 완성된다. 이메일도 이에 준하여 쓰면 된다. 다만 이메일은 공적인 목적을 지녔다 할지라도 편지의 범주에 들기 때문에 몇몇 단계는 생략할 수도 있다. 그러나 글쓰기의 절차 대부분을 고려하는 것이 좋으며, 특히 '예상 독자 파악하기'는 반드시 거쳐야 하는 과정이다.

이메일 쓰기에서 쓰는 사람은 송/발신자, 독자는 수신자가 된다. 송신자는 이메일을 쓰기에 앞서서 수신자의 특성을 미리 파악해야 하는데, 이때 상대방이 갖는 힘(P; Power)과 상대방과의 거리감(D; Distance)을 살펴야 한다. 힘이란 상대방이 나에게 긍정 또는 부정적인 영향력을 행사할 수 있는 것으로, 그 강도를 ++P/+P/=P/-P로 나타낼 수 있다. 거리감은 내가 상대방에게 느끼게 되는 친밀 또는 소원한 감정을 말하는 것으로, 강도를 ++D/+D/-D로 나타낼 수 있다. 대체로 힘이 강하면 거리감도 강해진다. 특히 이메일 쓰기에서는 수신자의 연령대와 사회적 지위 등이 중요 분석 대상이 된다. 지도 교수나 직장 상사 등은 +P +D에 해당하는 수신자이며, 이 경우는 각별히 격식을 갖추어 글을 써야 한다.

<표 4.2> 수신자 요인 분석

	아주 강함	강함	약함	동등
수신자의 힘	++P	+P	-P	=P
발신자와의 거리	++D	+D	-D	

(2) 제목 붙이기

일반적인 편지에서는 송수신 정보(보낸 사람 주소, 받는 사람 주소)를 편지 봉투에 쓰는데, 이메일에서는 송수신 정보(보낸 사람, 날짜, 받는 사람, 제목 등)를 이메일의 '머리' 부분에 쓰게 된다. '머리'의 요소 가운데 일반 편지에는 없는 '제목'은 특히 신경 써야 할 부분이다. 제목을 다는 방법에는 다음이 있다.

① 발신자를 밝히는 방법　　　　(예) 과기대 홍길동입니다.

② 수신자를 밝히는 방법　　　　(예) 김철수 교수님께

③ 용건을 적는 방법　　　　　　(예) 성적에 대하여

①+②　　　　　　　　　　　　(예) 김철수 교수님, 과기대 홍길동입니다.

①+③　　　　　　　　　　　　(예) 과기대 홍길동 성적 문의

이메일을 쓸 때에는 수신자를 고려하여 적절한 제목을 붙이는 것이 중요하다. 이메일의 제목은 비유하자면 상점의 간판과 같은 역할을 한다. 간판에 적힌 내용을 보고 상점에서 파는 물건을 짐작하고 상점에 들어가 보고 싶은 마음이 들게 해야 한다. 이메일 쓰기에서도 제목을 통해 내용을 짐작하게 하는 것이 좋다. 따라서 ③의 용건을 적는 방법이나, 발신자 정보와 용건을 결합한 ①+③의 방법이 많이 사용된다. 수신자가 +P, +D일 경우, 발신자의 신분을 밝히는 것도 바람직하다. +P, +D의 수신자는 대체로 사회적 지위가 있어서 수많은 사람을 상대하기 때문에 발신자가 미리 자신을 밝히는 것이 효과적일 때가 있다. 아울러 공적인 이메일인 경우 자신이 구성하는 이메일의 내용에 따라 [자료요청] [문의] [감사] [과제제출] [안부] [공지] 등의 말머리를 달 수도 있다.

(3) 인사말과 자기소개

일반적인 편지는 다음과 같은 구조를 지니며, 이메일도 대체로 유사한 구조를 띠게 된다.

> 받을 사람(호칭)
>
> 첫/안부 인사
>
> 하고 싶은 말(사연)
>
> 끝인사
>
> 편지 쓴 날짜, 쓴 사람의 이름

편지든 이메일이든 수신자에 대한 호칭으로 시작되고 다음에 안부 인사가 이어지게 된다. 그런데 +P +D의 수신자일 경우, 호칭과 안부 인사 뒤에 반드시 자기소개가 들어가야 한다. +P +D의 수신자는 많은 사람을 상대해야 하므로 발신자를 잘 모를 수 있기 때문이다. 다만 +P +D의 수신자일지라도 친밀도가 높아지면 자기소개를 간단히 할 수 있다. 그러나 아무리 친밀하더라도 자기소개를 완전히 생략해서는 안 된다.

(예1)

김철수 교수님께

<세발 자전거> 동아리 회장으로 새로 선출된 기계정보과 22학번 김홍익입니다.

(예2)

교수님, 김홍익입니다.

(예3)
과제 기한이 지났는데 받아주실 수 있으세요?

(답신)
그런데 누구세요?

예1)은 동아리 회장이 새로 선출되어 동아리 지도교수에게 처음 연락할 때 쓴 이메일이다. 여기에서 회장은 아직 지도교수를 직접 면담한 적이 없기 때문에 자신의 소속을 구체적으로 밝혔다. 예2)는 동아리 회장이 이미 여러 차례 지도교수를 면담하여 면식이 있고 자주 이메일을 주고받았기 때문에 더 이상 구체적인 소속을 밝히지 않고 간단히 자기소개를 하였다. +P +D였던 지도교수와 자주 소통하면서 거리감이 줄어들었기 때문에 가능한 것이기도 하다. 예3)은 수강생이 담당교수에게 과제 기한 연장을 요청하는 메일인데, 자기소개 없이 곧바로 용건을 말하였다. 이 경우 담당교수는 학생을 파악하기 위해 별도의 수고를 해야 하므로 요청하는 학생에 대한 인상이 좋지 않을 수 있다. 용건을 신속하게 전달하고 상대방에게 좋은 인상을 주기 위해서는 자기소개를 구체적으로 하는 편이 좋다.

(4) 본문 구성

이메일은 전자기기의 화면을 통해 읽어야 하므로, 글자체, 글자의 크기 및 간격, 행간(行間), 띄어쓰기 및 화면 구성에 신경을 써서 가독성을 높여야 한다. 다음과 같은 점에 유의하여 수신자를 배려하도록 한다.

- 마우스를 움직이지 않고 한 화면에서 볼 수 있을 만큼의 분량으로 쓴다.
- top-down 방식으로 내용을 전개한다. 중요한 내용을 첫 번째 문장에 넣고 두 번째 문장부터 중요도에 따라 배치한다. 마지막에 다시 한 번 가장 중요한 내용을

간략히 반복한다.

- 한 단락은 되도록 짧게 쓴다.

- 단락과 단락 사이는 한 줄을 띄워 구분한다.

- 요점을 강조할 때는 따옴표로 묶거나 진하게 표시하거나 혹은 밑줄을 친다.

- 읽기 편하고 보편적으로 사용하는 명조체나 고딕체를 사용한다.

- 글씨 크기는 10pt에서 12pt 사이가 무난하다.

- 두 화면 이상을 넘어갈 만큼 긴 메일을 써야 한다면 목차를 만들어 읽기 편하게 하거나 본론의 각 단락에 번호를 붙이는 것이 좋다.

아래 예시는 내용 전개는 비교적 잘 되어 있다. 용건을 top-down 방식으로 구성하였고, 구체적인 소속까지 밝혀서 자기소개를 함으로써 수신자가 송신자를 빨리 파악할 수 있게 하였기 때문이다. 다만 화면 가득히 용건이 적혀 있어서 가독성이 떨어진다. 따라서 아래와 같이 내용에 따라 행을 띄우고, 한 행에 한 문장이 들어가도록 배치하여야 한다. 또한 지나치게 친밀감을 드러내는 표현은 생략하고 마지막 인사 부분도 정중히 마무리하도록 한다.

<예시>
안녕하세요! 성적문의로 연락드립니다.

안녕하세요 교수님! 월78 수56 논리적사고와글쓰기 수업 들었던 과기대 전자전기공학부 21학번 ○○○라고합니다. 요즘 일교차 큰데 감기 안걸리셨나 모르겠네요. 건강히 잘 지내고 계시죠? 제가 이렇게 메일을 보내게 된 건 다름이 아니라 성적에 대해 여쭤볼게 있어서 입니다. 제가 수업도 안 빠지고 과제, 시험도 나쁘지 않게 한 것 같은데 성적이 제 예상보다 낮게 나왔습니다. 죄송하지만 혹시 확인 한 번만 해주시면 감사하겠습니다! 그리고 만약 제가 이성적이 맞다면 제 점수도 확인해 보고 싶습니다. 꼭 좀부탁드리겠습니다.
바쁘실 텐데 메일 읽어주셔서 감사드립니다 다음번에 교수님 수업 듣게되면 그때 뵙겠습니다! 항상 건강하시구 감기 조심하세요!!

<예시>
교수님, 안녕하세요!

저는 월78 수56 논리적사고와글쓰기 수업 들었던 전자전기공학부 21학번 ○○○라고 합니다.

제가 이렇게 메일을 보내게 된 건 성적에 대해 여쭤볼 게 있어서입니다.
제가 수업도 안 빠지고 과제, 시험도 나쁘지 않게 본 것 같은데 성적이 제 예상보다 낮게 나왔습니다.
죄송하지만 혹시 확인 한 번만 해주시면 감사하겠습니다!
그리고 만약 제가 이 성적이 맞다면 제 점수도 확인해 보고 싶습니다.
꼭 좀 부탁드리겠습니다.

감사합니다.

○○○ 올림

(5) 언어적 표현

전자 글쓰기의 언어는 말하기와 글쓰기, 구어와 문어의 요소가 포함된 하이브리드(hybrid)적 성격을 지닌다. 이는 전자 글쓰기가 말을 글로 표현하는 맥락을 가지는 경우가 많기 때문이다. 예를 들어 SNS를 이용하여 친구와 '대화'한다고 표현하지만, 그 매체는 말이 아니라 글이다. 대화의 내용 또한 문자를 사용한 글이면서 말을 그대로 글로 옮긴 듯한 요소가 다분하다. 어휘의 생략이나 축약이 빈번하고, 표기 오류가 있어도 무방하며, 논리적인 모순도 허용된다는 점에서 그러하다.

	말하기	글쓰기
격식	비격식적(informal)	격식적(formal)
매체	음성을 통한 청각적 실현	문자를 통한 시각적 실현
공간	화자와 청자가 같은 공간	화자와 청자의 공간이 분리
친밀감	화자와 청자의 친밀감	화자와 청자의 거리감
성격	순간성, 일회성, 유동성	항구성, 고정성, 보수성
표현	축약형, 비문법적 표현 허용	규범적 격식에 맞는 표현
논리	비논리성 허용	논리적 치밀함 요구
정황, 상황	고려 가능	고려 못함
오류 수정	가능	불가능

물론 이메일에서도 현실의 언어생활과는 다른 특수한 언어나 규범에 어긋난 표현을 사용할 수도 있다. 그러나 현재의 이메일은 사적인 차원보다는 공적인 차원에서 많이 사용되므로 말하기보다 글쓰기의 성격이 더 두드러진다. 특히 ++P ++D의 수신자를 대상으로 한 공적인 이메일의 경우에는 되도록 격식을 갖춘 문어적 표현을 사용해야 한다. 인터넷 언어나 속어는 쓰지 않는 것이 좋다.

다만 지나치게 격식을 갖춘 이메일은 오히려 거리감을 형성할 수도 있다. 매일 만나거나 수시로 접촉하는 직장 상사나 지도 교수와는 거리감을 줄이고 친밀감을 높여야 하는데, 과도한 문어적 표현은 오히려 역효과를 낼 수도 있는 것이다. 존대법이 발달한 한국어에서 적절한 친밀감을 드러내려면, 다음과 같은 방법을 사용하는 것이 좋다.

	조건	구체사항	예
문법 형식	평서형 어미	'-습니다'	저는 김홍익입니다.
	의문형, 명령형 어미	'-지요?'	방문해도 되는지요?
관용 표현	문어적인 형식	인사 관용어구	그간 평안하셨는지요? 쌀쌀한 날씨에 건강은 어떠신지요? 항상 건강하시기를 빕니다. 다시 뵙는 날까지 안녕히 계십시오.

한국어의 어미는 크게 격식체/비격식체로 나뉜다. 상대를 높이는 정도에 따라 격식체는 '하십시오/하오/하게/하라'가 있으며, 비격식체로는 '해요/해'가 있다. 이메일을 쓸 때 기본적으로 격식체를 써야 하는데, 평서형 '-습니다', 의문형 '-습니까?', 명령형 '-하십시오', 청유형 '-하십시다'가 이에 해당한다. 그런데 격식체 어미로 일관하면 딱딱한 인상을 줄 수 있으므로 제한적으로 비격식체 '-해요'를 쓰기도 하는데, 의문형 '-하는지요?'가 무난하다. 다만 지나치게 많이 사용해서는 안 된다. 또한 첫인사나 마무리 인사 부분은 관용적인 표현을 숙지하였다가 활용하면 좋다.

(6) 내용적 표현

이메일의 메시지 전달 단계는 준비 단계-본 내용 단계-보충 단계로 나누어 볼 수 있다. +P +D의 수신자를 상대로 하는 이메일은 대체로 공적인 내용을 담게 된다. 특히 자료나 행위를 요청하는 경우에는 상대방에게 수고와 부담을 주는 것이기 때문에, 본 내용 단계로 곧바로 들어가기보다는 준비 단계를 거쳐 핵심 내용을 전달하는 것이 효과적이다. 준비 단계에서는 앞으로 전달하고자 하는 메시지가 있음을 암시하게 되는데, '드릴 말씀은 —에 관한 것입니다.' 등과 같은 관용구를 사용한다. 본 내용은 간결한 표현으로 용건을 쉽게 파악할 수 있도록 한다. 이때 간접적인 표현을 사용하여 수신자의 심리적인 부담을 줄인다. 본 내용을 전달하고 난 다음의 보충 단계에서 인사말 등을 활용하여 다시 한번 수신자와 송신자의 부담을 경감하도록 한다.

<표 4.5> 이메일의 단계별 내용

단계	조건	예
준비 단계	암시, 준비	드릴 말씀은 다름이 아니오라 여러 가지 일로 바쁘신 줄 알고 있지만
본 내용 단계	간접적 대화	논문을 부탁드려도 되겠는지요? 방문해도 실례가 아닌지 모르겠습니다. 기한을 조금 연장해 주실 수 있는지요?
보충 단계	마무리	대단히 죄송합니다. 부족한 저를 이끌어주셔서 늘 감사합니다.

(7) 마무리 인사

이메일에서는 마무리 인사를 생략하는 경우가 많은데, 계절 인사나 좋은 글귀 등을 쓴다. 특히 격식 있는 이메일에서는 자신의 이름을 밝혀 '○○○ 드림', '○○○ 올림', '○○○ 배상' 등을 쓰도록 한다.

※ 이메일 쓰기의 유의점

① 메일 주소 및 수신자를 정확하게 확인한다.
② 스팸 메일로 취급받지 않도록 주의한다.
　- 상대방이 메일 내용을 짐작할 수 있는 제목을 달아 준다.
　- 제목에 본인의 이름이나 신분을 밝힌다.
　- 수신과 참조 기능을 적절히 활용한다.
③ 답신을 할 때는 회신 기능을 활용한다.
④ 요청하는 이메일에 대한 회신이 왔을 때, 내용을 확인하였다거나, 감사하다는 내용의 답신을 한다.(+P, +D인 경우는 반드시)

1. 담당 교수에게 성적에 대해 문의하는 상황을 가정하고 이메일을 써 보자.

2. 거래처 임원에게 회의를 요청하는 상황을 가정하고 이메일을 써 보자.

2절. 자기소개서

이론 자기소개서의 성격을 파악하고 자기소개서 작성시 유의할 점을 안다.

실제 목적에 맞는 자기소개서를 작성해 본다.

1. 자기소개서의 정의와 의의

(1) 자기소개서의 정의

자기소개서는 '나'에 대한 글이다. 물론 자기소개서 외에도 나 자신을 주제로 삼아 쓰는 글은 다양하게 존재한다. 그 가운데 자기소개서는 남과 다른 자신만의 특성과 장점을 효과적으로 드러내어, 읽는 이에게 긍정적인 인상을 주는 것을 목적으로 한다.

언뜻 나 자신에 대해 쓰는 글이므로 다른 글쓰기에 비해 쉽다고 생각할 수 있으나, 많은 사람들이 자기소개서를 쓰는 데에 어려움을 겪는다. 자기소개서의 성격과 목적을 제대로 파악하지 못하고 막연하게 글을 쓰려고 하기 때문에, 막상 쓸 때에는 어떤 내용을 어떻게 구성해야 하는지 갈피를 잡지 못하는 경우가 많은 것이다.

자기소개서를 쓰기 위해서는 과거의 자신을 돌아보고, 현재의 자신을 드러내며, 미래의 자신을 그려 보는 과정을 거치는 것이 중요하다. 실제로 과거의 모습이 모여 현재의 자신을 이루었으며, 과거와 현재의 자신을 기반으로 미래를 꾸려나갈 것이기 때문이다. 따라서 과거, 현재, 미래의 자기 자신에 대한 진지한 고찰이 선행되어야 자기소개서를 제대로 작성할 수 있을 것이다.

(2) 자기소개서의 유형 및 활용

자기소개서의 유형은 크게 둘로 나눌 수 있다. 첫째는 비교적 가볍고 일상적인 목적의 일반적인 자기소개서이고, 둘째는 면접 대비용으로 기업에 제출할 자기소개서이다.

일반적인 자기소개서는 개인적인 내용을 진솔하게 담을 수 있으며, 내용이나 형식에 따로 정해진 틀이 없다. 자신을 가장 잘 알릴 수 있는 특징적인 내용을 선택하여 쓰면 된다. 인터넷 블로그나 홈페이지 등에 자신에 대해 알릴 목적으로 게시하는 글도 일종의 자기소개서가 될 수 있다. 이러한 글은 처음 만나는 사람들과의 모임에서 자기소개를 해야 할 때의 원고로 활용할 수 있다. 그 외에 대학이나 대학원의 입학 과정에서 지원 서류 가운데 하나로 수필 형식의 자유로운 자기소개서를 요구하는데, 이것이 비교적 일반적인 자기소개서의 성격에 가깝다.

반면 면접 대비용 자기소개서는 대학 졸업 즈음, 혹은 대학 과정 중에도 가장 익숙하게 접하게 될 자기소개서의 유형이다. 면접용 자기소개서는 기업의 인재 채용 과정에서 일반적인 이력서 및 경력증명서를 통해 알 수 없는 지원자의 됨됨이, 경력 등을 파악하기 위한 방법 중 하나로 각광받고 있다. 따라서 기업에서 요구하는 내용이 대체로 정해져 있으므로, 그에 맞추어 내용을 구성할 필요가 있다. 개인적이고 일상적인 내용이 아니라 기업에서 일할 사람으로서 자신의 능력과 자질을 드러낼 수 있는 내용으로 구성해야 한다. 면접 대비용 자기소개서는 일반적인 자기소개서보다 더 격식을 갖추어 써야 하며, 자신의 공적인 면을 드러내는 글이다.

이와 같이 일반적인 자기소개서와 면접 대비용 자기소개서는 완연히 다른 구성을 갖는다. 따라서 자기소개서를 어떤 목적으로 작성하느냐에 따라 자기소개서의 준비 단계부터 실제 쓰는 단계까지 많은 과정이 전혀 다르게 진행된다.

2. 자기소개서의 구성과 내용

일반적인 자기소개서는 앞에서 살펴본 바와 같이 비교적 자유로운 형식과 내용으로 쓰는 것이 가능하다. 그러나 기업 면접용 자기소개서는 특정한 형식과 내용을 요구하여 비교적 쓰기가 까다롭다. 일반적인 자기소개서의 구성과 내용에 관해서는 간략히 살피고, 주로 면접용 자기소개서를 쓰는 방법에 대해 논의할 것이다.

(1) 일반적인 자기소개서

일반적인 자기소개서에서는 성장 배경, 성격, 특기, 취미 등을 다양하게 다룰 수 있다. 이름, 나이, 사는 곳, 하는 일 등으로 평이하게 구성할 수도 있으나, 자신을 알리고 드러내는 글이라는 점을 고려하면 더 독특하게 내용을 구성하는 것이 효과적이다. 또한 너무 많은 내용을 나열식으로 제시하는 것보다는 자신의 개성이라고 생각되는 몇 가지를 선택하여 내용을 구성하는 것이 좋다.

(2) 기업 면접용 자기소개서

기업 면접용 자기소개서는 특별하게 요구하는 양식 및 내용이 있는 경우가 그렇지 않은 경우로 나뉜다. 물론 양식이 있는 경우에는 그에 맞추어 쓰면 되지만, 그렇지 않은 경우 당황하기 쉽다. 기업에서 특별히 양식을 제시하지 않고 자기소개서 제출을 요구할 경우, 면접용 자기소개서에서 일반적으로 포함되는 내용을 기반으로 써 내려가는 것이 좋다.

기업별로 자기소개서에서 요구하는 세부 내용에는 차이를 보이나 대체로 지원 동기, 포부, 장·단점, 성장 배경, 역경 극복의 사례 등을 요구하는 경우가 많다.

1) 준비
① 나에 대한 고찰

기본적으로 자기소개서는 '나'에 대한 글이므로, 무엇보다도 나에 대한 고찰이 선행되어야 한다. 이 내용이 자기소개서에서 가장 중요한 뼈대를 이루게 된다. 자신이 살아온 환경, 가족사, 가훈, 좌우명, 기억에 남는 활동, 성격적 특징, 교우 관계 등을 종합적으로 돌아본다. 특히 자신의 좌우명이나 기억에 남는 활동의 경우 그것이 자신의 삶에 미친 영향 등을 구체적으로 생각해 본다. 그리고 자신이 설계하고 있는 미래와 포부를 구체적으로 그려 보는 것이 필요하다. 가능하다면 자신의 미래를 5년 후, 10년 후로 단계적으로 예상해 본다. 일반적인 자기소개서라면 자신의 개인적인 면을 돌이켜 보는 것으로 충분할 것이나, 기업 면접용 자기소개서일 경우에는 사회 활동에 초점을 맞추어 정리해야 한다.

② 독자에 대한 고찰

글을 쓸 때에는 그 글을 읽을 독자를 반드시 염두에 두어야 한다. 독자가 누구냐에 따라 글의 내용, 전개 방식 등이 달라질 수밖에 없기 때문이다. 일반적인 자기소개서라면 자신을 잘 모르는 다수가 독자가 될 것이라고 예상할 수 있다. 특히 홈페이지 등에 게재할 자기소개서라면 그때의 독자는 불특정 다수가 된다. 반면에 기업 면접용 자기소개서의 독자는 당연히 기업 인사 담당자, 특히나 면접관이다. 따라서 기업에 도움이 되는 인재를 채용해야 하는 인사 담당자, 면접관이 어떤 사람을 채용하고자 하는지 생각해 볼 필요가 있다. 기업 인사 담당자는 지원자의 개인적인 취향이나 내밀한 인간관계 등에는 흥미가 없을 것이다. 이 독자들이 원하는 것은 자기소개서를 쓴 지원자가 과연 자신들이 원하는 인재상에 부합하여, 기업 사회에서 훌륭하게 적응해 나갈 수 있느냐 하는 것이다. 따라서 이러한 점을 반영하여 인사 담당자와 면접관이 원하는 내용을 잘 드러낼 수 있도록 해야 한다. 이를 위해서는 자신이 입사하려고 하는 기업이 원하는 인재상, 기업에서 요구하는 능력 및 인성이 무엇인지 사전에 조사해야 한다.

2) 개요 작성

준비 과정에서 정리한 자신에 관한 내용들을 자기소개서 각각의 항목에 알맞게 배치한다. 이때 자기소개서에서 요구하는 항목별로 내용을 구체적으로 구성하되, 각 항목이 서로 관련될 수 있는 내용으로 작성하는 것이 좋다. 특히 각 내용은 그를 뒷받침

할 수 있는 일화 등을 제시하는 것이 효과적이므로, 그에 대한 고민이 필요하다.

예를 들어, 지원 동기로 해당 분야에 대한 지속적인 관심과 노력을 들었다고 해보자. 그렇다면 자신이 그 분야에 관심을 계속 가지고 있었음을 입증할 만한 내용을 생각해 개요에 적어야 한다. 개요 단계에서 이 내용을 정리해 두지 않으면 실제로 초고를 작성할 때에 '저는 이 분야에 대해 지속적인 관심을 가지고 있었습니다.' 정도의 언급만으로 이 부분을 마무리할 가능성이 높다. 그렇다면 독자는 자기소개서에서 설명하고 있는, '해당 분야에 대한 지속적인 관심'을 믿기 어렵게 된다. 따라서 해당 업계의 동향을 주시하고 있었으며, 그에 대한 관심을 가지고 있었다는 사실을 독자가 납득할 수 있는 내용으로 제시해야 한다. 이처럼 개요 단계에서 실제로 초고를 작성할 때에 포함시킬 내용을 구체적으로 정리해 놓는 것이 좋다.

이 단계에서 제목을 결정하는 것이 좋다. 제목은 자기소개서 전체를 보여줄 수 있는 큰 제목과, 각 항목을 나타낼 수 있는 항목별 소제목을 모두 정해본다. 항목별 소제목은 각 부분의 핵심 내용이 잘 드러나도록 짓는다. 각 항목별 소제목만 읽어도 중심 내용 파악이 가능하도록 결정한다.

3) 작성
① 지원 동기 및 포부

면접용 자기소개서에서 가장 중요한 부분은 지원 동기와 포부이다. 지원 동기를 통해서는 지원한 기업에 대한 이해도, 지원한 직무에 대한 관심, 열정 및 숙련도 등을 파악할 수 있기 때문에 실질적으로 자기소개서의 핵심이라고 해도 과언이 아니다. 지원 동기는 그 직종, 그 기업을 선택한 이유에 대해 설득력 있게 써야 한다. 포부는 지원한 기업의 비전, 구체적 직무의 특성을 반영하여 작성한다. 이때 막연하게 열심히 하겠다고 밝히는 것이 아니라 직무에서의 숙련도, 기업 내에서 자신의 위치 등에 대해서 구체적으로 서술해 주는 것이 좋다.

② 장단점

　장점은 업무 능력, 사회 적응 등에서 자신이 남들보다 뛰어나다고 내세울 수 있는 것으로 선택한다. 예컨대 영업직에 지원한다면 사교적인 성격이 업무 특성과 연관되어 큰 장점이 될 수 있다.

　단점은 결코 자신의 실제 단점, 극복하기 어려운 점을 선택하여서는 안 되며, 부정적으로 받아들여질 표현을 사용해서는 안 된다. 예를 들어 평소에 스스로의 단점을 우유부단하고 결정을 잘 내리지 못하는 점이라고 생각해 왔더라도, 이를 자기소개서에 직접적으로 드러내서는 안 된다는 것이다. 자기소개서에 '저의 단점은 우유부단한 것'이라고 쓰면 면접관은 지원자에 대해 부정적인 인상을 갖게 되기 쉽다. 실제 자신의 단점이라고 판단되더라도 부드럽게 바꾸어, 다른 각도에서 생각해 보면 장점이라고도 파악될 수 있도록 표현해야 한다. 위에서 든 예처럼 우유부단한 태도가 단점이라면 신중함이 다소 지나쳐 결정을 빨리 내려야 할 때 어려움을 겪기도 한다고 표현하는 것이다. 이렇게 표현하면 단점에 대해 말하면서도 매사에 신중하다는 장점도 드러낼 수 있다. 그리고 자신의 단점이 극복을 위해 노력하고 있으며 극복이 가능할 것이라고 쓰는 것이 좋다.

③ 성장 배경

　성장 배경에서는 자신의 가치관, 삶의 자세 등을 드러내도록 써야 한다. 그리고 그러한 가치관, 자세를 갖게 된 계기 등에 대해 구체적으로 기술해 주는 것이 좋다. 자신의 성장 과정을 일대기식으로 죽 나열하는 것은 결코 좋은 방법이 아니다. 면접관들은 성장 배경에서 지원자가 태어난 곳, 다닌 학교 등을 궁금해 하는 것이 아니다. 이 내용을 알고 싶다면 이력서나 등본 등 다른 서류를 확인하는 것으로 충분하다. 따라서 자기소개서의 성장 배경에서는 여타의 다른 서류를 통해서 확인할 수 없는 본인의 됨됨이, 삶의 자세 등을 드러내야 한다.

④ 역경 극복의 사례

모든 사람들이 지난한 삶의 고난을 겪고, 그것을 훌륭하게 극복하면서 살아가는 것은 아니다. 그래서 많은 이들이 역경 극복의 사례를 쓰는 데에 어려움을 겪는다. 이때 반드시 역경 극복의 사례로 죽을 고비를 넘길 정도의 특별한 내용을 요구하는 것은 아니다. 물론 그런 특별한 경험이 있다면 그것을 활용할 수 있다. 자기소개서에 쓸 만한 특별한 경험이 없다고 생각된다면, 자신이 살아오면서 해결에 어려움을 겪었던 다툼이나 갈등 등을 정리해 보는 것이 도움이 된다.

4) 작성시 유의점
① 알맞은 단어를 사용한다.

글을 쓰는 데에 익숙하지 않은 학생들은 공적인 문서를 작성하면서도 부적절한 단어를 사용하는 경우가 많다. 이는 자기소개서를 작성하면서도 마찬가지인데, 특히나 자기소개서에서는 자신의 경험을 서술하는 내용이 주를 이루기 때문에 생활에서 친숙하게 사용하던 인터넷 용어, 은어 등을 그대로 사용하는 것이다. 학창시절에 했던 아르바이트를 '알바'로 쓰거나 각종 줄임말을 사용하는 것이 그런 예이다. 이런 표현은 공식 문서에 어울리는 표현이 아니므로 반드시 적절한 단어를 사용하여 글을 쓰도록 한다.

② 단락 구분을 분명히 한다.

어떤 글을 쓰든 단락 구분을 분명히 하여 쓰는 것은 자신의 생각을 드러내고 독자의 이해를 돕는 데에 효과적인 방법이다. 그런데 자기소개서를 쓰는 경우, 자기소개서가 한 편의 글이라는 점에 집중하여 모든 내용을 하나의 단락에 포함시켜 쓰거나, 둘 이상의 소재를 한 단락에 포함시켜 쓰는 경우가 있다. 예를 들어 성장 배경과 역경 극복의 사례에 내용상 연결되는 부분이 있어 이들을 하나의 단락으로 묶는다거나, 성장 배경과 성격의 장단점을 하나의 단락으로 구성하는 등이다. 이렇게 되면 하나의 단락에 여러 가지 내용이 들어가게 되어 이해도가 떨어지게 되고, 기업에서 자기소개서를 통해 확인하고자 했던 내용을 쉽게 찾아 확인할 수 없게 된다. 따라서 최소한 성장 배경, 성격의 장단점, 역경 극복의 사례 등 자기소개서의 주요 항목별로 단락이 구성되도록 해야 한다.

③ 과장이나 각색 없이 솔직하게 쓴다.

학생들이 면접용 자기소개서를 작성할 때 가장 많이 호소하는 어려움 중 하나가 어떤 내용을 써야 하는지 모르겠다는 것이다. 특히 역경 극복 사례, 기억에 남는 경험 등의 항목에 이르면 '이런 경험 자체가 없다.'며 난색을 표하는 경우가 많다. 이때 하게 되는 나쁜 선택 중 하나가 과장을 하거나 각색을 하는 것이다. 예를 들어 봉사 활동의 경력이나 인턴 경험 등 자신의 경험을 부풀려 쓰거나 없는 경험을 지어내서 쓰는 것이다. 면접용 자기소개서는 분명히 면접 과정에서 활용된다는 사실을 잊어서는 안 된다. 아주 정교하게 꾸며내지 않는 이상, 긴장을 한 면접 자리에서는 거짓이 탄로 나기 쉽다. 그러므로 과장이나 각색 등을 통해 자신을 포장하려 하지 말고, 솔직하게 써야 한다.

④ 상투적이거나 신뢰감을 잃을 수 있는 표현은 최대한 배제한다.

되도록 참신하고 산뜻한 표현을 고민해야 한다. '자기소개서'라고 하면 모두가 익숙하게 떠올리는 표현들이 있는데, 이를 그대로 쓰는 것은 결코 좋은 인상을 주지 못한다. 성장 배경을 쓰면서 '저는 엄하신 아버지와 자애로우신 어머니 슬하에서' 등등의 표현을 쓰거나, 포부를 밝히면서 '뽑아만 주시면 열심히 하겠습니다.'라고 쓰는 것이 대표적이다. 이렇게 상투적인 표현은 자기소개서 전반에 대한 흥미를 떨어뜨릴 수 있다.

또한, '솔직히 말하면' 등의 표현을 사용하는 것도 바람직하지 못하다. 이는 자칫 그 전까지의 모든 내용은 솔직히 쓰지 않았다는 인상까지 줄 수 있다. 그리고 부정확하거나 틀린 내용을 쓰는 것도 자기소개서, 나아가 자기소개서를 쓴 사람에 대한 신뢰감을 떨어뜨릴 수 있으니 주의해야 한다.

⑤ 분량에 맞추어 쓴다.

기업 면접용 자기소개서는 상당수의 기업이 항목별로 정해진 분량을 요구한다. 지원 동기 및 포부 1000자 내외, 장단점 800자 내외 등으로 정확한 분량에 맞추어 쓸 것을 요구한다. 인터넷으로 서류 접수를 하는 경우에는 이 분량을 초과하면 글이 아예 등록이 되지 않기도 하며, 요구하는 분량에서 과하게 양이 많거나 과하게 모자라는 경우 불이익을 받을 수 있다. 그러므로 요구하는 분량에 맞추어 쓰도록 내용별 분량 배분에 신경을 써야 한다.

⑥ 퇴고를 거쳐 한 편의 완결된 글이 되도록 한다.

퇴고 과정에서는 완성된 글의 전체 맥락을 살펴 통일성을 저해하는 내용이 있는지 확인한다. 관련 없는 내용이나 부자연스러운 내용을 수정하는 것이다. 또한 글의 마무리를 살펴 미완결된 느낌이 있지 않은지 확인한다. 또, 전체 내용이 지원한 회사에 꼭 필요한 인재인 나 자신을 드러내고 있는지를 점검해 보는 것이 좋다. 자기소개서 전체의 제목과 항목별 소제목을 다듬어 중심 내용을 잘 드러낼 수 있도록 한다.

1. 나를 비유적으로 표현한다면 어떻게 표현할 수 있을까? 긍정적인 문장으로 3개 정도를 만들어 보자.

　　예) 나는 진흙 속의 진주이다.

2. 자신의 장래희망을 써 보고, 그러한 장래희망을 갖게 된 동기를 생각해 보자.

3. 취미, 특기, 여러 경험 가운데 자신의 개성을 잘 드러낼 수 있다고 판단되는 것을 하나 정하고, 그것을 중심으로 자신을 소개하는 짧은 글을 써 보자.

강한 추진력으로 개발하는 강력한 엔진

안녕하십니까? 저는 귀사의 기계·엔진 기술 개발부에 입사를 지원하게 된 OOO입니다.

현대 사회에서 기계·엔진은 대형 공장에서부터 자동차, 냉장고에 이르기까지 산업 대부분의 분야에서 뿐만 아니라 현실 생활에까지 전반적으로 쓰이고 또 요구되고 있습니다. 그리고 이것은 과거에도 그랬고, 미래에도 계속 그러할 것이라 생각합니다.

최근 친환경 산업에 대한 요구가 커지고 있습니다. 이에 대해 석유의 대체재를 찾는 것뿐 아니라 에너지의 효율을 높인 엔진으로 개발하는 것으로 일조할 수 있다고 생각합니다. 그리고 주 에너지원이 석유에서 수소나 태양열로 바뀐다고 해도 엔진은 그 에너지를 활용하는 근본적인 장치로서 항상 요구되므로 발전 가능성이 무궁무진하다고 봅니다. 그리고 이렇게 발전하는 엔진 산업에서 바탕이 되는 이론인 전기·전자 분야의 지식이 엔진 개발에 제일 중요한 요소라고 생각합니다.

빠르게 변해가는 엔진 시장에서 귀사의 경영 이념인 강한 추진력과 적극적 의지, 제가 가지고 있는 전자·전기 분야의 전문 지식과 창조적 생각이 함께 한다면 큰 시너지 효과를 낼 수 있다고 생각합니다. 작년부터 정부 정책상 전면적으로 고효율 모터만을 만들게 된 것으로 알고 있습니다. 이 분야는 귀사가 주력으로 삼아 온 대형 엔진 분야에서는 주목받지 못하다가 이제 시작 단계인 것으로 알고 있습니다. 시작하는 귀사의 발걸음에 제가 함께 하고 싶습니다. 그동안 고효율 엔진 개발에 필요한 기술과 이론을 충분히 익혔고 이를 활용할 곳은 귀사의 엔진 개발부라고 확신합니다.

지금도 업계 1위인 귀사가 고효율 모터로 판도가 바뀌는 모터 시장에서도 계속 앞서 나갈 수 있도록 중추적인 역할을 하겠습니다.

– 학생 글

금융전문가로서 날개를 펼칠 저의 둥지를 찾습니다!
고객과 소통하며 고객의 자산을 나의 자산처럼!

올바른 투자는 기업 가치를 최대화하며, 건전한 주식시장 발전의 원동력이 된다고 생각합니다. 저는 과연 올바른 투자가 무엇인지 알고자 하여, 마르지 않는 호기심으로 학교생활에 임하여 투자, 회계와 관련된 과목들은 모두 A 이상의 학점을 취득하였습니다. 파생상품론 과목에서 열렸던 모의투자에서는 시장경기 예측을 통한 지수옵션 투자로 42%의 수익률을 이루기도 하였습니다.

학교에서 배우는 이론을 통해서도 투자에 대해 많은 것들을 배울 수 있었지만, 직접 실무에서 발로 뛰며 몸소 체득하는 것이 무엇보다도 중요하다고 생각합니다. Retail은 고객의 자산에 대한 체계적인 관리가 필요한 만큼 많은 책임감이 따른다고 생각합니다. 귀사는 다른 국내 유수의 증권회사들과 업계 대표의 자리를 다투고 있는 메이저 증권회사이며, 특히 브로커리지 등 리테일 부분에서 업계 1위를 고수하고 있습니다. 또 글로벌 IB로의 도약을 위해 해외 거점을 마련하는 등 기업가로서의 도전 정신을 보여주고 있습니다. 언제나 새로운 도전에 목마른 저에게 OO증권은 다른 어느 기업보다 저에게 적합한 증권회사라고 생각합니다.

입사 후에는 CFA를 3년 내 취득하기 위하여 노력할 것입니다. CFA는 이미 취득한 국제 재무위험관리사 자격과 시너지효과를 발휘하여, 위험을 감안한 현명한 투자법을 체득하는 데 큰 도움이 되리라 생각합니다. 높은 수익률에 따르는 위험 요소를 최소화하는 효율적 투자를 위해 항상 깨어있는 자세로 임할 것입니다. 더 많은 경력과 지식이 쌓이면 OO증권의 핵심 부서로의 이직을 통해 OO증권의 미래와 번영을 위해 저의 일생을 불사르고 싶습니다. 이것이 제가 OO증권의 Retail에 지원한 동기이며, 증권업계 1위의 OO증권에서라면 저의 마르지 않는 호기심과 열정을 가장 잘 발휘할 수 있을 것입니다.

- 학생 글

<자기소개서 예시 : 예술계열>

개성 있는 영상을 스스로 기획하고 구성하는 능동적이고 창의적인 미래의 디자이너 - "창의적인 '딴 생각'을 꿈꾸는 OAP 디자이너"

모션그래픽은 제가 가장 좋아하는 일이자 하고 싶은 일입니다. 특히 학과 수업 중 OAP제작을 하게 되었을 때, 몇 초간의 짧은 영상이지만 채널의 특성을 함축하고 또한 그 자체로도 뛰어난 작품이 될 수 있다는 것에 매력을 느꼈습니다. 이후에 이와 관련된 학과 수업과 개인적인 공부를 통해 끊임없이 연구하고 노력하였습니다.

특히, 리드미컬한 리듬을 살려 트렌드를 잘 반영한 음악채널의 개성이 담긴 OO의 영상들, 핑크색 원의 로고를 이용, 스타일리쉬한 아이덴티티를 표현한 OO의 영상 등 귀사의 채널들은 뛰어난 영상미는 물론 각각의 개성을 잘 표하고 있다고 생각합니다. 이 같은 귀사의 우수한 영상은 제가 좀 더 본 분야에 흥미를 느끼고 발전할 수 있도록 하였습니다. 이처럼 다양한 채널과 프로그램의 특성이 뚜렷하고, 또 디자인 면에서도 우수한 영상은 모션그래픽을 하고 싶은 열망을 보다 크게 하였습니다. 그리고 귀사에서 개성과 창의성이 돋보이는 영상을 만들고 싶다는 확실한 꿈을 가지게 되었습니다.

저는 제가 좋아하는 것을 잘 하기 위해 학과공부는 물론 수업으로는 부족한 툴을 배우기 위해 매 방학마다 튜토리얼 공부를 하고 학원을 다니는 등 배움을 게을리하지 않았습니다. 또한 친구들과 스터디 그룹을 통해 모션그래픽을 연구하고 토론하는 시간을 갖기도 하였습니다. 이와 같은 기초적인 공부를 통해 생각하는 바를 잘 표현할 수 있는 디자이너가 될 수 있으리라 생각합니다. 만약 부족한 부분이 있다면 지금까지처럼 스스로 공부하고 노력하여 끊임없이 발전을 도모하겠습니다. 그리고 귀사의 목표를 이해하고 이를 잘 드러낼 수 있도록 연구할 것입니다.

귀사의 프로그램들은 어느덧 생활과 문화의 중심으로 자리 잡았다고 해도 과언이 아닙니다. 따라서 표현할 수 있는 디자이너에서, 나아가 영상을 기획하고 구성하는 능력을 키운 능동적이고 창의적인 인재가 필요합니다. 저는 귀사의 다양한 프로그램의 특성을 살리는 것은 물론, OO나 OO와 같은 트렌드를 이끄는 프로그램이 될 수 있도록 개성 있는 영상을 기획하는 것이 꿈입니다. 제 꿈을 귀사에서 이뤄 나가고 싶습니다.

– 학생 글

3절. 서평

이론 서평 쓰기의 성격을 파악하고 서평 작성의 방법과 유의할 점을 안다.

실제 이론을 적용하여 서평을 작성해 본다.

1. 창의적 사고와 창의적 읽기

(1) 창의적 사고란 무엇인가

우리의 삶은 문제 해결의 연속이다. 크건 작건 간에 우리는 늘 해결해야 할 많은 문제에 부딪히고 그 해결 방법을 고민하며 살아간다. 학문 탐구도 마찬가지다. 나와 나를 둘러싼 세계, 사물, 현상에서 발견한 문제를 이해하고 해결하는 과정이 곧 학문 탐구의 과정이다. 그런데 이 문제 해결 과정에서 필요한 것이 창의적 사고이다. 문제를 발견하고, 해결 방안을 탐색하고 선택하는 모든 과정에서 창의적 사고가 요구된다.

창의적 사고의 중요성에 대해서는 대개 동의하지만, 창의적 사고의 정의에 대해서는 다양한 의견이 있다. 스텐버그(R. Sternberg)에 따르면 창의적 사고(creative thinking)는 "새롭고 유용한 사고"이다. 통상 새로운 사고를 창의적 사고로 간주하지만 모든 새로운 사고가 창의적인 것은 아니다. 새로운 사고라 해도 이론적으로든 현실적으로든 문제 해결에 유용해야만 창의적 사고라고 할 수 있다. 이러한 창의적 사고는 단일한 사고 기능이 아니라 발산, 연관, 수렴 등의 사고 기능이 관여하는 복합적 과정이다.

창의적 사고의 한 측면인 '발산적 사고'는 이전에 없던, 혹은 알려지지 않은 것을 생각해 내는 것을 말한다. 발산적 사고는 하나의 문제 상황에 대해 여러 방안을 제시하는 '유창성', 그 방안들을 다양한 각도에서 제시하는 '융통성', 기존의 방안과 다른 독특한 것을 제시하는 '독창성', 그 방안을 구체적으로 제시하는 '정교함'으로 드러난다. 바흐(J. S. Bach)의 〈골드베르크 변주곡〉은 하나의 선율을 조의 배열과 음정 변화를 통해 30개의 변주곡으로 구성한 것인데, 이는 다양하고 융통성 있고 독창적이며 정교하다는 점에서 창의적, 특히 발산적 사고에 의한 창작물로 볼 수 있다.

하지만 발산적 사고처럼 무에서 유를 만들어 내는 것만이 창의적 사고는 아니다. 기존에 존재하는 것들의 연관에 주목하여 새로운 연관을 만들어 내는 것도 창의적 사고이다. '연관적 사고'는 서로 유사하거나 때로 관련 없어 보이는 두 대상을 연결하는 사고 기능이다. 다시 말해 두 대상의 유사성이 크든 작든 둘 간의 연관이나 결합을 통해 새로운 것을 만들어 내는 사고를 말한다. 인간의 두뇌 기능을 본 따 인공지능을 설계한다든지, 핸드폰과 TV, MP3 등의 기능을 결합하여 스마트폰을 만든다든지 하는 것은 창의적, 특히 연관적 사고의 결과로 볼 수 있다.

그러나 발산적, 연관적 사고로 새로운 것을 생성해 내어도 그것이 유용성을 갖지 못하면 창의적 사고라 할 수 없다. 수렴적 사고는 발산적, 연관적 사고의 결과를 체계화하여 유용한 것으로 만들어 내는 사고 과정을 말한다. 이러한 수렴적 사고는 다양한 아이디어를 모순 없이 구성하는 '정합성', 다양한 것들을 하나의 체계로 구조화하는 '통합성', 통합적 구조를 질서 있게 만드는 '단순성'을 특징으로 한다. 수렴적 사고는 의미 없어 보이는 자료들 가운데서 일관된 법칙이나 원리를 찾아내어 체계화하는 사고이다. 코페르니쿠스(N. Copernicus)가 자신이 직접 천체를 관측한 결과와 다른 천문학자들이 관측한 결과를 비교하여 여러 자료들을 분류, 해석, 분석함으로써 지동설을 창안한 것은 창의적 사고, 특히 수렴적 사고에 의한 작업이다.

(2) 창의적 읽기

창의적 읽기는 평가의 결과를 새로운 상황에 적용하거나 확장하는 읽기로 평가적 읽기의 결과에 대한 활용 과정이라고 할 수 있다. 우리는 '창의적'이라는 말에서 흔히 '기발함'이나 '새로움', '특이함' 등을 떠올리게 된다. 그러나 읽기에서의 창의성이란 일반적으로 이해하고 있는 창의성과는 다르다. 그것은 텍스트에서 출발하여 텍스트 밖으로 나아가는 것을 가리킨다. 즉 텍스트의 내용이나 저자의 생각을 이해한 후 이를 나의 삶이나 우리 사회에 적용시키는 방향으로 발전시키는 것을 말한다. 이때 어디까지 나아가는지, 어떻게 나아가는지는 전적으로 독자의 능력에 달려 있다고 할 수 있다.

창의적 읽기는 또한 독자가 주체적인 사고를 형성하며 읽는 것을 말한다. 글쓴이의 생각에 동의할 수 없다면 나는 어떻게 생각하는지, 그 문제와 관련하여 어떤 새로운 관점을 제안할 수 있는지, 문제의 해결 방안이나 대안이 잘못 모색되었다면 더 바람직한 해결책이나 대안은 무엇인지를 생각하며 읽는 것이다. 또 한편으로 글쓴이의 생각에 동의한다면 이를 나의 경험과 지식에 비추어 어떻게 이해하고 활용할 수 있을 것인지, 이 문제를 오늘날 우리 사회의 문제와 어떻게 관련시켜 이해하고 적용해 볼 수 있을 것인지 등 주체적으로 자신의 생각을 형성하며 읽는 것이다.

2. 창의적 읽기로서의 서평 쓰기

(1) 서평의 정의

서평(書評)은 간행된 책을 독자에게 소개할 목적으로 책에 대한 읽은 이의 감상이나 논평 등을 포함하여 쓰는 글이다. 책을 읽고 쓰는 글이라는 점에서 독후감과 비슷하지만, 독후감이 주관적인 느낌을 중심으로 서술하는 개인적인 글인데 비해, 서평은 주관적 감상 및 그러한 감상을 객관화한 논평을 사회·문화적 맥락에서 기술하는 공적인 글에 가깝다. 서평은 주관적 감상과 객관적 가치 평가의 성격을 함께 지니는데, 후자에 좀 더 비중을 두게 된다. 서평은 타인의 글이나 작품을 읽고 이를 이해하여 요약하고 자신의 시각으로 재창조하는 글로서, 복합적이고 다양한 사고력을 요구하는 과정이다. 기술적으로는 읽기와 쓰기를 모두 정확하게 할 수 있어야 하고, 내용적으로는 자신만의 느낌이나 생각을 다른 사람에게 전달할 수 있도록 글을 구조화할 수 있어야 하기 때문이다. 이러한 이유에서 서평의 전체적인 구성 원리는 서론, 본론, 결론으로 이루어지는 학술적 글쓰기의 그것과 비슷하다.

(2) 서평의 목적

서평의 목적은 책 자체에 대한 평가이다, 그러나 같은 책을 읽고 쓴 서평이라도 그 책의 내용을 동일하게 이해하고 평가하지는 않는다. 대상을 이해하는 방식은 사람마다 다르며, 같은 책을 평가하더라도 무엇을 그 책의 중심 요소로 파악하느냐에 따라 해석은 달라지게 된다. 서평 쓰기를 통해서 우리는 다음과 같은 것들을 얻을 수 있다.

첫째, 내가 읽은 책의 내용 및 당시 나의 생각을 잘 기억할 수 있다. 둘째, 나의 삶을 성찰하고 내 생각을 정리해 볼 수 있다. 셋째, 주위 사람들과의 공감과 소통의 수단이 될 수 있다. 넷째, 표현과 설득을 위한 글쓰기 능력을 향상시킬 수 있다.

3. 서평 쓰기의 절차

(1) 서평 쓰기 전 유의사항

서평을 쓰기 전에 먼저 책의 전체적인 구성과 내용을 파악해야 한다. 책을 읽으면서 핵심적인 맥락을 놓치지 않아야 하는 것은 물론, 부분적인 의미도 잘 파악해야 한다. 서평의 본분인 책에 대한 평가를 하기 위해서는 책에서 전달하고자 하는 핵심적인 내용과 저자의 의도를 정확하게 알고 있어야 한다. 서평은 개인적인 독서의 결과물이기도 하지만 무엇보다 당대 사회와 문화에 대한 객관적인 평가와 진단의 성격을 지닌다. 따라서 서평에서 책에 대한 평가는 논리적 근거를 갖추고 있어야 한다.

(2) 서평 쓰기의 단계

서평 쓰기는 '기본 설명하기 – 내용 조직하기 – 초고 쓰기와 고치기'의 과정으로 이루어진다. 좀 더 세부적으로 단계를 나누어 보면 아래와 같고, 이중 2~4단계가 내용

만들기의 과정이 된다.

1단계	책에 대한 기본 설명: 소개, 해설, 특징, 배경, 선정 이유 등
2단계	내용의 발췌, 요약·소감·평가 등의 정리와 메모
3단계	주제 혹은 글의 중심 내용 결정
4단계	개요 짜기 및 내용 배열
5단계	초고 작성과 퇴고

(3) 서평 작성을 위한 질문

다음은 서평 작성을 위해 던질 수 있는 질문들이다. 이 질문들에 대한 대답을 스스로 만들어 보고, 이 중 필요한 것들을 뽑아서 엮어 내면 서평 본문의 내용으로 활용할 수 있을 것이다.

- 이 책이 출간된 배경은 무엇인가?
- 이 책의 저자의 주장은 무엇인가?
- 저자는 자신의 주장을 증명하기 위해서 어떤 논거를 사용하였는가? 그 논거의 장점과 한계는 무엇인가?
- 이 책의 주제라고 할 만한 것은 무엇인가?
- 주된 논지 외에 부수적인 논지에는 어떤 것이 있는가?
- 이 책 혹은 책의 저자가 취하고 있는 입장은 무엇인가? 저자는 어떤 상황에 놓여 있는가?
- 이 책의 주장에는 특별한 장점이 있는가?
- 이 책의 논지로 인해서 어떤 질문들이 생길 수 있겠는가?
- 이 책의 논지가 옳다고 생각하는가? 동의한다면 어떻게 적용할 수 있겠는가? 동의하지 않는다면 그렇게 생각하는 이유나 근거는 무엇인가?
- 이 책이 해당 분야 혹은 주제에 관하여 어떤 기여를 하고 있는가?

- 이 책을 읽고 생기는 의문점은 없는가?
- 이 책에서 내가 좋다고 느꼈거나 인상적인 부분이 있었다면 왜인가?
- 이 책의 어떤 부분을 높게 혹은 낮게 평가하였다면 그 이유가 무엇이었는가?
- 내가 이전에 읽었던 다른 책과 비교하여 유사점과 차이점을 말할 수 있는가?
- 이 책의 내용과 관련되는 나의 경험과 생각은 무엇인가?

(4) 책 내용 요약하기

자신이 읽은 책을 제대로 이해하고 활용하기 위해서는 요약이 필요하다. 서평 쓰기는 책을 꼼꼼하게 읽고 요약하는 단계에서부터 시작한다고 할 수 있다. 책의 내용은 다음과 같은 순서를 밟아 요약할 수 있다.

- 중요하다고 생각되는 부분에 표시하며 읽기
- 표시된 부분을 다시 읽으며 메모하기
- 메모들을 모아 읽고 연결, 정리하기
- 정리된 메모를 수정 보완하여 요약 글 완성하기

이렇게 요약 글을 작성한 후에는 이를 바탕으로 저자의 생각과 자신의 생각을 비교해 본다. 서평의 핵심은 책에 대한 평가이고, 이를 위해서는 저자의 생각을 객관적으로 파악한 후 자신의 생각과 비교하는 과정이 중요하다.

4. 서평 쓰기의 실제

서평도 다른 글들과 마찬가지로 처음-중간-끝의 3단 구성으로 쓰는 것이 일반적이다.

(1) 도입: 첫 부분 쓰기

서평의 첫 부분에서는 책에 대한 기본적인 설명을 하는 것이 보통이다. 책의 특징이나 저자 소개, 책이 출간된 배경, 책이 문제 삼는 내용, 책이 제기하는 핵심 주장, 책을 선정한 이유 등 책과 관련되는 여러 가지 정보들 중에서 필요하다고 생각되는 몇 가지들로 내용을 구성하면 된다. 이때 이 책에 대한 서평자 자신의 주관적 판단과 기준을 제시하고 앞으로 어떻게 글을 전개할 것인지 밝혀도 좋다.

(2) 본문: 중간 부분 쓰기

책의 구성과 내용을 일정한 기준과 논리적 순서에 따라 설명한다. 이를 토대로 전편에 걸쳐 지속되는 저자의 입장을 분석하고 그에 대해 평가한다. 일반적으로는 책의 진행 순서에 따라 내용을 간추려 설명하고 내 느낌이나 생각을 보태어 가면 된다. 글쓴이의 의도를 파악하고 그에 대한 나의 생각을 함께 써 나가거나, 책의 내용을 나만의 방식으로 정리해 간다는 생각을 가지고 쓰는 것도 좋다. 하지만 반드시 책의 진행 순서에 따라 본문을 써야 하는 것은 아니며, 내가 중요하다고 생각하거나 인상적이라고 생각하는 부분을 중심으로 써 나갈 수도 있다.

서평의 본문에 해당하는 이 부분의 완성도를 높이기 위해서는 서평의 진행 방향이나 강조할 부분 등 일종의 주제에 해당하는 것을 미리 생각해 둘 필요가 있다. 이를 위해서는 서평의 개요를 구체적으로 짜놓는 것이 매우 효과적이다.

(3) 마무리: 끝 부분 쓰기

특정한 맥락(문화적, 과학 기술적, 정치적, 현실적 등)이나 관점(여성으로서, 대학생으로서, 한국인으로서 등)에서 본 책의 의의와 한계, 책이 공동체 혹은 특정 집단에 미칠 영향, 책의 내용과 관련된 앞으로의 전망 등에 대해 고찰해 보고 이 가운데 적절한 몇 가지 내용을 엮어 정리한다. 또한 본문에서 서술한 나의 감상이나 견해 등을 종합하여 책을 읽은 소감과 평가를 총괄하고 마무리한다.

<서평 개요 예시>

제목:
1 도입(선정 이유, 저자 소개, 책의 출간 의도와 세간의 반응 등 소개)
2 전체 내용 간략 요약 소개(혹은 부분별로 요약 정리)
3 부분별 혹은 전체에 대한 나의 느낌 및 평가
4 저자의 생각과 관련지을 수 있는 것들(우리 사회 혹은 나의 삶)
5 마무리(책에 대한 전반적인 소감, 인상적인 부분이나 배우게 된 점 등)

(4) 서평을 쓸 때 고려할 점들

① 서평을 쓰기 위해서는 창의적인 책 읽기를 해야 한다. 책에 씌어 있는 내용을 수용하되 저자의 견해와 생각에 의문을 품고 질문하며 대화하는 자세로 책을 읽어야 한다.

② 서평은 사실의 전달과 글쓴이의 평가가 어우러진 글이기 때문에 책의 내용과 자신의 의견을 명확하게 구분해서 써야 한다.

③ 서평을 쓰기 전에는 책에 대한 해설이나 서평을 가급적 보지 않는 것이 좋다. 책에 대한 비판적 관점이나 개성적인 아이디어가 변형되거나 사라지기 쉽다.

④ 책을 읽어가면서 미리 메모를 해 두는 것이 좋다. 긴 책은 절이나 장마다 내용을 요약해 두면 유용하고, 아이디어와 의문점이 떠오르면 그때그때 적어두는 것이 나중에 도움이 된다.

⑤ 형식에 지나치게 얽매이지 말고 자유롭게 써도 좋다. 모범 답안 같은 내용을 답습하거나 일반적인 서평의 문체와 형식을 모방하기보다는 자신만의 독특한 생각을 살리면 개성적이면서도 매력적인 서평을 쓸 수 있다. 편지나 일기 등의 형식을 도입하여 활용할 수도 있다.

⑥ 실제로 서평을 쓸 때에는 내 글을 읽을 사람들은 이 책에 대해 전혀 아는 바가 없거나 읽어보지 않았다고 가정하고 쓰는 것이 좋다. 따라서 책 내용을 간략히 인용하거나 요약하여 간접적으로 경험하게 해 주어야 한다.

5. 서평 쓰기의 의의

서평은 저자와의 생산적 대화를 지향하는 창의적인 독서 행위인 동시에 나 자신과의 성찰적 대화이다. 서평은 교양의 경험을 확장하는 글쓰기이자 나와 책, 그리고 책과 현실 사이의 소통을 확장하는 활동이다.

기자의 서평이라면 저자에 대한 소개, 저자의 위상 및 가치, 책의 핵심 내용, 독자에게 권유하는 이유 등 서평이 지녀야 할 기본적인 사항들을 잘 담아야 할 것이다. 도서 평론가의 전문 서평이라면 적절한 요약과 인용을 통해 이 책이 읽혀야 할 이유를 효과적으로 전달할 것이다. 학생과 같은 일반 독자의 서평이라면 책의 내용 소개에 더해 자신의 감상과 평가를 조금이라도 보태려고 노력하는 것을 훌륭한 서평을 쓰는 출발로 삼을 수 있을 것이다.

참고: 비판/비평적 글쓰기를 위한 네 가지 요건

서평은 일종의 비판/비평적인 글이다. 다음은 비판/비평적인 글이 될 수 있는 글의 방향 혹은 요건들에 대한 설명이다.

① 문제의 발견과 제기

비판은 문제의 발견 및 제기와 깊은 연관이 있다. 문제 제기란 그동안 우리가 받아들인 것에 대한 검증이 필요함을 뜻한다. 우리는 생각·믿음·생활양식·제도 등에 있어 많은 것을 당연한 것, 문제가 없는 것으로 받아들인다. 하지만 그중에는 습관에 불과할 뿐 가만히 따져 보면 그 정당성에 의심이 가는 것들이 많다. 비판은 바로 이러한 점을 주목한다. 비판은 우리가 주로 '상식'이라 부르는 우리들의 관습적 사고, 편견, 선입견 등의 문제점을 지적하고, 이로부터의 해방을 추구한다.

② 판단, 평가

비판은 '판단하다', '평가하다'라는 의미를 지닌다. '비판(critique)'은 어원적으로 희랍어의 '구분하다, 선택하다, 결정하다, 판단·판결하다'를 뜻하는 동사 krinein에 뿌리를 두고 있다. 그리고 비판과 함께 언제나 등장하는 '판단기준(criterion)'도 역시 동일한 어원에서 출발한다. 결국 '비판'이란 어떤 정당한 기준에 의해 참되거나 그릇됨, 바람직하거나 바람직하지 못함, 아름답거나 추함 등을 판단하고 평가하는 것을 말한다. 그래서 문학·예술에 대한 문예비평, 영화에 대한 영화비평, 책에 대한 서평, 사회에 대한 사회비평 등 비판 중심의 글을 '비평(criticism)'이라 한다.

③ 한계 제시

비판은 '한계'라는 의미를 함축하고 있다. 즉 비판이란 한 주장이 어떤 조건에서 정당성을 확보할 수 있는지, 그 주장이 해당되는 영역은 무엇이고 해당되지 않는 영역은 무엇인지 그 한계를 제시한다는 의미이다. 이러한 의미에서의 비판은 궁극적으로 독단주의를 부정한다. 독단주의란 어떤 하나만 옳고 나머지는 틀리며 오직 그 하나의 원리에 기반해서 모든 것이 정당성을 획득할 수 있다는 입장이다. 이러한 독단주의는 자신의 한계를 모르고 반박을 허용하지 않는다는 점에서 비판과 다르다.

④ 자신에 대한 성찰

비판은 '자신에 대한 성찰'과 연관되어 있다. 이는 어떤 문제가 나와는 무관한 다른 사람의 문제라는 방관적 자세와 다른 사람에게 모든 책임을 돌림으로써 '나'를 배제하는 자세를 부정한다. 따라서 비판은 어떤 문제에 대해 어떤 해결책이 가장 바람직한가를 평가하는 것을 넘어 그 문제와 해결책이 나·우리·인간에게 어떤 의미가 있으며 또한 그 문제에 대해 나·우리·인간이 어떤 책임을 지니고 있는가 하는 점을 놓치지 않는다.

강대국의 발전 과정과 현대 강대국의 의미

강좌명 : 동양사의 의해
도서명 : 총, 균, 쇠
제출일 : 2020.5.10.
제출자 : 회계학과
B****** ○○○

　인류 문명의 발달은 과연 어디서부터 시작하게 되었으며, 몇몇 국가는 어떻게 눈부신 발전을 이룩할 수 있었을까?『총, 균, 쇠』의 저자인 제러드 다이아몬드 교수는 책을 집필한 이유에 대해 다음과 같이 설명하고 있다. "과연 지리적 조건이 인간의 문명과 역사에 어떠한 영향을 미쳤지?" 책은 이 물음에서 시작되어 문명의 단계별로 구성되었다. 책은 문명의 발달 이전부터 시작하여 각종 변화와 시행착오를 통해 발전한 서구 열강이 어떻게 세계의 패권을 휘어잡을 수 있었고, 이를 통해 세계역사와 문명의 발달에 미친 영향에 대한 내용을 다룬다.

　책의 제목이기도 한『총, 균, 쇠』는 과연 무슨 의미를 담고 있는 것일까? 바로 서구 열강들이 세계를 지배할 수 있었던 이유들의 나열이다. 인류의 문명이 본격화되기 시작한 이유로 지리적으로 타고난 조건과 개방적인 사상의 적절한 조화를 들 수 있다. 메소포타미아 문명의 발상지라고 여겨지는 '초승달 지대'는 천혜의 자연조건을 갖춘 곳이었는데, 농업이 발달하기 좋은 비옥한 토지가 있으며 많은 농작물을 일궈 내 비축해 놓을 수 있게 되었고 하루하루 식량을 빌어먹고 살던 인간은 잉여 식량을 구축할 수 있게 되면서 원초적 문제였던 식량난이 해소되었다.

　중국은 서양보다 먼저 대륙을 통일했고 나침반, 화약과 같은 기술들을 발명하며 막강한 나라를 건설하였지만, 쇄국 정책을 운용하였고 이것이 장기화 됨에 따라 국가의 경쟁력이 약화되어 영국과의 아편전쟁에서 패배하는 아픔을 겪기도 하였다. 반면에 서양은 근대화를 빠르게 앞당겼다. 지리적인 이점에서 오는 제런 기술의 발달을 통하여 총을 발명하는 데까지 이르게 되었다. 이는 곧 신대륙을 개척하여 영토를 확장해 나가는데 밑거름이 되었고 전 세계에 큰 영향을 끼치는 신호탄이 되었다. 이처럼 서구 문명의 발달에는 지리적인 이점에서 비롯된 많은 행운이 따랐던 것이다.

　또한 과거 서구 문명의 경우 가축을 기르게 되면서 자연스럽게 각종 병원균에 대해 면역이 생기게 되었다. 이는 신대륙을 점령할 때 유럽인들과는 다르게 천연두에 대한 면역력이 없던 원주민들을 거의 전멸 상태로 만드는 요인이 되었다. 병원균이 국지적으로 영향력을 미쳤던 것과 달리, 현재는 하늘길이 개척되어 세계 전 지역이 일일권으로 확대되었고, 신종 코로나바이러스와 같은 강력한 전염병이 발생 시에는 광범위하게 확산된다는 치명적인 문제가 생겼다.

흔히들 '역사는 승자의 것이다.'라는 이야기를 한다. 과거에는 눈에 보이는 물리적인 무력의 우위를 가진 국가들의 손에 의해 역사가 기록되었다. 또한 과거의 강대국들은 현재에도 그 명맥을 유지하기도 한다. 하지만 저자는 실제로는 우연에서 기인된 경우가 많았다고 하며, 서구의 우월주의(인종이 뛰어났기 때문에 세계를 지배할 수 있다) 논리를 정면으로 반박한다. 나는 이러한 저자의 주장에 놀라지 않을 수 없었다.

오랜 세월을 거듭하며 쌓아 올린 그들의 문명은 굳건했으며 과거 몽골제국과 로마제국의 멸망을 지켜보면서 살아남은 국가들은 그야말로 초강대국이 되었다. 하지만 그들조차도 21세기 이후 현 시대에 신종 코로나바이러스라는 전례 없는 큰 위기에 봉착해 있다. 지금의 선진국, 흔히 강대국이라 일컫는 국가들은 당연히 강력한 군사력도 갖춰야 하지만, 인류가 지금과 같은 전 세계적인 문제에 맞닥뜨렸을 때 이를 나서서 해결하고 인류를 번영시키는 것이 진정한 선진 문명이라고 나는 생각한다.

대한민국 정부 수립 이후 채 100년도 안 되는 시간 안에 우리나라는 많은 성과를 이룩했다. 아직 속단하기 이르지만 신종 코로나바이러스 문제에 대한 각종 대처로 선진국으로서의 면모를 보여 주고 있다. 앞으로 정부가 안일하지 않은 현명한 대처와 합리적인 문제 해결 방법을 찾아 전 세계에 귀감이 되어 국가 경쟁력을 강화하고 인류의 번영과 평화에 많은 기여를 했으면 하는 바람이 있다.

<서평 예시2>

항상 우리와 함께하는 고릴라

강좌명 : 논리적 사고와 글쓰기
도서명 : 보이지 않는 고릴라
제출일 : 2020.10.8.
제출자 : 디자인컨버전스학부
C****** ○○○

　우리는 지인들과 과거에 함께 겪었던 일들에 대한 얘기를 할 때 서로 전혀 다른 기억을 가지고 있어 놀란 경험이 한 번쯤 있다. 이때 서로 자신의 기억이 확실하다고 믿는다. 그러나 『보이지 않는 고릴라』라는 책을 읽은 사람이라면 자신이 가진 그 기억이 착각일 수도 있다는 생각을 할 것이다.

　『보이지 않는 고릴라』는 인지심리학적 관점의 다양한 쟁점을 실증적으로 풀어낸 책이다. 이 책의 저자인 크리스토퍼 차브리스와 대니얼 사이먼스는 우리가 일상에서 흔히 겪는 인지적 오류들을 6가지로 나누어 챕터를 구성하였다. 이는 주의력 착각, 기억력 착각, 자신감 착각, 지식 착각, 원인 착각, 잠재력 착각이다. 각 착각마다 흥미로운 사례들로 우리의 인지적 오류를 뒷받침한다. 또한 이 사례들은 독서에 흥미를 잃지 않게 해주며 독자 자신에 대한 성찰의 기회를 제공한다. 책의 마지막 부분에 테일러 사례는 책의 전반적 내용을 상기시키며 '지식 착각'에 대해 독자 스스로 테스트를 할 수 있도록 도와준다.

　이 책은 세계적으로 큰 화제가 되었던 '고릴라 실험'을 메인으로 이야기를 진행한다. 이는 첫 챕터를 장식하는 '주의력 착각'과 연관된 실험이다. 이 책을 통해 '고릴라 실험'을 알게 되었고, 아쉽게도 실험의 내용을 아는 상태에서 관련 영상을 시청했다. 영상을 보고 '어떻게 저 고릴라를 못 볼 수 있을까?'라는 의문이 생겼다. 그러나 주의력 착각에 대한 여러 사례와 이런 착각에 빠지는 이유를 알게 되니 고릴라를 못 볼 수 있다는 것이 납득되었다. '시선을 두는 행위'와 '보는 행위'가 같지 않다는 사실에 대한 망각으로 일어난 사례들은 매우 일상적이었다. 이 챕터를 읽은 후, 스스로 주의력 착각에 대해 제대로 이해하고 경각심을 가졌다고 생각했다. 그러나 책 마지막 부분에 있는 테일러 사례 중 출근길 운전 내내 전화를 하는 부분에서는 전혀 이상한 점을 느끼지 못했다가, 저자가 이 부분이 '주의력 착각'과 관련된 내용이란 걸 되짚어 주고 나서야 깨달은 것이 충격적이었다. 이는 내가 얼마나 운전하면서 전화하는 것을 당연시하였는지 깨닫게 해주는 계기였기 때문이다.

　'기억력 착각'에 대한 글을 읽으면서 나의 최근 경험이 생각났다. 친구와 나는 10분도 안

된 전화 내용에 대해 서로 다른 주장을 펼치면서 결국 언성까지 높였다. 대화는 결국 누구의 기억이 맞는지 결론을 내리지 못하고 찝찝하게 마무리되었다. 자신의 기억을 확신하는 '기억력 착각'이 너무 적나라하게 드러나는 일화여서 부끄러워졌으며 이 내용을 친구에게 전해 주었다. 기억력에 한계가 있다는 사실은 대부분이 알고 있는 것인데 이를 내 자신에게 대입하지 않고 생활해 왔다. 이를 통해 서로 다른 기억에 대해 정답을 찾는 것은 큰 의미가 없다는 생각이 들었으며, 자신의 기억을 확신하는 듯한 의사소통 방식을 개선해야 할 필요성을 느끼게 되었다.

6가지 인지적 오류 중 가장 흥미롭게 읽은 부분은 '자신감 착각'이다. 가장 느낀 것이 많은 챕터이기 때문이다. 일반적으로 자신감이 없는 사람보다 있는 사람을 믿는 심리에 엄청난 공감을 하며 읽었다. 그런데 자신감이 근본적인 지식이나 지능과는 비교적 관련이 적다는 연구 결과는 '자신감은 능력에 비례한다.'는 일반적 사고에 반하는 내용으로, 매우 흥미로웠다. 여러 사례 중 특히 피해자의 확신에 찬 잘못된 지목으로 갑자기 강간범이 된 코튼의 사례는 자신감에 대한 믿음에 큰 경각심을 준다. 쉽게 확신하지 못하는 내 성격이 단점이라 생각했는데 무조건 자신감을 갖고 있는 것도 매우 위험하다는 것을 깨닫고 안도하기도 했다.

아쉬웠던 점이 있다면, 대부분 챕터는 이해하기 쉬운 사례들로 구성되었지만 '지식 착각' 챕터는 읽으면서 사례를 제대로 이해하기 힘들었다. 사례들이 대부분 전문가들에 대한 내용이었기 때문이다. 특히 금융, 주식 관련 사례를 읽을 때 내용이 잘 읽히지 않았다. 이해하기 힘들어서 대략 무슨 메시지를 담고 있는지만 이해하는 정도로 넘기다 보니 흥미가 떨어질 뻔했다. 그러나 이는 '지식'과 관련된 착각이기 때문에 이런 전문가들의 사례는 불가피했다고 생각한다.

이 책은 흥미로운 사례들과 탄탄한 구성으로 세계적인 베스트셀러가 되었다. 착각을 통한 사소한 실수부터 치명적인 피해까지 적나라하게 보여줘 인간의 인식, 사고, 기억의 한계에 대해 생각해 볼 수 있었다. 또한 자신뿐만 아니라 세상을 바라보는 방식에 변화를 준 무섭지만 흥미로운 심리 교양서이다.

눈이 멀었다는 것

강좌명 : 여성과 법률
도서명 : 눈먼 자들의 도시
제출일 : 2020.5.14.
제출자명 : 조선해양공학과
B****** ○○○

『눈먼 자들의 도시』는 포르투갈의 소설가 주제 사라미구의 장편소설이다. 이 소설은 우리의 일상을 완전히 뒤바꿔놓은 상황, 즉 '만약 이 세상에서 우리 모두가 눈이 멀고 단 한 사람만이 보게 된다면'이라는 가상의 설정을 바탕으로 하고 있다. 작품은 이유도 없이 사람들은 하나 둘씩 눈이 멀면서 벌어지는 일을 그려낸다. 이 책은 다른 책들과 달리 화자의 발화가 문장부호 없이 나열되어 있어, 생소하게 느껴진다. 또한 시간적, 공간적 배경이 확실하지 않으며, 등장인물들의 이름 또한 따로 없는 것이 특징이다. 책의 두께는 두껍지만, 줄거리는 비교적 간단하다. 오직 한 사람 빼고 모두가 눈이 멀고, 보이는 자에게는 눈이 멀지 않는다는 행운은 있지만, 오히려 홀로 참담한 현실을 더 많이 느끼며 살아야 한다는 점이 그 사람을 불행하게 만든다. 다 같이 눈이 멀면 인간은 남의 시선을 피해 몰래 해왔던 것들, 혹은 두려워 시도조차 못했던 것들 등을 하지 않고 도덕성을 갖춰 행동할 것인가? 책에 그려진 내용은 인간의 원초적인 모습을 직설적으로 표현하고 묘사한다.

가장 먼저 성욕을 이기지 못한 사람들이 등장한다. 검은 안경을 쓴 젊은 여자와 한쪽 눈밖에 없는 노인의 사랑이 어떻게 가능할까. 눈을 뜬 세상에서는 가능한 일이었을까? 눈을 뜨고 산다는 것은, 눈이 먼 것과 같고, 눈이 멀어 살게 된다는 것은 어쩌면 눈을 뜨고 살아가는 것과도 같은 듯하다. 눈이 먼 상태에서 소리를 더 잘 듣게 되고, 냄새를 더 잘 맡게 되고 안에 있는 것을 더 잘 볼 수 있다. 검은 안경을 쓴 젊은 여자는 눈이 멀었을 때, 진정한 사랑을 더 밝게 볼 수 있었는지 모른다.

눈먼 자들의 사회가 되었을 때에도 그 이전 사회와 마찬가지로 죄악, 욕망, 탐욕, 권력욕, 생존에 대한 욕구, 이기심, 절망은 그대로였다. 실명인 상태에서 죄악을 더 적나라하게 그리고 정확하게 보고 나타낼 수 있었다. 눈을 뜬 사람들이 절제하거나 숨기면서 나타낼 수 없었던 그 죄악 말이다. 반대로 그 속에서도 '눈을 크게 떠야 볼 만큼의' 배려와 사랑, 의지, 협동, 삶에 대한 욕구가 '눈 뜬 사람들'의 사회에서와 마찬가지로 있었다. 눈만 멀었을 뿐이지 사회는 똑같이 돌아가 인간의 본성은 그대로라는 뜻이다.

눈먼 사람들은 모두 수용소에 갇히고 탈출을 시도할 경우 사살당하는 짐승 취급을 받는다. 지금 현실과 비슷한 '전염병'에 대한 소설 속 국가의 반응은 비교적 냉정하고 잘못되었다. 우리 현실 사회 속 대응 방법은 치료와 위로의 손길이 함께 했다면 소설 속 대응 방법은 일단 실명한 사람들은 모두 가차 없이 가두고 위협적으로 대한 결과, 그들은 폭동을 일으키기에 이른다. 이 부분 역시 인간의 본성을 적나라하게 드러낸다. '나만 아니면 돼'라는 이기심이 실명한 사람들을 가두고 편안을 찾는다. 실명은 그동안 누려온 모든 것을 한순간에 앗아가 버리기 때문에 눈이 멀지 않은 사람들은 실명한 사람들을 보며 자신이 가진 것에 집착이 더 생긴 것이다. 결국 모두 비극을 맞게 되지만 말이다.

결말에 눈먼 자들은 갑자기 시력이 돌아오는데, 나는 그 장면을 꿈에서 깨어난 것이라고 생각한다. 그만큼 책을 읽는 동안 절망에 빠져 있었다. 비극적이고 참담한 현실을 홀로 눈을 뜨고 마주하게 된다는 것은 죽고 싶을 만큼 사람을 절망하게 만든다. 그러한 점에서 삶에 대한 회의를 느끼거나 인간의 본성을 의심하는 사람들에게는 이 책을 추천하지 않는다. 그러나 인간의 존재 이유와 원초적인 문제점을 찾고 있는 사람들에게는 추천한다. 이 책을 읽으면서 현실 사회의 문제점을 다시 한번 생각하게 되었으며, 눈이 멀지 않았다는 행복을 느낌과 동시에 나 또한 소설 속 사람들과 다르지 않다는 점에서 부끄러웠다.

<서평 예시4>

신기술이 불러올 두 번째 르네상스

강좌명 : 논리적 사고와 글쓰기
도서명 :『NFT 레볼루션 ;
현실과 메타버스를 넘나드는 새로운 경제 생태계의 탄생』
제출일 : 2020.10.13.
제출자 : 자율전공
C****** ○○○

처음에는 그저 장안의 화젯거리였던 비트코인에 대한 정보를 얻기 위해 집어 든 책이었다. 비트코인 열풍이 한창이던 1년 전, 운이 좋으면 적은 자본으로 단기간에 높은 수익을 낼 수 있다는 지인의 말에 가상화폐의 개념도 모르는 상태로 용돈을 투자했던 기억이 난다. 사상 최고가에 사들였던 비트코인은 얼마 지나지 않아 가치가 폭락했고, 영문도 모른 채 모아뒀던 용돈을 잃을 수밖에 없었다. 하지만, 어딜 가든 회자되는 블록체인 기술에 대한 이야기들은, 단순히 '암호화폐는 불안정한 자산이니 관심 꺼야겠다.'라는 1차원적인 생각에 멈춰서는 급속도로 발전하는 NFT와 새로운 흐름에서 도태될 수밖에 없겠다는 불안감을 안겨 줬다. 점차 새로운 산업으로 확장되는 NFT가 다양한 영역에서 우리의 일상으로 녹아들어오는 요즘, 우리의 삶을 크게 변화시킬지도 모를 NFT라는 새로운 기술에 뒤처지게 될까 FOMOA(Fear of Missing Out) 증후군을 앓고 있었던 것이다. NFT, Non-Fungible Token. 필자에게는 조금 생소했던 단어이다. NFT는 스마트 계약, 메타 데이터, 디지털 콘텐츠로 발행되는 대체불가 토큰으로, 단순히 암호화폐와 같은 자산뿐만 아니라 블록체인 기술에 기반한 모든 가치를 포괄하는 암호화폐의 상위 개념이다. 새로운 경제 생태계 '토큰 이코노미'의 문을 여는 열쇠로서 이제 NFT를 논하지 않고서는 우리 미래 시장을 그려볼 수 없다. 처음에는 '온라인 상의 작품이 대체 불가하다니, 쉽게 찾고 쉽게 이용하는 것이 인터넷의 장점이 아니던가?'라는 생각에 의아했다. 하지만 얼마 지나지 않아 이는 나의 고착된 사고였음을 깨달았다. 한번 생성되면 삭제·위조가 불가능한 블록체인 기술의 특성을 이용해 무한 복제·복사가 가능했던 디지털 영역에 희소성과 소유권을 부여함으로써 무궁무진한 가능성이 쏟아졌다. 작품을 만들어 NFT화하면 작품의 진위 여부도 분명해지고, 작품이 소비될 때마다 원작자에게 정당한 금전적 이득이 발생하는 것이다. 미술 작품뿐만 아니라 K-pop이나 의류 브랜드, 콘서트 티켓 등 다양한 형태의 자신을 토큰화하여 소유하고 거래할 수 있다. 책은 이러한 개념과 더불어, 산업적 측면, 제작, 셀럽 인터뷰, 현재와 미래, 이렇게 크게 5파트로 나누어 NFT에 대해 이야기하고 있다.

이 책이 들려주는 NFT의 산업적 가치(Part 2)는 새로운 세상에 대한 호기심을 불러일으킨다. NFT는 새로운 형태의 가치를 창출하고 그로 하여금 세상을 이끌어갈 가능성을 만들어 낸다. 책에서 언급되었던 미술, 음악, 게임, 부동산뿐만 아니라 다양한 산업 분야가 융합된다면 어떤 모습일까? 가상 세계의 내가 땅을 사고, 건물을 짓고, 옷을 사 입고, 나의 작품을 전시하고, 파티에 참여하고, 내가 좋아하는 아티스트와 콜라보를 하는 상상은 마치 공상과학 영화 한 편을 보는 듯한 느낌을 준다. 메타버스 플랫폼인 제페토는 이미 지난 5월 샌드박스와 파트너십을 맺고 NFT 분야로의 도약을 준비하고 있다는 기사를 본 적이 있다. 뿐만 아니라 타임머신을 타고 시간을 되돌린다든지, 순간 이동을 한다든지, 지금 존재하지 않는 사람을 만난다든지, 신의 영역이라 여겨지던 일들도 구현할 수 있을 것이다. 또한 NFT를 통해 불합리한 중앙집권적 산업에서 벗어나 가치를 만드는 원작자가 직접 판매 방식과 보상 체재를 설정하고, 자기 주도적으로 활동할 수 있다는 점도 매력적으로 다가온다. 그동안 소통이나 거래를 위해 거쳐야 했던 플랫폼이나 소셜미디어가 없는 P2P 모델이 도입되는 것이다. 따라서 기술 기반의 르네상스 시대가 도래할 것이라는 저자의 말에 절로 고개를 끄덕이게 되었다.

코로나19의 영향으로 2년 가까운 시간 동안 많은 활동이 비대면으로 이루어졌다. 어쩌면 우리는 메타버스 안에서 이루어질 사회·경제·문화 활동의 적응 단계를 이미 끝마쳤을지도 모른다. 물론 아직 이를 위한 제도적 보완이 필요하다. 무엇보다도 지금보다 더 간편하게 가상현실 세계를 연결해 줄 혁신적인 매개체 또는 그와 관련된 시스템의 필요성을 느꼈다. 그럼에도 멀지 않은 미래에 메타버스가 우리 삶에 큰 부분을 차지하게 될 것이라는 저자의 주장에는 동의하는 바이다. 어쩌면 현실 세계의 옷과 가상 세계의 옷이 동일한 가격에 팔리게 되는 날도 오지 않을까? 나의 고유한 가치를 소유하고 거래하여 세상과 소통하는 것, 새로운 형태의 가치가 쏟아지는 것, 지금 우리가 상상할 수 있는 것들은 NFT가 가져다 줄 새로운 세상의 극히 일부에 그칠지도 모른다. 그 세상이 빠른 속도로 다가오고 있는 만큼 우리는 이에 도태되지 않도록 항상 관심을 가지고 발전하려는 자세를 갖춰야 한다.

또한 급변하는 세계 속에서 우리 학생들은 시대의 흐름에 빠르게 적응하는 능력을 길러야 할 것이다. 그런 의미에서 이 책은 학생들에게 자신이 그 흐름 속 어느 위치에서 어떤 역할을 하는지, 어떻게 대비할지에 대한 힌트가 되어줄 것이다. 아직 NFT는 우리에게 접근하기 어려운 개념일뿐더러, 한 철 유행에 불과하다는 견해도 있고, 이제 막 도입된 산업인 만큼 구체적인 발전 방향도 알 수 없다. 그러나 디지털 라이프 시대의 흐름을 쫓는 트렌디한 패러다임이라는 점에서 이 주제에 관심을 가질 필요가 있다. 앞으로 NFT를 소재로 다루는 책들이 많이 출간되길 바라고, 그 책들이 어떤 시각으로 NFT를 전망할지 기대가 된다.

이 책은 NFT의 개념부터 역사, 실제 사례들, 적용 분야와 전망, 시장 분석은 물론 본질적인 취약점(저장 관련)이나, 환경적인 문제(탄소 배출량), 법적 제도의 마련, 사회적인 문제(예컨대 NFT를 암호화폐처럼 단순 투기성 자산으로 인식하면 창작과 소통의 장이 아닌 욕망의 늪으로 전락할 수 있다)까지도 다루고 있어 한 권으로 NFT에 대한 광범위한 지식을 얻을 수 있다. 다만 이 책을 통해 NFT를 처음 접하는 학생으로서 아쉬웠던 점은, 책을 읽기 위한 기본적인 개념도 부족한 문외한이라면 책의 초반 설명이 조금 불친절하게 느껴질 수도 있다는 점이다. 생소한 개념, 전문적인 단어가 주석으로 조금 설명되고 별다른 소개 없이 자주 언급될 때도 있어서 머릿속 개념들이 체계적으로 자리 잡기 전까지 앞뒤 내용을 찾아가며 책을 읽어야 했다. 본 내용에 들어가기 전에 필수 단어들만이라도 요약 정리해 주는 페이지가 있었다면 이 분야에 관심이 없었던 사람들도 더 쉽게 책의 내용을 받아들일 수 있었을 것이다.

4절. 보고서

> **이론** 보고서의 구성과 형식을 안다
> **실제** 각 분야별로 구성과 형식에 맞게 보고서를 작성한다.

1. 보고서의 정의와 의의

대학에서 학생들이 가장 많이 쓰는 글은 보고서이다. 보고서는 리포트(report)라고도 하는데, 학생이 교수에게 제출하는 여러 종류의 짤막한 글을 뜻한다. 소논문 형식을 띠는 것이 일반적이며, 특정 사안에 대해 조사를 한 후 이를 정리한 조사 보고서나 각종 실험을 하고 그 과정과 결과를 정리한 실험 보고서도 있다.

대학에서의 학습은 이전에 비해 학생 스스로 성취해야 하는 부분이 많다. 대학생은 수강 과목의 담당 교수가 전달해 주는 지식을 이해하는데 그쳐서는 안 되고, 보다 심도 있는 이해를 위하여 스스로 탐구하고 학습해야 한다. 그런데 '스스로 알아서 탐구하고 학습'하는 것은 결코 쉬운 것이 아니다. 그래서 담당 교수는 해당 교과목의 내용 중에 핵심적인 사항을 보고서 과제로 내주는 것이 일반적이다.

보고서 과제를 받은 학생은 우선 관계 서적이나 논문 등 자료를 검색하고 정리하면서 공부해야 한다. 여기까지는 일반적인 학습과 별반 다르지 않다. 그런데 보고서는 공부한 내용을 온전한 문장으로 이루어진 글로 적어서 작성해야 하는데, 이 과정에서 학생은 모호하게 알고 있던 개념이나 과정을 숙지하게 된다. 이전까지와는 다른 차원의 공부를 하는 계기, 또는 학습과 관련한 학생의 능력을 최대화하는 계기가 되는 것이 바로 보고서라고 할 수 있다.

흔히 보고서는 담당 교수가 학생의 학업 성취도를 평가하는 수단이라고 여겨지지만, 실상 보고서는 대학생의 진정한 '자기 주도적 학습'을 완성하는 과정이라고 해야 할 것이다. 반드시 알아야만 하는 점들을 스스로 탐구하고 학습하여 일정한 내용과 형식을 갖춘 보고서로 작성하는 것 자체가, 대학생이 연마해야 하는 올바른 판단력과 소통 능력을 길러 주기 때문이다.

2. 보고서의 구성과 내용

보고서는 학업에 관한 교수와 학생 간의 소통 경로라고 할 수 있다. 따라서 보고서는 일정한 형식에 따라서 구성되어야 한다. 원활한 의사소통을 위해서는 소통의 언어가 통일되어야 하듯이, 보고서에도 소통을 위한 형식 요건이 있는 것이다. 그런데 각 학문 분야의 역사나 성격이 다르듯이, 보고서 역시 각 분야마다 요구하는 바가 조금씩 다를 수 있다. 그러나 보고서의 기본적인 틀이나 전개 방식은 비슷하다.

(1) 서두 부분

서두 부분은 본문이 시작되기 전에 보고서의 성격이나 목적과 작성자의 신원을 밝히는 것을 목적으로 한다. ① 제목, ② 교과목 정보, ③ 제출자 정보, ④ 목차가 서두 부분에 속한다.

① 제목은 보고서의 내용이나 문제의 성격, 또는 범위를 드러내는 것이다. 제목은 간결하면서도 보고서의 핵심적인 내용을 포함해야 한다. 따라서 '소월 시에 관한 보고서'보다는 '소월 시에 나타난 음운론적 특징'과 같이 본문의 내용을 추정할 수 있는 제목이 좋다. 한편 제목 자체도 중요하지만 제목을 한눈에 알아볼 수 있게 형식적인 요소를 지키는 것 또한 중요한 일이다. 제목의 글자 크기는 본문의 글자 크기보다 2폰트 이상 크게 하고 가운데 정렬하며, 제목 위아래를 한 줄 이상 띄우도록 한다. 담당 교수가 일정한 형식을 요구할 때에는 그 형식을 따르도록 한다.

② 교과목 정보는 해당 보고서가 어떠한 과목을 위해서 작성되었는지 밝히기 위해서 기입해야 한다. 이는 해당 교과목의 담당 교수가 보고서를 확인하고 평가하기 편하게 하기 위한 것인 동시에 제출하는 학생이 보고서를 보관하여 자신의 학습 과정을

돌이켜 보는 데 유용하게 쓰기 위한 것이다. 따라서 교과목명과 담당 교수명을 틀리지 않게 표기한다.

③ 제출자 정보는 제출자에 대한 모든 정보가 망라된 것이다. 제출자의 성명과 함께 소속도 반드시 밝혀야 한다. 또한 과제로서의 보고서를 기한 내에 제출하였는지를 판단하는 근거로서 제출일도 표기해야 한다.

④ 목차는 세부적 항목을 기술 순서와 위계에 따라 나열해 놓은 것을 말하는데, 글쓰기 준비 단계의 개요와 비슷한 성격을 지닌다. 그러나 목차와 개요는 비슷하지만 다르므로 목차 작성 시 주의를 요한다. 개요는 전개될 내용을 대략적인 화제나 문장으로 나타내는 것이지만, 목차는 이미 작성된 내용을 정리하여 보여 주는 것이다. 따라서 목차가 개요에 비해 훨씬 체계적이고 구체적인 정보를 제공하는 것이다.

목차는 본 내용의 구성과 전개를 요약하여 한눈에 알아볼 수 있도록 작성해야 한다. 목차를 구성할 때는 대(大)항목과 중(中)항목, 소(小)항목을 나누고, 항목마다 적절한 제목을 붙이고, 항목 사이의 위계가 드러나도록 번호를 부여한다. 만약 개요를 항목식 화제 개요로 작성하였다면 곧 목차가 될 수 있다. 목차를 구성하는 방법에는 여러 가지가 있지만, 동일한 내용을 다음의 방법으로 구성할 수 있다.

<표 4.6> 목차 구성 방법

방법1	방법2
1. 서론 2. 상위항목 　2.1 하위항목 a 　2.2 하위항목 b 　2.3 하위항목 c 3. 결론	1. 서론 2. 구체적 항목 a 3. 구체적 항목 b 4. 구체적 항목 c 5. 결론

(2) 본문 부분

본문 부분은 서론, 본론, 결론으로 이루어져 있으며, 이들은 서로 유기적인 관계를 맺어야만 한다.

1) 서론

서론에서는 본격적인 논의에 앞서 보고서에서 다루는 내용과 글의 전개 과정을 소개하게 된다. 일반적으로 학술논문의 서론은 다음과 같은 내용을 담게 된다.

첫째, 논의할 문제가 무엇인지 밝히고 그것이 문제로 성립하는 이유와 중요성에 관하여 서술한다. 또한 제기한 문제의 의의를 함께 말해야 한다.

둘째, 선행 연구사를 검토한다. 제기한 문제가 선행 연구와 어떻게 연관되거나 차별되는지 밝히는 것이다.

셋째, 연구 대상이나 자료를 소개한다. 어떤 자료를 대상으로 어떤 문제를 어떻게 검토한다는 내용이 진술되는 것이다.

넷째, 연구 방법론을 소개한다. 같은 자료를 대상으로 하고 동일한 문제의식을 가진 주제라 할지라도 방법론을 달리 할 수 있다. 동일한 자료라 하더라도 다른 연구 방법을 적용하면 다른 결과를 얻을 수도 있고, 결과에 이르는 과정을 더 명확하게 논증할 수도 있다.

학위논문과 같은 전문적인 논문에서는 이상의 내용을 서론에서 모두 서술해야 한다. 그러나 보고서에서는 이 내용을 모두 담는 것이 현실적으로 불가능하다. 다만 문제 제기는 서론에서 반드시 이루어져야 하며, 경우에 따라서 자료나 연구 방법론을 소개할 수도 있다.

2) 본론

본론은 서론에서 제기한 문제를 본격적으로 풀어 나가는 부분이다. 문제의 답을 모색하고 그 답이 옳다는 증거를 수집하여 증명해야 한다. 또한 예상되는 반박에 대한 재반박을 하는 과정도 서술된다. 여러 가지 논거를 수집하여 제시하고 논의를 통하여 논증하는 과정이 필요한 부분이기도 하다. 이때 유의할 점은 다음과 같다.

첫째, 제기한 문제를 해결하고 증명한다. 서론에서 제시한 연구의 목적이나 문제를 구체적으로 해결해야 한다. 만약 제기한 문제나 주장은 그럴듯한데 끝내 문제를 해결하거나 주장을 증명하지 못한다면, 이는 연구 주제 자체가 성립하지 않는 경우이다. 그런데 해결과 증명 과정에서 연구 주제를 벗어나는 경우도 있다. 이는 논지 전개의 미숙에 따른 결과라 하겠는데, 본문에서는 항상 애초에 제기한 문제가 무엇이었는지를 염두에 두어야 한다.

둘째, 풍부하고 정확한 근거를 제시한다. 주장을 뒷받침하기 위해서는 자료와 근거를 제시해야 한다. 제기한 문제에 상응하는 적절한 자료를 풍부하게 제시해야 하며, 제시된 자료가 어떤 의미가 있는지 정확하게 해석하고 의미를 부여해야 한다. 특히 통계 자료나 실험 결과를 제시할 경우에는 연구자의 독창적인 해석이 뒤따라야만 한다.

셋째, 논리적이고 객관적으로 논증한다. 아무리 간단한 보고서일지라도 연구자의 주장이 도출되지 않으면 의의가 없다. 제기한 문제를 다양한 자료를 바탕으로 풀어서 해결 방안을 찾는 것이다. 그런데 이 과정에 주관적인 내용을 덧붙여서는 안 된다. 특히 논증을 통해 주장을 이끌어 낼 때에는 수학적인 논리를 지향하는 것이 좋다.

넷째, 정확하고 객관적인 문장을 구사한다. 보고서는 일종의 학술논문이라고 할 수 있으므로, 전문 용어나 기타 개념을 정확하게 정의하는 것이 필요하다. 뿐만 아니라 주술이 호응되도록 하고, 모호하고 중의적인 문장을 쓰거나 중언부언해서는 안 된다. 또한 '나'를 주어로 하는 주관적 표현이나, 존대법은 사용해서는 안 된다. 보고서의 문체는 본질적으로 간결체를 쓰는 것이 원칙이며 만연체나 화려체는 지양하도록 한다.

학문 분야마다 추구하는 바가 조금씩 달라서, 인문, 사회과학 분야에서는 주제의 독창성을 강조하는 반면, 자연과학 분야에서는 객관성과 검증 가능성을 중시하게 된다. 그러나 "과학 논문도 산문처럼 자기의 의사를 전달하는 데 목적을 둔 것인 만큼 같은 값이면 시처럼 매끄러운 형식을 지닐 필요가 있다."(M.J. Katz, Elements of the scientific paper, Yale Univ Press, 1985)라는 언급이 시사하는 것처럼, 과학 논문 역시 내용을 효과적으로 전달하기 위해서 적절하게 다듬은 문장을 구사할 필요가 있다.

3) 결론

본론에서 전개한 논의의 결과를 요약하여 정리한다. 또한 본론에서 명확하게 해결되지 않은 문제나 보완되어야 할 사항, 그리고 앞으로 좀 더 밝혀져야 할 문제들을 제시할 수 있다. 한 가지 유의할 점은 본론에서 논증된 사실이나 결과만을 제시해야 한다는 것이다. 만약 본론에서 다루지 않은 새로운 내용을 언급한다면 이는 결론이라고 할 수 없다. 또한 서론과 본론에서 사용했던 문장을 그대로 쓰기보다는 종합적인 관점에서 새로운 문장을 만들어서 써 주는 것이 좋다. 마지막으로 보고서에서 해결되지 못한 문제나 현재의 결과와 연관하여 풀 수 있는 새로운 문제에 대한 언급을 하면서, 앞으로의 연구 방향을 제시하는 것도 결론의 좋은 내용이 될 수 있다.

(3) 참고자료 부분

참고자료 부분은 본문의 내용을 쉽게 파악할 수 있도록 돕는 자료를 모아 놓은 부분으로, 참고문헌란, 부록, 색인, 초록 등이 포함된다. 참고문헌란은 글을 쓸 때 참고한 문헌을 정리하여 제시하는 부분이다. 부록에서는 본문에서 다루기 어려운 자료나 참고사항 또는 도표나 연표 등을 모아 놓게 된다. 색인은 논문에서 다룬 중요 개념이나 인물, 지명, 서명 등을 찾아보기 쉽게 뽑아 정리한 것이다. 초록은 연구의 내용을 간략하게 요약한 것으로 한국어 또는 외국어로 작성할 수 있으며, 경우에 따라서는 서두 부분에 포함되기도 한다. 참고자료 부분은 필요에 따라 선택적으로 구성할 수 있지만 참고문헌란은 반드시 있어야 한다.

3. 인용

여러 자료를 참조하여 일정한 분량의 보고서를 작성하려면 반드시 인용을 해야 한다. 인용은 명언, 남의 말이나 글, 대화, 짤막한 이야기, 일화 또는 과거에 일어났던 일들을 끌어와 설명하는 방식이다. 인용을 하면 글이 흥미롭게 되기도 하고, 권위 있게 전개되기도 한다. 즉 서론의 도입부에 주제와 관련된 일화를 제시하면 글을 읽는 이로 하여금 글의 주제에 쉽게 몰입하도록 할 수 있게 해 주며, 본론에서 전문적인 내용을 전개하고자 할 때에는 그 분야의 전문가의 의견이나 주장을 인용하면 글의 전문성과 권위를 확보할 수 있어서 효과적이다.

그런데 인용이 적절하고 효과적인 논지 전개의 수단이 되기 위해서는 몇 가지 갖추어야 할 요건이 있다. 첫째, 인용된 자료와 문헌이 충분한 신뢰와 가치를 지닌 것이어야 한다. 둘째, 인용은 주장을 뒷받침하는 보조적 수단으로 행해져야 한다. 셋째, 인용문은 원문에 충실해야 한다. 즉 원문의 내용을 그대로 옮겨야 하고 아무런 설명 없이 원문의 일부를 생략하거나 바꾸지 말아야 한다. 생략이나 첨부, 변경을 가할 경우에는 필요한 인용 규칙을 따라야 한다. 넷째, 1차 자료의 인용은 가능하면 초판에서 취하고 그렇지 못할 경우 가장 믿을 만한 교정판을 기준으로 해야 한다. 다섯째, 외국 저자를 연구할 때는 원전을 인용해야 한다. 번역판을 인용할 경우 어떤 번역판을 사용하는지 분명히 밝히고 원문과 대조하면서 인용하도록 한다.

(1) 직접 인용

인용에는 직접 인용과 간접 인용이 있다. 직접 인용은 다른 사람의 말이나 글을 그대로 내 글에 가지고 와서 인용하는 방법이다. 맞춤법과 문장 부호까지도 원저자의 표현을 그대로 살려 가져오는 방식이다. 글쓰기에서 직접 인용을 해야 하는 경우는 원문의 표현을 그대로 제시하는 것이 가장 적절할 때, 원문이 아니면 독자가 그 의미를 곡해할 염려가 있을 때, 자신의 견해와 대조되는 다른 연구자의 견해를 뚜렷하게 드러내고자 할 때, 법률 조문, 정부 시행령, 중요 포고문을 인용해야 할 때 등이다. 이때 맞춤법, 구두점, 문단 등을 원문 그대로 정확히 인용해야 한다.

직접 인용이 인쇄된 행수로 3행 이내일 경우는 인용 부호(" ")로 인용 사실을 표시하여 본문에 넣는다. 그러나 인용 행수가 3행을 초과할 때는 인용 부호 없이 행을 바꾸어 다른 문단으로 처리하고, 시각적으로 본문과 구분되도록 인용 단락과 본문 사이의 한 줄을 띄운다. 이러한 장치는 필자의 글과 인용된 글을 구분하게 해 준다.

직접 인용은 원문을 제시하는 방법에 따라 완전 인용과 생략 인용, 가필 인용으로 나뉘는데, 다음과 같은 몇 가지 인용 규칙이 사용된다.

1) 완전 인용

완전 인용이란 원문을 그대로 따오는 것을 말한다. 이는 원문과 완전히 일치하는 인용으로서 원문에서 사용한 어휘, 맞춤법, 문장부호는 말할 것도 없고, 오자(誤字)나 탈자(脫字) 부분도 그대로 인용하는 것을 말한다. 완전 인용은 다음의 몇 가지 방식이 있다.

① 짧은 글의 인용

대개 3행 이내의 짧은 글을 따올 때는 인용하는 원문을 자신의 글 본문 안에 옮겨 쓰되, 인용된 글을 큰따옴표로 묶는다. 이때 문장 종결 부호는 따옴표 안에 표시한다.

<예시>

지시어 '이, 그, 저'는 담화적 맥락에서 화자와 청자의 관련 속에서 대상을 심리적 혹은 공간적으로 어떻게 인지하고 있느냐에 따라 달라진다. 강창석은 "'이, 그, 저'의 용법은 오래 전부터 '근칭(近稱), 중칭(中稱), 원칭(遠稱)' 등의 용어로 기술되어 왔다."[1]라고 언급하고 있는데, 이는 세 개의 지시어가 '원근(遠近)'이라는 동일 기준에 의해서 구분된다고 판단한 결과이다.

---

1) 강창석, 「지시어 이, 그, 저의 용법과 의미」, 『언어』 41(2), 2016, 202쪽.

② 긴 글의 인용

3행을 초과하는 긴 글을 인용할 때는 인용문의 앞뒤로 각각 한 줄씩을 띄고 다른 문단을 만들되, 인용 부호는 빼고 인용문 전체를 들여쓰기 하고 글자 크기도 조금 작게 한다. 이 경우 인용문의 의미를 설명하면서 자신의 글과의 관계를 드러내는 보충 설명이 요구된다.

<예시>

인용의 효과에 대해 언급한 유협의 글을 보면 올바른 인용이 글에서 얼마나 중요한 기능을 하는지 인식할 수 있을 것이다.

사례를 인용하는 것은 어떤 요점을 포착할 수 있기 때문에, 그러한 사례들이 비록 그 자체로서는 그다지 중요하지 않을지 모르나 큰 효과를 가져오게 한다. 그러한 사례들의 기능은 한치의 길이밖에 되지 않는 굴대가 수레바퀴 전체를 조절하고, 한 자밖에 되지 않는 지도리가 문의 개폐를 좌우하는 것에 비유될 수 있다.[2]

유협은 적절한 인용을 전체 수레바퀴를 조절하는 '굴대', 문의 개폐를 좌우하는 '지도리'에 비유하면서 대수롭지 않은 것처럼 보이는 것이 전체의 운행을 좌우하는 엄청난 가치를 지니고 있음을 지적하고 있다. 인용이 전체 글에 미치는 영향력을 빗대 표현한 것으로 인용의 효과와 올바른 인용의 중요성에 대해 일깨워 주고 있다.

---

2) 유협, 『문심조룡』, 최동호 편역, 민음사, 2005, 448쪽.

---

2) 생략 인용

생략 인용이란 원문의 가운데 일부를 생략하고 앞뒤 부분만 제시하는 것을 말한다. 이 경우 생략된 자리에 '[중략]' 혹은 '[생략]'이라고 쓰거나 문장부호 '…'을 넣어 나타낸다. 이 생략 부분에 문장부호가 있으면 그것을 표시한다.

> 이렇게 되면 나도 다른 배차를 차리지 않을 수 없었다. 하루는 우리 수탉을 붙들어 가지고 넌지시 장독께로 갔다. 〔중략〕 그리고 먹고 금세는 용을 못 쓸 터이므로 얼마쯤 기운이 들도록 홰 속에다 가두어 두었다.
>
> 이렇게 되면 나도 다른 배차를 차리지 않을 수 없었다. 하루는 우리 수탉을 붙들어 가지고 넌지시 장독께로 갔다. … 그리고 먹고 금세는 용을 못 쓸 터이므로 얼마쯤 기운이 들도록 홰 속에다 가두어 두었다.
>
> 김유정, 「동백꽃」

3) 가필 인용

가필(加筆) 인용이란 인용자가 원문에 간단한 설명 따위를 덧붙이면서 인용하는 것을 말한다. 가필 인용에는 다음과 같은 몇 가지 규칙이 있다. 원문의 일부에 인용자가 해석이나 주석을 덧붙일 때는 반드시 대괄호 '[ ]'를 하고 적어 넣는다.

> 계해년〔세종 25년, 1443년〕 겨울에 우리 전하께서 정음 28자를 창제하시고, 간략하게 예의를 들어 보이시고 이름을 훈민정음이라고 지으셨다.
>
> – 정인지, 「서(序)」, 『훈민정음』

원문에 이상한 철자가 있거나 오자로 의심되는 부분이 있을 경우 '[인용자 확인](영문일 때는 [sic])'과 같은 가필을 한다. 아래 예시는 직접 인용을 하면서 인용자가 가필을 한 경우이다.

> 한용운의 시 「님의 침묵」에서 "황금의 꽃같이 굳고 빛나던 옛 맹서는 차디찬 티끌이 되어서 한숨의 미풍에 날어갔습니다〔인용자 확인〕."라는 구절은
>
> P.H. Matthews의 『Morphology』에서는 "Elocution seems to belong to this formation and indeed one could understand She's elocuting〔sic〕 marvellously ; but I do not think I would say it unless I was being facetious."라는 언급이 있는데

인용 원문에 밑줄을 긋거나 방점을 붙여 제시할 때는 '[밑줄은 필자]' 또는 '[강조 표시는 필자]' 등과 같이 가필한다.

> "계해년 겨울에 우리 전하께서 정음 28자를 창제하시고, 간략하게 예의를 들어 보이시고 이름을 훈민정음이라고 지으셨다.[밑줄은 필자]"
> "계해년 겨울에 우리 전하께서 정음 28자를 창제하시고, 간략하게 예의를 들어 보이시고 이름을 훈민정음이라고 지으셨다.[진하게 표시는 필자]"

(2) 간접 인용

간접 인용은 남의 생각을 필자의 말로 바꿔 인용하는 것이다. 간접 인용을 잘 해야 글을 잘 쓸 수 있는데, 인용 부분이 글의 맥락 속에 자연스럽게 녹아들도록 만드는 데는 많은 훈련이 필요하다. 문헌에 제시된 내용을 충분히 이해하여 자신의 언어로 표현하는 것이 생각보다 어렵기 때문이다. 따라서 글을 쓰기 위해 획득한 정보를 자신의 머리에서 가공하여 새로운 정보로 재생산하는 연습을 꾸준히 수행해야 한다.

간접 인용은 원문 그대로 인용하는 것이 장황하거나 번거로울 때 원문의 내용을 자신의 말로 바꾸어 옮기는 방식이다. 원문의 내용을 바꾸어 인용하는 것이기 때문에 원저자의 생각을 정확하게 파악해서 인용해야 하며, 옮기는 과정에서 본래의 의미가 왜곡되지 않도록 해야 한다. 인용 부호는 사용하지 않고 인용문 끝에 주석 번호를 달고 주석에 그 출처를 명시한다. 간접 인용의 방법에는 요약 인용하기와 바꿔(paraphrase) 인용하기의 두 가지가 있다.

요약 인용하기는 인용할 부분의 내용을 그 요점만 간추려 인용하는 것이다. 따라서 원문의 키워드를 중심으로 내용을 왜곡하지 않고 그대로 옮기는 것이 중요하며, 인용의 범위를 명시해 주어야 한다.

<예시>

　대중문화는 역사적으로 고정된 인기 있는 텍스트나 실천행위가 아니며, 또한 역사적으로 고정된 개념적 범주도 아니라는 사실을 기억해야 한다. 정치한 이론적 탐사의 대상인 대중문화는 역사적으로 변화하며 또한 이론적 작업 그 자체에 의해서도 부분적으로 만들어진다고 볼 수 있다.
　　　　　　　　　－ 존 스토리, 『문화연구와 문화이론』, 박이소 옮김 현실문화, 1999, 33쪽.

〈위 원문의 요약 인용〉
　존 스토리는 대중문화를 역사적으로 고정된 것이 아니라 늘 변화하고 구성되는 열린 범주로 본다.[3]

---

3) 존 스토리, 『문화연구와 문화이론』, 박이소 옮김, 현실문화, 1999, 33쪽.

　간접 인용에서는 인용 표시구를 사용하는 것이 바람직하다. 직접 인용과 달리 따옴표를 사용하지 않아 인용의 범위가 모호해질 우려가 있기 때문이다. 그러므로 이를 피하기 위하여 간접 인용을 할 때 인용 표시구를 사용하여 인용의 시작 부분을 알려주는 것이 좋다. 예를 들면, 'ㅇㅇㅇ는 ...라고 말한다', 'ㅇㅇㅇ의 견해를 정리하면 다음과 같다', '저자에 따르면 다음과 같다' 등의 문구를 활용할 수 있다.

<예시>

　시는 자아와 세계의 관계에 있어서 어떤 역할을 하는가? 하지우의 견해를 정리하면 다음과 같다. 한 편의 시가 자아와 세계의 동일성 회복을 지향하는 것이라고 할 때, 시에서 시적 자아는 세계를 '너'로 불러들여 새롭게 재구성하고, 그 속에서 세계와 시적 자아 두 존재 간의 합일을 꿈꾸는 것이라고 말할 수 있다. 세계를 자아화하는 시적 인식을 통하여, 세계를 '너'로서 파악하는 것은 시적 제시 형식의 기본이 되는 것이다.[6]

---

6) 하지우, 『한국시가와 돈호법』, 중동출판사, 2006, 23쪽.

바꿔 인용하기는 인용할 부분의 내용을 자신의 표현으로 바꾸어 옮긴 것이다. 바꿔 인용할 때 가장 주의해야 할 부분은 원문의 내용을 자의적으로 해석하거나 왜곡하지 않는 것이다. 자료의 내용을 깊이 이해하지 못하거나 주관을 가지고 성급하게 자료를 옮길 경우 내용의 왜곡이 일어나기 쉬우므로 특히 주의한다. 또한 인용한 후에는 바꿔 인용한 부분이 원문과 지나치게 유사하지 않은지 검토해 보아야 한다. 그럴 경우 직접 인용이 더 적절하기 때문이다.

4. 주석, 참고문헌

(1) 글쓰기 윤리

보고서를 비롯한 모든 글을 쓸 때에는 기본적으로 지켜야 할 윤리가 있다. 명망 있는 인사의 글이 사회적 물의를 일으키는 사건의 대부분은 글쓰기 윤리를 위배하였기 때문이라고 해도 과언이 아니다. 따라서 대학 생활부터 글쓰기 윤리를 철저히 배우고 익혀 둘 필요가 있다. 글쓰기에서 조심해야 할 윤리 문제로 ① 표절, ② 자료조작, ③ 저자(著者)권을 들 수 있다.

① '표절(剽竊)'은 다른 사람의 아이디어·연구내용·결과 등을 가져와 사용하면서 그것이 다른 사람의 것임을 밝히지 않고 적절한 인용 표시 없이 무단으로 사용하는 행위이다. 보고서를 비롯한 모든 글에는 글쓴이의 생각이 담겨있게 마련이지만, 글의 처음부터 끝까지 글쓴이의 독창적인 생각으로 채워지는 것은 아니다. 글쓴이의 생각을 촉발시킨 계기나, 생각을 뒷받침하는 근거 등이 어우러져서 글이 완성되는 것이다. 이때 남의 글을 인용하게 되는데, 이는 다른 이의 아이디어를 빌린 것이므로 반드시 인용했다는 사실을 밝혀야 한다. 보고서에서는 인용한 내용 뒤에 주석 번호를 달고 주석에 그 출처를 명시한다. 인용의 출처를 정확하게 밝히지 않으면 인용이 아니라 표절이 된다.

표절은 문헌뿐만 아니라 그림, 표, 슬라이드, 컴퓨터 프로그램, 수학해 등도 그 대상이 된다. 따라서 평소 인터넷 자료, 슬라이드, 책 등에서 의견이나 아이디어를 얻었을 경우 출처를 항상 함께 기록하는 습관을 들일 필요가 있다. 또한 같은 내용을 다른 제목으로 발표하거나 일부 내용만 바꿔서 발표하는 '중복 게재' 행위 역시 문제가 된다. 이른바 '자기 표절(self plagiarism)'로 분류되어 글쓰기 윤리를 위반한 것으로 간주된다.

② '자료조작' 역시 글쓰기의 윤리성을 해치는 행위이다. 학계에서 실험이나 조사 결과, 또는 1차 자료를 수정하거나 조작하여 보고서 또는 논문을 써서 문제가 발생하는 경우가 종종 있다. 연구자가 조사나 실험 결과에 대한 지나친 압박감 내지 자기 확신이 있을 때 이러한 일이 벌어지기 쉬운데, 이를 예방하기 위해서는 대학 때부터 올바른 연구 태도를 몸에 익힐 필요가 있다. 자신이 직접 행한 조사와 실험 결과를 정확하게 기록하고 바른 형태로 보고서를 작성하는 훈련을 거듭해야 하는 것이다.

③ '저자권'은 최근에 글쓰기의 윤리로서 자주 언급되는 내용이다. 논문이 공저일 때 저자의 범위와 순서를 어떻게 결정하느냐 하는 것이 '저자권' 문제이다. 대학생의 경우 조별 과제를 수행했을 때 과제 수행 과정에 기여한 바 없이 보고서에 이름을 올리는 경우가 이에 해당한다. 일종의 무임승차라 할 수 있는 이러한 행위는 나머지 조원의 노력에 따른 결과물을 도용하는 것과 마찬가지이다. 공동 수행 과제일수록 역할 분담에 따른 책임을 철저하게 묻고 이를 저자권에 반영할 필요가 있다.

(2) 주석

1) 주석의 종류와 형식

주석은 글을 작성할 때 자신의 주장이나 설명이 어떤 자료에서 얻어진 것인지를 밝히는 것이다. 주석은 인용한 자료의 출처를 밝히고자 할 때 쓰이며, 인용 주석 또는 참조 주석이라고도 한다. 주석은 원저자에게는 감사의 표시이며 같은 분야의 연구자들에게는 정보 제공의 의의가 있으며, 독자에게는 원전을 확인할 기회를 주어 독서의 폭을 넓게 한다.

주석은 그 위치에 따라 각주(脚註, footnotes)와 미주(尾註, endnotes)로 나눌 수 있다. 그 위치에 따른 분류이므로 내용과 형식은 큰 차이가 없다. 다만 두 가지를 혼합해서 써서는 안 된다. 각 분야나 학회지에 따라서 각주를 쓰기도 하고 미주를 쓰기도 한다.

각주는 다시 내각주와 외각주로 나뉜다. 각주의 한자나 영어 단어에서 알 수 있듯이 각주는 본문 각(脚) 아래에 본문과 구별하여 주석을 다는 것이었다. 그런데 인용 정보가 많을 경우 페이지의 하단에 각주가 차지하는 공간도 많고 번거롭기 때문에, 인용 정보를 본문 중에 표기하는 방법이 도입되었다. 즉 기존의 각주는 외각주로 명명하고, 본문에 인용 정보를 기입하는 새로운 각주 표기 방법을 내각주라고 명명하게 된 것이다. 일반적으로 인문·사회 분야에서는 외각주를, 자연·공학 분야에서는 내각주를 많이 사용한다

내각주는 본문 속에 기입되므로 본문주(本文註, parenthetical reference)라고도 한다. 내각주 또는 본문주에서의 인용 정보는 글쓴이와 간행 연도, 인용 페이지만 간략하게 표시하고, 자세한 인용 정보는 참고문헌에 밝히게 된다. 내각주 표시 방법은 다시 두 가지로 나뉜다. 저자의 이름과 발표 연도를 표시하고, 참고문헌에 알파벳순 혹은 가나다순으로 논저를 정리하는 것을 'NY(Name-Year) 방식' 혹은 '저자-날짜 방식(Author-date system)'이라고 한다. 또 논문을 인용하는 순서대로 번호를 매기고, 그 번호 순서대로 참고문헌을 정리하는 방식을 'CS(Citation Sequence) 방식' 혹은 '번호 방식(Numeric system)'이라고 한다.

<표 4.7> 각주의 종류와 예시

각주의 종류	예시
외각주	자동차의 출발 속도와 자동차의 중량의 관계를 한 개의 직선식으로 표현할 수 있는지를 알아보기 위하여 단순회귀분석을 실시하여 본다.[1] 1) 강기훈,「엑셀을 이용한 실습」,『개정판 통계학 개론』, 자유아카데미, 2010, 79쪽.

내각주	NY(Name-Year) 방식 저자-날짜 방식(Author-date system)	자동차의 출발 속도와 자동차의 중량의 관계를 한 개의 직선식으로 표현할 수 있는지를 알아보기 위하여 단순회귀분석[강, 2010]을 실시하여 본다.
	CS(Citation Sequence) 방식 번호 방식(Numeric system)	자동차의 출발 속도와 자동차의 중량의 관계를 한 개의 직선식으로 표현할 수 있는지를 알아보기 위하여 단순회귀분석[1]을 실시하여 본다.

2) 주석 기입 방법

주석은 인용한 문장의 끝에 주석 번호를 달고 주석에 그 출처를 명시하는 방법으로 기입하면 된다. 학문 분야나 학회마다 주석 기입 방법이 조금씩 다를 수 있으나, 완전 주석이 기본 형식이 된다. 완전 주석이란 어떤 문헌이 처음으로 인용되었을 때 그 문헌을 식별할 수 있도록 필요한 사항을 빠짐없이 기록하는 방법이다.

단행본의 경우 완전 주석에서 '저자, 단행본명, 출판도시명: 출판사명, 출판연도, 인용면수'를 모두 밝히게 된다. 경우에 따라서 출판연도를 저자 다음에 붙일 수도 있으며, 한국어 단행본의 경우에는 출판도시를 생략하는 경우가 많다.

저자명,『단행본명』, 출판도시명 : 출판사명, 출판연도, 인용면수.

저자명(출판연도),『단행본명』, 출판사명, 인용면수.

임철규,『눈의 역사, 눈의 미학』, 서울 : 한길사, 2004, pp.55-57.
임철규(2004),『눈의 역사, 눈의 미학』, 한길사, 55-57면.

위의 예에서 눈여겨 볼 것은 약물과 인용면수 표기법이다. 단행본을 표기할 때에는 『 』의 약물 대신에《 》을 쓸 수도 있다. 그러나 이 둘을 섞어서 쓰면 안 된다. 어느 경우에든 통일해서 사용해야 하는 것이다. 인용면의 경우 인용한 것이 한 면이면 'p.55.'로 표기하지만 여러 면을 인용할 경우에는 'pp.55-57.'로 표기한다. 만약 한글로 표기한다면 '면' 또는 '쪽'이라고 쓰면 된다. 그러나 이 역시 한 가지 방식으로 통일해서 사용해야 하며 섞이면 안 된다.

저자가 2명 또는 3명일 경우에는 가운데 점 '·'을 찍어서 표기하고, 그 이상일 경우 '대표저자 외'로 표기한다. 한편, 편역서일 경우에는 원저자와 서명 다음에 편자 또는 역자의 이름을 기입한다. 또 총서 가운데 하나인 경우에는 서명 다음에 총서명과 권호를 기입한다. 여러 번에 걸쳐서 개정판 또는 증보판이 나온 저서인 경우에는 판차를 출판지 앞에 표시한다.

---

1) 김열규·정연찬·이재선, 『향가의 어문학적 연구』, 서울 : 민중서관, 1972, p.232.
2) 조동일 외, 『한국 근대문학의 쟁점』, 서울 : 한국정신문화연구원, 1991, p.25.
3) 아놀드 하우저, 『문학과 예술의 사회사』, 백낙청 외 역, 서울 : 창작과비평사, 1976, p.105.
4) 손진태, 『조선민족사개론』, 한국문화총서 제11집, 개정판 ; 서울 : 을유문화사, 1970, p.203.

논문의 완전 주석 작성 방법 또한 대체로 단행본의 경우와 일치한다. 다만 논문 제목이 추가되고, 학회지나 논문집을 단행본과 같이 취급하며, 학회지의 경우에는 권수 및 호수, 간행 주체를 덧붙인다.

필자, 「논문 제목」, 『논문집 제목』 권수 및 호수, 발행처, 출판년도, 인용면수.

---

5) 구인모, 「탕자의 귀향과 조선의 발견—1920년대 한국 근대시와 고향의 발견」, 『한국문학연구』 31집, 동국대학교 문화학술원 한국문화연구소, 2006, p.77.

이 외에도 한국어 신문과 잡지, 인터넷 기사를 인용할 경우도 있다. 이 경우에도 글쓴이, 저자, 글이 실린 지면에 대한 정보를 정확하게 밝혀야 한다. 특히 인터넷으로 검색한 기사일 때는 해당 기사의 인터넷 주소를 기입하고 검색한 날짜를 함께 밝힌다. 해당 기사가 발표된 이후 수정되기도 하고 경우에 따라서 삭제되기도 하기 때문이다. 한편, 영화나 공연 역시 작품의 감독과 작품명, 제작사와 제작연도를 밝힌다. 각각의

경우를 예로 보인다.

---

6) 김미영, 「지붕 뚫고 본 세상, 인생은 빵꾸똥꾸」,《한겨레 21》 795호, 2010.1.22. http://www.cinematheque.seoul.kr/rgboard/, 2022년 1월 15일 검색.

7) 이창동(감독), <시>, 유니코리아문예투자(배급), 2009.

국외 단행본과 논문을 인용할 때에도 기본적으로 완전 주석의 형태를 갖추도록 한다. 단 영문 서명일 때에는 책 제목을 이탤릭체로 써야 한다. 영문 논문 제목에는 큰따옴표(" ")를 사용한다.

---

8) Tomi Suzuki, *Narrating the Self*: *Fictions of Japanese Modernity*, California : Stanford University Press, 1996, p.103.

9) 小倉進平,『朝鮮語方言の研究』, 東京 : 岩波書店, 1944 ; 影印版, 서울 : 亞細亞文化社, 1974, p.564.

10) Marc Bloch, *Feudal Society*, London : Routhledge & Kegan Paul, 1974, p.62.

11) H. Dreyfus & P. Rainbow, *Michel Foucault*, 2nd rev. ed., Chicago : University of Chicago Press, 1983, p.564.

12) 王克全,『中國詩學通論』, 北京 : 新華社, 1990, p.195.

13) Bruce Cummings, "The Origins and Development of the Northeast Asian Political Economy", *International Organization*, Vol.38, No.1, 1984, pp.36-63.

이상은 전통적인 완전 주석 방법이다. 최근에는 각 분야별로 변형된 주석 기입 방법을 사용하는 경우도 있다. 그러나 해당 분야에서 적용되는 주석 기입 방법을 올바르게 사용하기 위해서도 완전 주석 작성 방법을 숙지해 두는 것이 좋다.

한편, 반복적으로 나타나는 인용 정보를 매번 기입하는 것이 번거로워서 앞에서 이미 소개된 정보를 약식으로 나타내는 방법을 쓰기도 한다. 이를 약식 주석이라고 한다. 이때는 특별한 인용 약호를 사용하는데, 이탤릭체로 써야 하며 마침표를 찍어야 한다.

'*Ibid.*'는 위의 문헌이라는 뜻의 라틴어 Ibidem의 약자로 바로 위에 인용한 문헌의 다른 페이지를 인용할 때 사용한다. '*Ibid.*' 대신 '상게서, 상게논문'이나 '위의 책, 위의 글'로 써도 된다.

---

1) 조동일, 『한국의 문학사와 철학사』, 지식산업사, 2004, p.55.
2) *Ibid.*, p.100.

'*Op. cit.*'는 앞의 책이라는 뜻의 라틴어 opere citato의 약자로, 바로 위가 아니라 몇 페이지 앞에서 인용했던 문헌을 다시 인용할 때 사용한다. 저자(필자)명을 쓰고 난 다음에 이 부호를 적고 해당 페이지를 적는 방식이다. '*op. cit.*' 대신 '전게서, 전게논문'이나 '앞의 책, 앞의 글'로 써도 된다.

---

1) 조동일, 『한국의 문학사와 철학사』, 지식산업사, 1997, p.55.
2) *Ibid.*, p.100.
3) 구인모, 「탕자의 귀향과 조선의 발견—1920년대 한국 근대시와 고향의 발견」, 『한국문학연구』 31집, 동국대학교 문화학술원 한국문화연구소, 2006, p.77.
4) 조동일, *op. cit.*, p.99.

'*Loc. cit.*'는 같은 곳이라는 뜻으로, 한 번 인용된 것을 완전히 다시 인용할 때 쓰는 약어이다. 페이지 번호도 적지 않는다.

---

1) 조동일, 『한국의 문학사와 철학사』, 지식산업사, 1997, p.55.
2) *Ibid.*, p.100.
3) 구인모, 「탕자의 귀향과 조선의 발견—1920년대 한국 근대시와 고향의 발견」, 『한국문학연구』 31집, 동국대학교 문화학술원 한국문화연구소, 2006, p.77.

---

4) 조동일, *op. cit.*, p.99.

5) 구인모, *loc. cit.*

최근에는 '위의 책, 위의 논문'이나 '앞의 책, 앞의 논문' 등을 주로 쓰며 약식 주석을 잘 쓰지 않는다. 그러나 만약 쓰고자 한다면 대문자와 소문자, 구두점, 글자체까지 정확하게 써야 한다.

1) 조동일, 『한국의 문학사와 철학사』, 지식산업사, 1997, p.55.

2) 위의 책, p.100.

3) 구인모, 「탕자의 귀향과 조선의 발견—1920년대 한국 근대시와 고향의 발견」, 『한국문학연구』 31집, 동국대학교 문화학술원 한국문화연구소, 2006, p.77.

4) 조동일, 앞의 책, p.99.

5) 구인모, 앞의 글.

(3) 참고문헌

참고문헌란은 학술적인 글을 쓸 때 참고한 문헌을 정리하여 제시하는 부분이다. 글을 쓸 때 도움을 받은 자료를 빠짐없이 밝혀야 하므로, 본문 중에 인용한 자료를 반드시 포함해야 한다. 영어권 학술지의 경우 Reference, Literature cited, Bibliography 등 여러 가지 이름으로 불리는데, 참고문헌 형식이나 기록 순서는 학술지마다 조금씩 다르다.

참고문헌 작성 방법은 외각주를 썼을 때와 내각주를 썼을 때가 달라진다. 외각주를 썼을 때에는 완전주석 기입 방법에 입각하여 작성하되, 인용 면수를 표시하지 않는다. 또한 여러 번 인용된 논저라도 참고문헌에는 한 번만 기입하며, 일련번호는 매기지 않는다.

참고한 자료가 많지 않을 경우에는 모든 자료를 가나다순이나 알파벳순으로 정렬하여 배열한다. 자료의 수가 많을 경우에는 '① 기본 자료 - ② 국내 논저 - ③ 국외 논저 - ④ 기타'의 순으로 배열하고, 다시 그 안에서 저자 이름의 가나다순이나 알파 벳순으로 정렬한다. 만약 한 필자가 쓴 여러 논저가 포함되어 있을 경우에는 선을 그 어 가름하여 출판연도 순으로 배열한다.

이홍식, 『역사의 유훈』, 서울 : 통문관, 1962.
_____ , 『한국 고대사의 연구』, 서울 : 신구문화사, 1971.

외국 저자의 이름은 외각주에서와 달리 성(last name)을 먼저 놓고 쉼표를 찍으며, 이름(first name)을 뒤에 쓴다. 이름이 만약 두문자(initial)인 약자로 되었을 때는 그 뒤 에 다시 마침표를 찍지 않는다. 저자가 둘 이상일 경우에는 전부 적어야 한다.

Eliot, T.S. *The Scared Wood : Essays on Poetry and Criticism*, 7th ed. London : Methuen, 1950.
Brooks, Cleanth ; Purser, John T. ; and Robert, P. *An Approach to literature*, 4th ed., New York : Appleton, 1944.

그 외에 최근에는 인터넷상의 자료도 많이 이용되는데 이때에는 참고한 글의 작성 자와 글의 제목 등을 완전주석 형식으로 기입하고, 그 기사를 검색할 수 있는 웹페이 지 주소도 정확하게 기록한다.

내각주 방식으로 작성한 논문의 참고문헌란은 다시 NY 방식과 CS 방식이 달라진 다. NY 방식은 본문에서 '(저자이름, 출판연도)' 형식으로 주석을 붙인 것이므로 참고문 헌에서도 '저자(출판연도), 저서, 출판사'를 기입하고, 논저를 가나다순이나 알파벳순 으로 정렬한다. CS 방식은 본문에 기입한 번호 순서대로 논저를 열거한다.

<참고문헌> (외각주로 작성한 경우)

구인모, 「『무정』과 우생학적 연애론」, 『비교문학』28집, 발행처, 2002.
_____, 「탕자의 귀향과 조선의 발견―1920년대 한국 근대시와 고향의 발견」, 『한국문학연구』 31집, 동국대학교 문화학술원 한국문화연구소, 2006.
이덕진, 「욕망의 바다에서 유영하기」, 『삶의 동력인가 괴로움의 뿌리인가』, 운주사, 2008.
임철규, 「오이디푸스왕」, 『눈의 역사, 눈의 미학』, 한길사, 2004.
Carr, E. H., 『역사란 무엇인가(What is history)』, 박종국 역, 육문사, 2007.
Suzuki, Tomi, *Narrating the Self : Fictions of Japanese Modernity*, California : Stanford University Press, 1996.

김미영, 「지붕 뚫고 본 세상, 인생은 빵꾸똥꾸」, 《한겨레 21》795호, 2010. http://www.cinematheque.seoul.kr
이창동(감독), <시>, 윤정희(주연), 유니코리아문예투자(배급), 2009.

<참고문헌> (NY 방식 내각주로 작성한 경우)

구인모(2002),「『무정』과 우생학적 연애론」, 『비교문학』28.
_____(2006), 「탕자의 귀향과 조선의 발견―1920년대 한국 근대시와 고향의 발견」, 『한국문학연구』31집, 동국대학교 문화학술원 한국문화연구소.
이덕진(2008), 「욕망의 바다에서 유영하기」, 『삶의 동력인가 괴로움의 뿌리인가』, 운주사.
임철규(2004), 「오이디푸스왕」, 『눈의 역사, 눈의 미학』, 한길사.
Carr, E. H.(2007), 『역사란 무엇인가(What is history)』, 박종국 역, 육문사.
Suzuki, Tomi(1996), *Narrating the Self : Fictions of Japanese Modernity*, California: Stanford University Press.

김미영(2010), 「지붕 뚫고 본 세상, 인생은 빵꾸똥꾸」, 《한겨레 21》795호. http://www.cinematheque.seoul.kr
이창동(2009), <시>, 윤정희(주연), 유니코리아문예투자(배급).

<참고문헌>(CS 방식 내각주로 작성한 경우)

1. 임철규(2004), 「오이디푸스왕」, 『눈의 역사, 눈의 미학』, 한길사.
2. 이덕진(2008), 「욕망의 바다에서 유영하기」, 『삶의 동력인가 괴로움의 뿌리인가』, 운주사.
3. 김미영(2010), 「지붕 뚫고 본 세상, 인생은 빵꾸똥꾸」, 《한겨레 21》 795호. http://www.
    cinematheque.seoul.kr
4. 구인모(2002), 「『무정』과 우생학적 연애론」, 『비교문학』28.
5. 이창동(2009), <시>, 윤정희(주연), 유니코리아문예투자(배급).
6. Carr, E. H.(2007), 『역사란 무엇인가(What is history)』, 박종국 역, 육문사.
7. 구인모(2006), 「탕자의 귀향과 조선의 발견―1920년대 한국 근대시와 고향의 발견」, 『한국
    문학연구』31집, 동국대학교 문화학술원 한국문화연구소.
8. Suzuki, Tomi(1996), *Narrating the Self : Fictions of Japanese Modernity*, California :
    Stanford University Press.

이상은 일반적인 참고문헌란 작성 방법이다. 그러나 학회지나 논문집마다 게재 양식이 다를 수 있으므로, 해당 학회지나 논문집의 투고 규정을 살피도록 한다. 무엇보다도 각주나 참고문헌은 일관된 기준에 따라 통일하는 것이 기본이다. 학술지명을 전체 제목으로 쓸 것인지 약식 제목으로 쓸 것인지, 성과 이름 중 어느 것을 앞에 쓸 것인지, 발행 연도를 어디에 넣을 것인지, 그런 정보 사이사이의 구분을 쉼표로 표시할 것인지 마침표로 표시할 것인지 등등의 세세한 부분까지 통일된 양식으로 정확하게 작성해야 한다.

1. 다음의 내용을 완전 주석과 (라틴어)약식 주석을 적절히 사용하여 외각주 형식으로 작성하시오.

1) 임철규가 쓴 '눈의 역사, 눈의 미학'이라는 책의 55에서 57면을 인용하였다. 이 책은 서울에 있는 한길사라는 출판사에서 2004년에 출판하였다.

2) 위의 임철규의 책 82면을 인용하였다.

3) 한국문화연구소에서 발행하는 '한국문학연구' 31집에 실린 구인모의 '탕자의 귀향과 조선의 발견'이라는 논문의 77면을 참조하였다. 이 글은 2006년에 발표된 것이다.

4) 조동일 등 8명이 공저로 낸 '한국 근대문학의 쟁점'이라는 책의 25면을 참조하였다. 이 책은 서울에 있는 한국정신문화연구원에서 1991년에 발행한 것이다.

5) 아놀드 하우저의 '문학과 예술의 사회사'라는 책의 105면을 요약한 것이다. 이 책은 서울에 있는 창작과비평사에서 백낙청의 번역으로 1981년에 간행한 것이다.

6) Tomi Suzuki가 California에 있는 Stanford University Press에서 1996에 출간한, 'Narrating the Self: Fictions of Japanese Modernity'라는 책의 103면을 인용하였다.

7) 앞의 임철규의 책 중 124면에서 144면을 참조하였다.

8) Bruce Cummings가 쓴 논문 'The Origins and Development of the Northeast Asian Political Economy'의 36면에서 63면을 요약한 것이다. 이 논문은 'International Organization'에 수록되어 있는데, 권호는 Vol.38, No.1이며 1984년에 간행되었다.

9) 앞의 구인모의 논문에서 56면부터 61면까지 인용하였다.

10) H. Dreyfus와 P. Rainbow가 공저로 발표한 'Michel Foucault'이라는 책의 564면을 인용한 것이다. 이 책은 Chicago에 있는 University of Chicago Press에서 1983년에 출판된 것이다.

2. 위의 내용을 참고문헌 형식으로 정리하시오.

<보고서 예시1>

비트코인 투자 과열 원인에 대한 탐구

과목: 논리적 사고와 글쓰기
담당 교수: ○○○ 교수님
제출일: 202○년 ○월 ○일
제출자: 홍익대학교(세종) ○○학부
C****** ○○○

<목 차>

Ⅰ. 서론

2017년을 기점으로 우리나라를 포함한 전 세계적인 비트코인 가격이 폭등하며 비트코인, 암호화폐 투자에 뛰어드는 사람들이 급속도로 증가하고 있는 추세이다. 암호화폐는 높은 가격 변동성으로 인해 수익성이 큰 만큼 리스크 또한 크다는 것이 특징이지만 높은 수익성만을 보고 무분별하게 투자에 참여하는 사람의 수가 늘어나고 있다. 이에 우리나라는 도를 넘어서는 투자 과열을 우려하며 규제 가능성을 보이고 이로 인해 논란까지 일어나는 등 비트코인은 2021년 현재 여러 이슈를 몰고 다니고 있다.

미국이나 영국 등 비트코인의 긍정적인 측면을 기대하며 비트코인 규제에 긍정적인 입장을 보이고 있는 국가들이 존재하는 반면 중국과 같이 비트코인에 투자 과열과 부정적인 측면에 집중하여 규제를 강화하고 있는 국가들 또한 늘고 있는 추세이다.[1] 특히 중국은 비트코인 채굴과 거래행위가 금융체계 전반을 위협하는 행위라며 비트코인을 채굴, 거래한 개인과 기업들을 신용 불량자에 포함시킬 정도로 비트코인 과열에 대해 강한 부정적인 시각으로 바라보고 있다.[2]

본 보고서에서는 이 같은 비트코인 투자 과열 현상을 연구 대상으로 비트코인, 즉 암호화폐란 무엇인지에 대하여 살펴본 후 각 관점별 투자 과열의 이유를 파악하고 무분별한 투자를 하는 투자 상품이라는 인식에서 벗어나기 위해 어떠한 방안이 필요한지 알아볼 것이다.

II. 비트코인의 개념 및 특징

비트코인은 비트코인의 개발자인 Satoshi Nakamoto의 2008년 논문 "Bitcoin : A Peer-to-Peer Electronic Cash System"에서 처음으로 원리가 공개되었다.[3] Satoshi Nakamoto의 논문 발표 이듬해 1월에 처음으로 발행하게 된 비트코인은 암호화된 거래 정보를 연결하여 화폐의 기능을 하게 만든 전자 화폐 즉 암호화폐이며,[4] 금융 시스템의 혼란 속에서 특정 국가나 정부와 같은 중앙 집권적인 관리를 필요로 하지 않는 새로운 금융 지불 시스템을 목표로 만들어지게 되었다.

비트코인은 타인에게서 매수하거나 작업증명(Proof-of-work) 방식으로 얻을 수 있는데, '작업증명'이란 화폐가 새로 생겨나는 과정에서 해시 함수를 계산하여 먼저 계산을 하게 된 사람이 새 화폐를 받아내는 것으로 이를 계산하는 데에 높은 성능의 컴퓨터와 많은 양의 전력 소비가 필요하기에 채굴에 성공한 사용자는 자원을 소모하여 화폐를 찾아내었다는 것이 네트워크 참여자에 의해 증명되고 해당 코인을 사용하고자 하는 사람들에게 내재적 가치를 지니게 된다. 이러한 방법을 작업증명(Proof-of-work) 방식 또는 채굴(mining)이라고 한다.[5]

비트코인의 가장 큰 특징 중 하나는 분산원장 기술을 기반으로 개발되었다는 점이다. 분산원장 기술은 네트워크상에 나열된 블록을 연결해 온전한 거래장부의 역할을 하게 만드는 것으로 각 노드가 하나씩 나누어 가진 블록이 사슬 형태로 연결되어 '블록체인'이라는 용어로도 표현된

---

1   이영주, 「가상화폐 비트코인의 정치경제적 성격 – 비트코인의 화폐성을 중심으로」, 『국제관계연구』 제23권 1호, 고려대학교 일민국제관계연구원, 2018, pp.69~70.

2   김기용 기자, 「中, 비트코인 채굴 기승에… "적발 땐 블랙리스트 등재할 것"」, 《동아닷컴》, 2021.5.26. http://news.donga.com. 2021년 5월 26일 검색.

3   Satoshi Nakamoto, "Bitcoin : a peer-to-peer electronic cash system", http://bitcoin.org/bitcoin.pdf, 2021. 5. 24. 방문.

4   박림, 『비트코인 매직』, COSMOS HOUSE, 2018, p.14.

5   이희종 외, 「암호화폐에 관한 연구」, 『비교사법』 제25권 2호, 한국비교사법학회, 2018, pp.659~660.

다. 이는 모든 사용자 간에 공유되어 거래의 연속성 검증과 이중 지불을 방지할 수 있게 한다.[6] 또한 모든 거래 기록들을 특정 기관에서 보관하는 것이 아니기 때문에 외부에서의 해킹 및 위조 시도를 어렵게 할 수 있다는 특징이 있다.

위와 같은 특징들로 인하여 비트코인은 높은 보안성 및 투명성, 위조가 불가능하다는 특징, 사용자의 자유, 높은 휴대성 등 다양한 장점이 있다. 하지만 아직 초창기 상태인 비트코인은 다양한 법적 지위상의 문제점과 과도하게 높은 가격 변동성과 같은 단점들 또한 존재한다.

III. 암호화폐 투자 과열 원인

1. 화폐 전망 측면

(1) 국가별 제도화

비트코인의 출발은 수년이 채 되지 않았기 때문에 아직 전 세계적으로 제도와 규제에서 여러 방안이 모색되고 있다. 2017년 대한민국을 휩쓴 비트코인 열풍 속에서 많은 사람이 비트코인 투자에 적극적으로 참여할 수 있었던 이유 또한 당시 대한민국의 비트코인 규제 제도 수준이 미흡하였기 때문인데, 2017년 12월 가상화폐 거래 실명제를 토대로 한 가상화폐 거래소 규제 정책을 발표하기 전까지 미성년자와 외국인 등의 거래들이 가능하였고 불법적인 거래의 또한 상당수 존재하였다.[7] 이와 같이 미흡한 제도 속에서 상대적으로 투자의 참여가 쉬웠다.

또한 2022년부터 가상 자산에 20%의 세율로 분리과세를 하기로 한 만큼 2017년과 2021년 과거와 현재의 개인 투자자들에게는 가상화폐 과세가 적용되지 않았다.[8] 때문에 비트코인의 큰 가격 변동성으로 인해 큰 수익을 낼 수 있지만, 세금은 내지 않게 되어 자연적으로 많은 투자자들이 모이고 투자 과열 현상을 보이게 되었다 볼 수 있다.

---

6 *Ibid.*, p.15.

7 최창열, 「금융 투자 자산으로서 가상화폐 규제에 관한 연구」, 『e-비즈니스연구』제20권 제1호, 국제 e-비즈니스학회, 2019, p.124.

8 이지용 기자, 「"가상화폐 인정 안하면서 세금 왜걷나"…코인 차익 20% 과세에 반발」, 《매일경제》, 2021.5.28. https://www.mk.co.kr/news/economy/view/2021/05/517095/. 2021년 6월 3일 검색.

(2) 화폐가치의 인정

유럽중앙은행(European Central Bank)은 자체 분류 기준에 따라 가상화폐를 세 가지 형태로 분류하고 있다. 제1형 폐쇄형 가상화폐는 실물경제와 관련이 없는 온라인상의 화폐로, 구매와 습득이 온라인에서만 가능하며 오프라인에서의 거래 활동은 불가능한 가상화폐를 의미한다. 2형 단방향 가상화폐의 경우 시중에서 구매하여 온라인상의 재화로 충전 후 온라인과 현실의 재화로써 이용할 수 있지만, 환금성은 없는 가상화폐 유형이다. 비트코인이 해당되는 제3유형 양방향 가상화폐는 온라인, 오프라인에서 구매 후 사용할 수 있는 유형으로 1형과 2형의 환금성을 보완시킨 형태로 볼 수 있다.[9]

이처럼 비트코인은 기존의 가상화폐와는 다르게 실물화폐와 동일한 기능을 하고 있다. 즉 교환의 매개 수단으로서 기능하고 있으며 이러한 점을 뒷받침하듯 테슬라, 마스터 카드, 미국 뉴욕멜론은행 등의 거대한 기업들이 비트코인 결제를 지원하기 시작하였다.[10]

비트코인은 발행 총량을 2,100만 개로 제한하고 있는데 이러한 점은 비트코인의 가치 저장수단으로서의 화폐성을 가질 수 있게 해 준다. 2019년 발생한 코로나바이러스 감염증으로 인하여 전 세계적으로 저금리 정책이 추진되고 있다. 이러한 정책은 인플레이션의 발생을 초래시킬 수 있고 이에 영향을 받지 않는 금과 같은 인플레이션 헤지 수단에 대한 사람들의 관심이 집중되는 계기가 되었다. 비트코인 또한 발행 총량의 제한 때문에 '디지털 금'으로서 인플레이션 헤지 수단으로 주목받고 화폐가치를 인정받게 되었다. 상기와 같은 화폐가치의 인정들을 통해 비트코인 투자율이 증가하게 된 것이다.

2. 대중적 측면

(1) 심리적 요인

소외에 대한 두려움(Fear of Missing Out, FoMO)은 소외당할 것 같은 불안감 때문에 타인의 상황이나 정보에 민감해지는 상태로, FoMO를 경험하게 될 시 타인들이 접하고 있는 좋은 기회나 상태를 따라잡지 못하고 놓치게 된다는 박탈감, 소외감 등을 느끼게 되는데, FoMO는 개인의 심리적 욕구의 만족이 결핍된 상태에서 발생하며 욕구가 좌절될수록 높아지는 경향이 있다.[11]

---

9 이영주, *op. cit.*, pp.63~64.
10 송화정 기자, 「돌아온 비트코인]비트코인 광풍, 이번엔 다를까」, 《아시아경제》, 2021.2.22. https://view.asiae.co.kr/article/2021022210220053043. 2021년 6월 3일 검색.
11 주은선 외, 「한국형 소외에 대한 두려움 척도의 타당화 연구 – 대학생을 중심으로」, 『한국콘텐츠학회논문집』제18권 제2

FoMO는 또한 소셜 미디어 사용의 증가와 인터넷 사용량 증가와 밀접한 관계를 맺는다. 즉 2017년부터 2021년 현재까지 비트코인 투자로 큰 이익을 본 사례들이 각종 매체를 통해 소개되고 이를 접하며 FoMO를 경험하게 된 사람들이 투자에 참여하게 되고 수익을 본 사람들의 이야기가 다시 온라인 매체들을 통해 퍼지는 순환의 방식을 통해 비트코인 투자 과열이 발생했다고 볼 수 있다.

주식투자에는 배당이 존재하고 채권 투자에는 이자가 존재하는 한편 원자재 투자와 마찬가지로 비트코인의 가격은 단순히 비트코인의 거래량에 따라 결정이 되게 된다. 이러한 상황에서 IT 업계 유명인의 발언이나 비트코인 관련 소식을 접하게 된 대중들이 이에 맞춰 투자하게 되고 거래량에 민감한 비트코인의 시세는 이를 따라가게 되는 자기실현적 예언 현상이 발생하며 이로써 투자자들은 더욱 비트코인 투자에 빠져들게 된다. 실제로 구글에 비트코인을 많이 검색할수록, 위키피디아 비트코인 문서에 많이 접속할수록 비트코인의 가격이 상승하였다.[12]

(2) 높은 투자 접근성

2021년 1분기의 주요 비트코인 거래소의 투자자를 분석한 결과 신규 투자자의 60%가 20~30대라는 결과는 비트코인의 높은 투자 접근성을 보여 주는 좋은 예시이다.[13] 우리나라의 주된 자산 증식 수단으로는 부동산 투자와 주식 매매가 있다. 그러나 부동산에 투자하기 위해서는 일정 수준 이상의 자본이 필요하며 주식의 경우 투자를 하기 위해 다른 투자 상품들에 비해 전문적인 지식을 필요로 하는 경우가 많은데 비트코인은 적은 자본으로도 시작할 수 있고 전문적인 지식과 자격이 없이도 다양한 투자 전략을 짤 수 있다는 점과 주식과는 달리 폐장 시간이 존재하지 않아 상시 접근할 수 있다는 점에서 높은 투자 접근성을 보인다.[14]

이러한 높은 접근성과 큰 가격 변동성으로 인해 간단히 많은 양의 수익을 내는 경우가 많아지고 이와 같은 사례가 늘어나며 취업난과 상승하는 아파트 가격과 같은 극심한 경제적 문제로 좌절하고 있던 2030 세대들의 암호화폐 거래량이 늘어나게 된 것이다.

호, 한국콘텐츠학회, 2018, p.249.

12 L. Kristoufek, "BitCoin meets Google Trends and Wikipedia: Quantifying the relationship between phenomena of the Internet era", *Sci Rep* Vol. 3, 3415, 2013, pp.2~5.

13 서성호 기자, 「1분기 코인 신규 투자자 10명 중 6명이 2030」, 《연합뉴스》, 2021.4.21. https://www.yna.co.kr/view/AKR20210421044400002. 2021년 6월 3일 검색.

14 이희종 외, *op. cit.*, pp.677~678.

Ⅳ. 결론

암호화폐는 고안되고 만들어진 지 짧은 시간밖에 지나지 않았기 때문에 높은 가격 변동성과 투자자를 이에서 보호해 줄 만한 명확한 제도 방안이 존재하지 않으며, 2021년 6월 9일을 기준으로 엘살바도르만이 국가의 법정통화로 인정하고 있고, 보안 문제 및 화폐보다는 투자자산이라는 인식이 강한 점 등 여러 문제점들이 존재하여 아직은 실생활에서 결제 수단으로 사용하기는 어렵다.

하지만 정부의 건전한 규제와 이를 바탕으로 하는 투기의 형식을 벗어난 투자자들의 건전한 투자 그리고 여러 기업들의 결제 수단으로서의 비트코인이 확대를 통하여 가격 안정화를 이루어내면 비트코인은 투명한 화폐 발행과정을 기반으로 혁신적인 통화 수단이 될 수 있을 것이다.

※ 참고문헌

박림, 『비트코인 매직』, COSMOS HOUSE, 2018.

이영주, 「가상화폐 비트코인의 정치경제적 성격 – 비트코인의 화폐성을 중심으로」, 『국제관계연구』제 23권 1호, 고려대학교 일민국제관계연구원, 2018.

이희종 외, 「암호화폐에 관한 연구」, 『비교사법』제 25권 2호, 한국비교사법학회, 2018.

주은선 외, 「한국형 소외에 대한 두려움 척도의 타당화 연구 – 대학생을 중심으로」, 『한국콘텐츠학회논문집』제18권 제2호, 한국콘텐츠학회, 2018.

최창열, 「금융 투자 자산으로서 가상화폐 규제에 관한 연구」, 『e-비즈니스연구』제20권 제1호, 국제 e-비즈니스학회, 2019.

Kristoufek, L. "BitCoin meets Google Trends and Wikipedia : Quantifying the relationship between phenomena of the Internet era", *Sci Rep* Vol. 3, 3415, 2013.

김기용 기자, 「中, 비트코인 채굴 기승에… "적발 땐 블랙리스트 등재할 것"」, 《동아닷컴》, 2021.5.26. http://news.donga.com. 2021년 5월 26일 검색.

서성호 기자, 「1분기 코인 신규 투자자 10명 중 6명이 2030」, 《연합뉴스》, 2021.4.21. https://www.yna.co.kr/view/AKR20210421044400002. 2021년 6월 3일 검색.

송화정 기자, 「〔돌아온 비트코인〕비트코인 광풍, 이번엔 다를까」, 《아시아경제》, 2021.2.22. https://view.asiae.co.kr/article/2021022210220053043. 2021년 6월 3일 검색.

이지용 기자, 「"가상화폐 인정 안하면서 세금 왜건나"…코인 차익 20% 과세에 반발」, 《매일경제》, 2021.5.28. https://www.mk.co.kr/news/economy/view/2021/05/517095/. 2021년 6월 3일 검색.

Satoshi Nakamoto, "Bitcoin : a peer-to-peer electronic cash system", http://bitcoin.org/bitcoin.pdf, 2021년 5월 24일 검색.

윤리적 가치를 활용한 디자인 제품 연구

과목: 논리적 사고와 글쓰기

담당 교수: ○○○ 교수님

제출일: 202○년 12월 9일

제출자: 홍익대학교(세종) ○○학부

C****** ○○○

1. 서론

산업의 발전과 변화에 따라 디자인 패러다임은 끊임없이 바뀌어왔다. 산업혁명으로 인해 기계적인 요소와 자본이 주축을 형성하고 있던 산업사회가 그 시작이다. 이후 다양한 정보들을 누구나 손쉽게 접할 수 있는 정보사회를 거쳐, 현재는 주관과 자신의 욕구, 의미를 중심으로 하는 지식사회로 변모되었다. 디자인 패러다임도 바뀌어 가는 시대상에 발맞추어 기능과 생산 위주의 디자인에서 사용자의 감성과 욕구를 자극하는 방향으로 변화되었다. 이처럼 시간의 흐름에 따라 디자인에 대한 사람들의 인식은 자연스럽게 변하게 되었고, 이는 곧 디자인 가치의 발전을 가져왔다.

오늘날의 사회에서는 단순히 아름답고 보기 좋은 장식적인 요소만을 갖춘 디자인이 아니라 사용자의 욕구와 필요성을 다방면으로 채워줄 수 있는 디자인을 요구하고 있다. 사용자들은 자신의 욕구와 필요성을 바탕으로 제품을 선택하고, 자신들의 감성과 욕구를 충족시킬 수 있는 것을 기준으로 제품을 판단한다. 이전의 제품 중심의 디자인과 비교해 보았을 때 지금의 사람 중심 디자인은 자신의 가치관과 생각에 대한 수준 높은 가치를 필요로 한다는 점을 알 수 있다.

　이와 더불어 윤리의 개념과 의미를 강조하는 사람들의 목소리가 점차 커지고 있다. 자연스럽게 윤리적 기준 하에 윤리 경영을 추구하는 기업들도 늘어나는 추세이다. 그들의 사회적 책임의 중요성이 두드러지고 있기 때문이다. 기업과 디자인의 사회적 책임에 이어 윤리적 디자인에 관한 관심도가 높아진 요즈음, 디자이너들은 기능적, 장식적인 요소뿐만 아니라 새로운 윤리적 가치를 부여하고 좋은 디자인에 대해 고민하며 재성찰할 필요가 있다. 따라서 본고에서는 윤리적 가치를 활용한 다양한 디자인을 소개하고, 제품 사례를 분석하여 최종적으로 성공적인 디자인 전략을 위한 향후 방향성을 모색하고자 한다.

2. 디자인 윤리의 개념과 의미

2.1. 디자인 윤리란 무엇인가?

　윤리의 사전적 의미는 좋음, 옳음, 쾌락 등 이상적 가치나 규범에 따라 행동해야 하는 당위를 나타내는 것이다. 이는 '인간으로서 마땅히 행해야 하거나 지켜야 할 도리'로 칸트의 선의지와 연관이 있다고 할 수 있다. 선의지란 옳은 행동은 그것이 옳다는 이유로 항상 선택해야 하는 의지를 뜻하는데, 이는 단순히 행위의 결과를 고려하는 마음이나 자연적인 경향을 따라 옳은 행동으로 인정하는 의지가 아닌 그저 어떤 행동이 옳다는 까닭으로 그 행동을 선택하는 주체성을 말한다.[1]

　따라서 디자인 윤리란 선의지의 개념이 디자인과 마주할 때 디자인 윤리 개념으로 만들어진다.[2] 디자인은 인간의 다양한 행동 중 하나이며 여러 방면으로 사람들에게 사회적인 영향을 미치므로 디자인 가치 또한 사회적 윤리를 고려하지 않을 수 없다.

1　천정임·김인철, 「소비문화에 대한 성찰과 디자인의 윤리적 실천」, 『디자인학연구』 제22권 제5호, 한국디자인학회, 2009, p.258.
2　김문정, 「윤리적 가치를 활용한 디자인 전략 연구 : 구체화된 디자인 사례 분석을 중심으로」, 이화여자대학교 석사학위논문, 2012, p.3.

현대 사회의 발전은 인류의 눈부신 성장을 가져왔지만, 그 이면에는 환경 파괴, 아동 학대, 인간성 소외 등 아직 해결하지 못한 수많은 문제점이 존재한다. 최근 이러한 합리적인 경제적 논리가 사회적 불균형의 원인이 되는 상황이 부각되었으며, 이와 같은 현상은 인간 사회의 형태와 삶의 방식을 유도하는 디자인과 디자이너에게도 영향을 미치고 있다.[3]

디자인 윤리의 개념은 1970년, 사람들의 불필요한 소비를 부추기고 물질주의에 빠지게 하는 문제를 제기하면서 시작되었다. 1990년부터 본격적으로 시작된 윤리적 소비 운동은 소유하고 싶은 욕구에 따르는 것이 아니라 필요에 의해 소비하는 것이다. 합리적이고 실속 있는 구매를 하는 윤리적 소비의 패턴은 디자인 전략과 정책에서도 많은 변화를 가져오게 했다.[4] 그뿐만 아니라 디자인 윤리는 환경을 절약하고 보호하는 것을 뛰어넘어 기업의 사회적 이미지 및 평판과 직접적으로 판매를 결정하는 고객의 의사 결정에까지 영향을 미치고 있다.

2.2. 디자인 윤리의 발전 과정과 전개

디자인 윤리의 발전 과정과 전개는 디자인의 역사적 흐름에 따라 파악할 수 있다. 산업혁명으로 증기기관이 처음으로 나타나고 대량 생산이 가능해짐으로써 디자인도 기계를 이용하여 동일한 제품을 한꺼번에 대량으로 만들어 낼 수 있게 되었다. 이는 1851년 만국 산업작품 박람회에서도 잘 드러났는데, 당시 전시되었던 물품들은 비싼 수공예품으로 보이지만 사실은 공장 생산되어 구매 가능한 상품으로, 이러한 시대적 형편을 과장하기 위해 개최되었다.[5]

이 상황을 반대한 대표적인 인물에는 존 러스킨과 오거스터스 퓨진이 있었는데, 그들의 주장은 이후 윌리엄 모리스에게까지 연결되어 더 구체적으로 다듬어질 수 있었다. 모리스가 1861년 설립한 '모르스, 마셜, 포크너사'는 디자인에 미술을 융합하고자 했을 뿐 아니라, 산업화와 기계화된 생산으로 심각한 위협에 처하게 된 수공예 전통을 되살리고자 했다.[6] 모리스를 비롯한 그의 추종자들은 '영국미술공예운동(Arts and Crafts Movement)'의 선구자였다. 그들은 쓸모없는 사치품이 노동자들의 노예 생활을 영속화한다고 주장하였고, 이 초기의 디자인 운동은 많은 디자이너에게 영향을 주었다.

1930년대에 제1세대 산업디자이너들이 생기고, 디자인 컨설팅이라는 개념이 새롭게 만들어

---

3 천정임·김인철, *loc. cit.*

4 김문정, *op. cit.*, p.4.

5 Charlotte, Peter Fiell, 『디자인의 역사』, 이경창·조순익 역, 서울: 시공문화사, 2015, p.125.

6 Charlotte, Peter Fiell, *op. cit.*, p.141.

지면서 제품디자인은 상품의 가치를 높이는 하나의 수단으로 인식되기 시작되었다.[7] 더이상 디자인은 사람을 위한 것이 아닌 '조금 더 지불할 능력이 있는 사람'을 위한 것이 되었고, 디자이너의 위상은 높아졌지만, 디자인의 영역을 제한하는 현상이 생겨나는 단점을 낳았다.[8]

이와 같은 제품디자인의 소비지향적 흐름에 반대하며 나타난 것이 빅터 파파넥이다. 그는 디자이너가 좀 더 나은 세계를 창조하는 데 이바지하거나, 혹은 반대로 지구 환경 파괴에 일조할 것이라고 확신했으며, 불필요한 욕망과 소비를 부추기는 기술이 아닌, 인간을 위한 윤리적 행위로서의 디자인을 주장했다. 그에 따르면 디자이너는 상품의 재료 선택 · 제조 · 유통과 포장 · 폐기 전 과정에 직접적으로 관여할 수 있는 사람이며, 따라서 사회적 · 생태적 문제 해결에 주도권을 가질 수 있는 사람이었다. '인간이 행하는 거의 모든 행위는 디자인이다.'라고 말할 만큼 디자인과 인간의 근본적 일상이 밀접하게 연결되어 있다는 믿음을 바탕으로, 파파넥은 사람과 환경에 대한 관심과 책임을 반영한 디자인을 전개해 나갔다.[9]

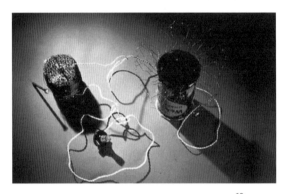

<그림 1> 파파넥의 9센트 깡통라디오(1960)[10]

파파넥의 대표 작품 중 하나인 9센트짜리 깡통 라디오는 인도네시아의 원주민들을 위해 디자인된 것으로, 재난이나 사고가 발생했을 때 주민들에게 정보를 알리기 위해 제작되었다. 당시 소외당한 계층들을 위해 디자인을 하고자 했던 그는 빈번하게 발생하는 화산 폭발로 인해 수많

---

7 김문정, *op. cit.*, p.6.

8 박수레,「산업디자인의 윤리체계 구축과 활용에 관한 연구 : 디자인 윤리 매뉴얼과 디자인 윤리 DB 구축을 중심으로」, 한국과학기술원 석사학위논문, 2007, p.13.

9 빅터 파파넥, 〈네이버 지식백과〉

10 Victor Papanek, Tin can Radio, 1960.

은 원주민이 목숨을 잃는 것을 보고, 발리의 관광객들이 버린 깡통과 동물의 배설물 등을 활용하여 비상용 라디오를 만드는 것에 성공했다.[11]

소비지향적 디자인을 반대했던 파파넥의 의견도 과하게 이상주의적이라는 평을 받았으나, 디자인의 사회적 책임과 함께 디자인 가치에 대한 논의 가능성을 보여 주었던 그의 역할은 디자인 윤리에 큰 영향을 주었다고 볼 수 있다.

3. 윤리적 가치를 활용한 디자인

3.1. 유니버설 디자인

유니버설 디자인(Universal Design)은 '모든 사람을 위한 디자인' 혹은 '보편적 디자인'으로 불리며, 연령, 성별, 국적, 장애의 유무 등과 관계없이 누구나 편안하게 이용할 수 있도록 건축, 환경, 서비스 등을 계획하고 설계하는 것을 말한다.[12] 따라서 유니버설 디자인은 인간의 존엄성과 평등을 실현할 수 있는 21세기의 창조적 패러다임으로, 모든 사람이 쾌적한 생활 환경을 영위할 수 있도록 한다.

20세기 공업 사회는 '일반적'이라고 표현되는 그 본질이 희미하고 분명하지 않은 이용자만을 위해 디자인의 양적 공급에 치우쳐 발전해 왔다. 이는 제품의 사용자가 개개인으로서 존재하며, 다양한 생활 환경에 처해 있다는 사실이 오랫동안 외면되어 왔음을 의미한다. 우리는 현재 각각의 특성이 어울려 살아가는 시대에 있음을 직접적으로 느낄 수 있다. 장애인이나 노인 같은 특정 대상이 아닌 보편적 사용자를 대상으로 한 공익 디자인에 대한 의식의 변화가 기대되고 있다.

그러한 사회적 디자인으로 대표되는 유니버설 디자인은, 1980년대 미국에서 이전까지 행해 왔던 제작자 위주의 디자인 방법론을 재검토하려는 필요에 의해 그 중심적 존재인 론 메이스가 제창하였으며, 90년대에 ADA 법이 계기가 되어 건축이나 공공 서비스를 중심으로 보급되었다. 유니버설 디자인은 실제 휠체어 이용자였던 론 메이스의 배리어 프리적 관점에서 발전된 '연령

---

11 김준래 기자, 〈빈 깡통과 오물로 라디오를 만든다?〉, 《The Science Times》, 2019.09.17. https://www.sciencetimes.co.kr/news, 2021년 12월 07일 검색.

12 문화체육관광부 국립장애인 도서관, 「유니버설 디자인(Universal Design)」, https://www.nld.go.kr/ableFront/new_standard_guide/universal_design.jsp, 2021년 11월 29일 검색.

이나 능력과 관계없이 모든 사람이 최대한 사용하기 쉽게 만들어진 제품이나 환경에 대한 디자인'으로 설명된다.[13]

<그림 2> 지하철 5호선 승차칸 손잡이[14]

위의 그림은 유니버설 디자인 중 하나의 사례이다. 지하철 5호선 승차 칸의 손잡이는 그 높이가 서로 다르다. 이 '높낮이 손잡이'는 시민단체 '희망제작소'에 의해 2007년 제안된 것으로, 다른 지하철 손잡이보다 약 10cm가량 낮은 위치에 매달려 키 작은 사용자를 배려한다. 교통 약자석에는 이보다 낮은 손잡이를 설치하여 임산부, 노약자, 장애인 등 교통 약자의 접근성을 향상시켰다.[15]

3.2. 그린 디자인

그린 디자인이란 환경 문제와 관련하여 자연 친화적으로 디자인된 제품, 또는 그러한 방식과 활동을 이르는 말로 알려져 있다. 오늘날 자원 고갈과 환경 오염, 생태계 파괴, 기후 변화 등 자연과 관련된 여러 문제가 이슈화되면서 전 세계적으로 환경 보호를 위한 목소리가 커지고 있다. 1992년 6월 유엔 환경개발 회의에서 '환경과 개발에 관한 리우 선언(Rio Declaration On Environment And Development)'을 채택한 이후 경제 성장과 환경 보전이 평형을 이루어야 한다

---

13   이호창·여민우·최정환, 『유니버설 디자인의 이해』, 서울 : 일진사, 2014, p.11.

14   윤미강 기자, 〈유니버설 디자인, 보통의 틀을 깨다〉,《대학신문》, 2017.11.19. http://www.snunews.com/news/articleView. html?idxno=17554, 2021년 12월 07일 검색.

15   *Ibid.*

는 인식이 선진국을 중심으로 점차 퍼져 나가기 시작했다. 자연스럽게 디자인을 비롯한 많은 분야에서도 우선적으로 환경을 고려하자는 움직임이 나타나게 되었다. 디자인은 제품의 의뢰, 설계, 생산, 사용, 폐기, 재활용의 모든 과정에서 자원을 소비하고, 환경에 직접적으로 영향을 주기 때문이다.

그린 디자인의 좁은 의미로는 리사이클이 가능한 디자인, 자연소재로 제작된 디자인, 대안에너지를 활용한 디자인 등을 가리키며, 넓은 의미로는 환경친화적이고 지속 가능한 디자인을 뜻하는 것으로, 제품 생산부터 폐기까지의 전 과정을 친환경적으로 고려하여 만든다.

구체적으로 유해 물질을 재료로 사용하지 않고, 생산 과정에서 공해를 일으키지 않으며, 제품이 작동될 때 소음이나 매연을 유발하거나 과도한 에너지를 소모하지 않고, 제품의 수명이 길어 오랫동안 사용이 가능하며, 사용이 끝난 후에는 분해 및 재활용이 용이하고, 폐기할 경우에는 쉽게 썩어 자연 분해될 수 있도록 고려하여 제품을 디자인하는 것이다.[16]

<그림 3> 소화기를 재활용한 인테리어 램프[17]

위의 그림은 오래된 소화기를 활용해 디자인한 램프이다. 이는 디자이너인 사무엘 베르니에가 학교에서 진행하는 업사이클 워크숍에서 만든 것이다. 쓰레기를 창의적으로 되살리는 법에 관해 연구하던 그는 폐기된 소화기를 다양한 형태로 분리한 후 이를 램프의 모양으로 재조립했다. 사무엘 베르니에는 이에 그치지 않고 사람들이 따라 할 수 있도록 리디자인 조합 방식을 인

16 그린 디자인, 〈네이버 지식백과〉, https://terms.naver.com/search.naver?query=%EA%B7%B8%EB%A6%B0%EB%94%94%EC%9E%90%EC%9D%B8&searchType=text&dicType=&subject=, 2021년 12월 7일 검색.

17 Samuel N. Bernier, Interior lamps that recycle fire extinguishers, 2014, https://www.coroflot.com/samuelbernier/Project-RE

테리어 DIY 패키지처럼 모듈화했다.[18]

3.3. 소외계층을 위한 디자인

제3세계를 위한 디자인은 아프리카, 인도 등에 거주하는 사람들의 삶의 질적 향상을 위한 디자인을 의미한다. 즉 빈곤층, 저개발국가의 국민을 배려한 디자인을 말하는 것으로, 다른 이름으로는 '소외된 90%를 위한 디자인'으로 불리기도 한다.[19]

제3세계의 사람들은 인간으로서 필요한 기초적인 것들이 해결되지 못한 채로 남아있는 경우가 많다. 전 세계 인구의 약 절반인 28억 명은 하루 2달러 미만으로 생활하며, 90%인 약 58억 명에 가까운 사람들은 가장 기본적인 생필품을 구입할 수단을 갖고 있지 않다.[20]

<그림 4> 빈민들을 위한 수동 세탁기, U-stream[21]

제3세계는 전기 공급량 및 관련 기반 시설이 미미하므로 최신 가전제품을 지원하는 등의 단순한 원조보다는 그들이 자생할 수 있는 장치와 시스템을 지원하는 것이 더 절실하다. 현지에서도 조달할 수 있고 낮은 가격으로 생산할 수 있는 실용적인 기능의 생산품들을 만들어낼 수 있

18 김대호, 『에코크리에이터 II』, 성남 : 아이엠북, 2014, p.295.

19 김문정, *op. cit.*, p.21.

20 정명숙 기자, 「[백운호의 디자인이야기(11)]소외계층을 위한 디자인」, 《경상일보》, 2012.11.28, http://www.ksilbo.co.kr/news/articleView.html?idxno=390246, 2021년 11월 29일 검색.

21 Aaron Stathum · Eliot Covena, U-strram, 2012, http://eliotcoven.wix.com/dev-world-laundry#!slideshow/cmbz

어야 한다. 즉 대체 소재를 활용할 수 있는 기술과 낮고 저렴한 가격에 물건을 만들 수 있는 아이디어를 제시하는 것이야말로 그들을 제대로 돕는 것이라 할 수 있다.[22]

위의 그림은 디자이너인 아론 스타텀과 엘리엇 코베나가 디자인한 수동 세탁기이다. 이 세탁기의 특이한 점은 전기 없이 수동으로 세탁할 수 있다는 것과 어디에서나 구할 수 있는 재료로 부품을 제작했다는 것이다. 이 세탁기를 만들기 위한 부품으로는 오래된 물 파이프와 네오프렌 고무가 전부이다. 이는 모두 현지에서 20달러 아래로 사거나 리사이클을 통해 구할 수 있는 것들로, 이동의 편의 또한 고려하여 디자인했다. 사용법 또한 간단하다. 양동이 안에 옷과 물, 세제를 넣고 자전거를 타듯 회전운동을 하면 세탁을 할 수 있다.[23]

세탁을 위해 이들은 매일 6Km 가량 멀리 떨어진 강까지 걸어가 많은 양의 노동을 해야 하며, 손세탁 과정에서 귀한 의류의 손상이 종종 일어나기도 한다. 이로 인해 이들의 국가에서 세탁이란 일정 한도가 존재하며 여러 가지 부수적 문제를 일으키는 것이었다고 한다. 이러한 점에서 이 사례는 세탁에 많은 어려움을 겪고 있는 아프리카의 상황을 적절하게 분석했다고 볼 수 있다.

4. 윤리적 가치를 활용한 디자인 제품 사례 분석

4.1. 성공적인 사례 분석

4.1.1. 시계 브랜드 페이스워치

페이스워치는 다양한 색깔의 시계를 만들어 흰 시계 1개에 16명의 식사, 노란 시계 625개에 1개의 우물, 분홍 시계 14개에 유방암 환자의 검진, 파랑 시계 3개에 친환경 난로 1개, 빨간색 시계 5개에 에이즈 환자의 치료, 검은 시계 1개에 8명의 암 환자 지원 시스템을 구축했다. 소비자 구매 시 '기부를 할까?'가 아닌 '어떤 기부를 할까?', '몇 개를 할까?'에 초점을 맞추어 기부의 참여도를 상승시켰다.

---

22   김대호, 『에코크리에이터』, 성남 : 아이엠북, 2012, p.25.
23   김대호, 『에코크리에이터II』, 성남 : 아이엠북, 2014, p.26.

4.1.2. 마리몬드 - 휴먼 브랜딩 프로젝트

라이프 스타일 브랜드 '마리몬드'는 휴먼 브랜딩 프로젝트를 진행하며 계절별로 위안부 할머니들의 이야기를 꽃무늬로 표현하여 제품에 담아내고 있다. 위안부 할머니들께 각자 특성에 어울리는 오브제를 부여하고 고유의 디자인 패턴으로 사용했다. 무궁화, 동백 등의 다양한 프로젝트가 진행되고 있으며, 이를 통해 위안부 할머니 개인이 가지고 있는 이야기와 이미지를 투영시켜 사용자들에게 다가간다.

4.1.3. 라운드랩 - '1025 독도 토너', '1011 섬유 향수'

화장품 브랜드 '라운드랩'은 라운드 프로젝트를 통해 독도의 날을 홍보하는 '1025 독도 토너'와 개발도상국 여자아이들을 위한 '1011 섬유 향수'를 판매하고 있다. '1025 독도 토너'는 독도의 날을 기념하고 그 뜻을 기억하고자 제작되었으며, 사용자가 제품을 구매할 때마다 독도의 날 10월 25일을 의미하는 1,025원을 독도 아카데미에 기부한다. 패키지 전면에 독도의 이미지와 함께 독도의 날을 알 수 있는 글씨를 디자인했다. '1011 섬유 향수' 시리즈는 10월 11일 세계 여자아이의 날을 의미하여 여자아이의 인권의 중요성을 알리고, 수익금 일부는 여아 권리 신장 캠페인에 기부하는 식으로 진행하고 있다. 패키지는 여자아이들에게 희망을 심어줄 수 있는 문구와 함께 따뜻한 느낌의 삽화로 디자인되었다.

4.2. 실패한 사례 분석

4.2.1. 815 콜라

펩시, 코카콜라와 같은 국외 음료 브랜드가 시장을 차지하던 때에 국산 815 콜라가 등장하였다. 당시 외환위기가 불거지며 국가가 큰 위기에 처하자 국가적 의미가 담긴 제품이라며 홍보해 당시 콜라 점유율 13.7%를 차지하여 나름의 성공을 거두었다. 그러나 몇 년 뒤 회사는 도산했다. 맛이 본래의 콜라보다 떨어졌으며, 국내에서 만든 콜라라는 이유로 홍보했을 뿐 이를 통해 어떻게 국가에 도움을 줄 수 있는지 설명하지 못했다.

4.2.2. KFC - 'Bucker for the cure'

패스트푸드 프랜차이즈 브랜드 KFC가 2010년에 벌였던 'Bucker for the cure' 유방암 캠페인은 유방암을 상징하는 분홍색 용기에 프라이드 치킨을 담아 세트 상품으로 판매하고, 수익 일부를 Komesn 재단에 기부하는 방식으로 진행되었다. 이 프로그램은 시작될 당시 약 800만 달러의 기부 금액을 목표로 하였으나 결국엔 처참한 실패를 경험하게 되었다. 실패한 원인은 유방암 치유를 돕자는 캠페인의 취지와 KFC가 내놓은 세트 상품 간에 서로 연계되는 점이 없었기 때문인데, 총 540cal에 달하는 콤보 세트는 1000g이 넘는 나트륨과 유방암을 일으키기로 유명한 트랜스지방으로 튀겨졌다. 명목적으로는 유방암 치료를 목적으로 하였지만. 제품은 오히려 과체중과 유방암을 유도한 셈이다.

5. 결론

본고는 현대 사회에서 '윤리'가 가지는 의미와 윤리성의 중요성이 점점 주목받는 시대적 흐름에 따라 디자이너가 디자인하는 것에 있어 올바른 방향성을 가져야 한다는 생각에서 시작되었다. 따라서 본고는 윤리와 관련된 여러 디자인을 설명하는 동시에, 사례를 파악하며 문제의 결론에 대한 당위성을 알아보는 것에 의의를 두었다.

여러 사례를 살펴보았을 때, 윤리적 가치를 활용한 성공적인 디자인 전략이 앞서 설명했던 유니버설 디자인, 그린디자인, 소외계층을 위한 디자인으로 나누어질 수 있음을 알아낼 수 있다. 그뿐만 아니라 윤리적 가치를 활용한 기업의 디자인 전략이 성공적인 방향으로 확립되기 위해서는 사회적 · 인본주의적 속성과 환경적 · 경제적 속성이 모두 일맥상통하여 서로의 연결점이 있고, 그로 하여금 소비자를 설득시킬 수 있어야 한다.

디자인은 빠르게 변화되어 왔고, 이제는 '윤리'라고 하는 새로운 가치를 요구하고 있다. 디자이너들은 기능적, 장식적인 요소뿐만 아니라 새로운 의미를 찾고 좋은 디자인에 대해 고민하며 재성찰할 필요가 있다. 오늘날의 디자인이 존재할 수 있는 이유는 이전의 많은 디자이너가 그의 가치를 발전시켰다는 점에 있다. 오늘날의 디자이너들이 이 점을 잊지 않고 끊임없이 성찰한다면 기존의 것들보다 더 나아진 '더 나은 디자인'을 할 수 있을 것이다.

※ 참고문헌

김대호, 『에코크리에이터』, 성남 : 아이엠북, 2012.

_____, 『에코크리에이터 Ⅱ』, 성남 : 아이엠북, 2014.

김문정, 「윤리적 가치를 활용한 디자인 전략 연구 : 구체화된 디자인 사례분석을 중심으로」, 이화여자대학교 석사학위논문, 2012.

나동훈, 「디자인의 사회적 책임윤리에 관한 연구 : 에드워즈와 레비나스의 사상을 중심으로」, 홍익대학교 석사학위논문, 2013.

박수레, 「산업디자인의 윤리체계 구축과 활용에 관한 연구 : 디자인 윤리 매뉴얼과 자인 윤리 DB 구축을 중심으로」, 한국과학기술원 석사학위논문, 2007.

이호창 · 여민우 · 최정환, 『유니버설 디자인의 이해』, 서울 : 일진사, 2014.

천정임 · 김인철, 「소비문화에 대한 성찰과 디자인의 윤리적 실천」, 제22권 제5호, 한국디자인학회, 2009.

Charlotte, Peter Fiell, 『디자인의 역사』, 이경창 · 조순익 역, 서울: 시공문화사, 2015.

김준래 기자, 〈빈 깡통과 오물로 라디오를 만든다?〉, 《The Science Times》, 2019.09.17. https://www.sciencetimes.co.kr/news.

문화체육관광부 국립장애인 도서관, 「유니버설 디자인(Universal Design)」, https://www.nld.go.kr/ableFront/new_standard_guide/universal_design.jsp

윤미강 기자, 〈유니버설 디자인, 보통의 틀을 깨다〉, 《대학신문》, 2017.11.19. http://www.snunews.com/news/articleView.html?idxno=17554.

Samuel N. Bernier, Interior lamps that recycle fire extinguishers, 2014, https://www.coroflot.com/samuelbernier/Project-RE.

자율주행 자동차 사고의 원인

과목: 논리적 사고와 글쓰기
담당 교수: ○○○ 교수님
제출일: 2021년 ○월 ○일
제출자: 홍익대학교 세종캠퍼스 ○○학과
C****** ○○○

Ⅰ. 들어가며

자동차산업의 자율주행으로의 패러다임 전환에 따라 주요국 정부의 산업정책과 글로벌 기업들의 경쟁전략이 빠르게 변화하고 있고 각국 정부는 환경, 연비, 안전규제를 강화하고, 소비자들이 높은 수준의 편의성을 요구함에 따라 자동차기업들은 기술, 공정, 제품, 서비스와 비즈니스 모델의 혁신을 가속화하고 있다.[1] 미국 컨설팅 회사 맥킨지&컴퍼니에서 2030년에는 자율주행 자동차가 전체 자동차 판매량의 15%를 차지할 것이라고 예측했다.[2] 이처럼 자율주행 자동차는 대중화의 길을 향해 가고 있다. 하지만 이에 비례해 뉴스를 보면 자율주행 자동차 사고에 관한 보도가 많이 나온다.

---

[1] 이항구·윤자영, 『전기동력·자율주행자동차산업의 현황 및 전망』, 세종: 산업연구원, 2018, p.11.

[2] 김송이 기자, 〈자율주행차, 2030년 전체 판매량의 15% 차지...그 이유는?〉, 「데일리카」, 2016년 1월 6일 11시 15분, http://www.dailycar.co.kr/content/news.html?type=view&autoId=22123, 검색일자: 2021년 5월 31일.

대부분의 자동차 사고는 운전자의 과실로 인해 발생한다. 하지만 자율주행 자동차가 더 대중화가 된다면 이와 같은 운전자 과실에 의한 사고는 줄어들 것이다. 그러나 첨단 자동차 기술로 만들어진 자율주행 자동차라 하더라도 사고의 위험성은 존재한다. 자율주행 자동차 사고유형으로는 운전자의 과실로 인한 사고, 기계적 결함에 의한 사고, 소프트웨어 오작동에 의한 사고, 잘못된 정보에 의한 사고, 외부해킹으로 인한 사고 등 5가지 유형의 사고가 대표적이다.[3]

자율주행 자동차는 인지, 판단, 제어 기술로 이루어져 있고 이 중 인지 기술은 충분히 연구가 되지 않았다. 대부분의 자율주행 자동차는 환경 인지 센서에 의해 주변을 인식하고 판단하게 된다. 그러나 아직까지 환경 인지 센서의 고장 진단에 대해서는 연구된 것이 없고 많은 자율주행 시스템이 날씨나 충돌에 의한 센서의 뒤틀림으로 인해 크게 영향을 받고 있다.[4] 이에 본고는 자율주행 자동차 센서 오작동으로 인한 사고의 요인을 자연적인 요인과 인위적인 요인으로 분류하고 이에 대한 해결 방안을 제시해 보겠다.

Ⅱ. 자율주행 자동차와 자율주행의 정의

자율주행 자동차는 운전자 또는 승객의 조작 없이 자동차 스스로 운행이 가능한 자동차로서, 자동차 스스로 사람의 인지, 판단, 제어 기능을 대체하여 운전하는 자동차이다. 또한 자율주행은 운전자의 과실로 인하여 발생하는 교통사고를 줄여 운전자와 보행자의 안전을 높이고, 교통 약자들의 이동장벽을 제거하며, 교통 정체를 완화시키는 역할 등을 수행할 수 있다. 자율주행 자동차는 운전자의 개입 여부, 자동화 수준에 따라 6단계로 구분되며 Level 3 단계 이상은 일부 또는 완전 자율주행 기능을 실행한다. Level 3, 4는 고해상도 지도, C-ITS[5] 등의 인프라를 활용하여 주행환경 운용방법을 설정, 제한하고 자율주행의 안정성을 확보한 운행설계영역(Operational Design Domain)에서 자율주행이 가능하다. Level 3 이상부터 자율주행이 개입되므로 자동차 제조사의 법적 책임도 발생한다.[6] 자율주행 기술은 주행에 필요한 정보 및 신호를 입

---

3   홍태석 외, 「자율주행차 사고발생유형과 형사책임에 관한 탐색적 연구」, 『법이론실무연구』 제6권 제3호, 한국법이론실무학회, 2018, pp.231-252.

4   최승리 외, 「레이더, 비전, 라이더 융합 기반 자율주행 환경 인지 센서 고장진단」, 『자동차안전학회지』 제9권 제4호, 한국자동차안전학회, 2017, pp.32-37.

5   Cooperative Intelligent Transport Systems, 차량과 교통인프라 간 양방향 통신과 협업으로 급정거, 낙하물 등 주변의 교통상황을 실시간 공유하여 사고 사전 예방하는 교통 체계

6   백정균, 『자율주행차 국내외 개발 현황』, KDB미래전략연구소, 2020, pp.18-19.

력받는 인지기술, 정보 및 신호를 처리하는 소프트웨어 등 판단기술, 조향·제동·가속 등 제어기술 등으로 구성된다. 차량 주변 상황 인식을 위해 필요한 센서(레이더, 라이더, 카메라, 나이트비전 등), 고정밀 GPS 기술, 실시간 지역 정밀지도 구축 및 데이터베이스 등 인프라설비 구축 등을 인지기술이라고 한다. 인공지능, 차량용 소프트웨어 관련 기술로서, 인지·판단·제어 등 모든 자율주행 단계에 관여하는 자율주행의 핵심기술을 판단기술이라고 한다.[7] 마지막으로 판단에 따라 차량에 장착된 각종 제동, 조향, 가속 등 차량의 엑츄에이터(구동장치)를 적절하게 제어하는 기술을 제어기술이라고 한다.[8]

Ⅲ. 센서 오작동 사고의 자연적인 요인

1. 역광으로 인한 센서 오작동

자율주행 자동차로 유명한 기업인 '테슬라'에서 만든 '테슬라 모델X' 사고가 2018년 4월 23일에 발생했다. 이 사고는 태양이 정면으로 내리쬐며 시야 확보가 힘들어진 것이 원인이었다. 2017년 9월에도 이와 비슷한 사고가 있었는데 원인은 카메라가 태양광의 방해를 받아 차선이나 장애물을 제대로 인식하지 못했기 때문이었다. 이 두 사례 모두 밝은 태양 아래서 자율주행 기능을 켜고 달리다가 차량이 차선을 제대로 인식하지 못하여 사고가 발생했다. 특히 태양의 고도가 낮아지는 오전 시간에는 태양의 고도가 낮아져 역광에 의해 차량에 장착된 카메라가 문제를 일으킬 수 있다.[9] 2016년 5월 7일에 '테슬라 모델S'가 자율주행 기능을 사용하던 도중 트럭과 충돌하는 사고가 발생했는데 트럭의 옆면이 흰색으로 돼 있어 하얗게 빛나던 하늘과 구분하지 못해 브레이크가 작동하지 않아서 생긴 사고였다.[10] 이처럼 역광으로 인한 센서 오작동 사고는 대부분 카메라가 흰색과 빛을 구분하지 못하여 생긴다고 볼 수 있다.

---

7   *Ibid.*, p.20.

8   *Ibid.*, p.21.

9   강기준 기자, 〈테슬라 자율주행차 사고 태양 '역광' 탓… 센서 오작동〉, 「머니투데이」, 2018년 4월 10일 10시 49분, https://news.mt.co.kr/mtview.php?no=2018041009330081407, 검색 일자 : 2021년 5월 5일.

10   주명호 기자, 〈테슬라, 자율주행 도중 또다시 사고 발생〉, 「머니투데이」, 2016년 7월 6일 14시 22분, https://n.news.naver.com/article/008/0003707176, 검색 일자 : 2021년 5월 5일.

2. 악천후로 인한 센서 인식 문제

미국 캘리포니아 주의 자율주행 시험 운행을 실시하는 업체들이 캘리포니아 주에서 2014년부터 2021년 3월 2일까지 발생한 자율주행 자동차 사고에 대한 보고서를 분석했다. 분석에 의하면 악천후에서 사고 가능성이 높다는 결론이 도출되기도 하였다.[11] 자율주행 자동차 회사인 '테슬라'의 경우 자율주행 시스템을 8개의 카메라를 이용하여 구현하고 있다. 각각의 카메라가 수집한 영상데이터를 인공지능이 조합해 3D 입체영상으로 만들어 주변 상황을 파악하고, 안전한 주행을 제공한다. 하지만 악천후, 안개, 폭우 등의 상황에서 카메라만으로는 안정성이 떨어진다는 단점이 있다.[12] 이처럼 악천후와 같은 예측할 수 없는 변수가 생기면 사고가 발생할 수 있다는 것이다.

IV. 센서 오작동 사고의 인위적인 요인

1. 과전류로 인한 센서 오작동

자율주행 자동차를 주행하던 도중 추돌 사고를 막기 위한 주행 제동 센서가 오작동을 일으키면 경고음이 울리더니 차가 멈춘다거나 고속도로를 달리던 중 경고음이 울리더니 안전벨트가 당겨지는 등 위험한 상황이 발생한다.[13] 이러한 상황은 부품이나 배선이 과전류로 인하여 합선되었기 때문에 일어난다.

2. 해킹으로 인한 센서 오작동

자율주행 자동차의 핵심은 통신이다. 레이저를 쏘아서 반사되는 신호를 받아 해석해 진행 방

---

11 차두원모빌리티연구소, 〈[모빌리티NOW] 자율주행차 사고 가장 큰 원인은 뭘까?〉, 「DigitalToday」, 2021년 3월 23일 8
    시00분, http://www.digitaltoday.co.kr/news/articleView.html?idxno=268145, 검색 일자 : 2021년 5월 5일.
12 류종은 기자, 〈두 달 앞당긴 머스크 '완전자율주행의 꿈'…업계는 "글쎄"〉, 「한국일보」, 2020년 9월 23일 16시 53분,
    https://www.hankookilbo.com/News/Read/A2020092311270005172?did=NA, 검색 일자 : 2021년 5월 5일.
13 김관진 기자, 〈"결함아냐"보상없다던 BMW,고객이 증명하자 "보상"〉,「SBS뉴스」, 2020년 3월 24일 13시 41분, https://
    news.sbs.co.kr/news/endPage.do?news_id=N1005712351, 검색 일자 : 2021년 5월 5일.

향에 있는 사람이나 자동차들을 인식한다. 또한 도로나 주변 시설이 자동차와 계속 통신을 하며 앞으로 주행할 전략을 세운다. 하지만 해커가 통신에 침투하여 거짓 정보를 주어 고속으로 움직이는 자율주행 자동차가 앞에 있는 사물을 인식하지 못하게 한다거나 도로 중앙선 정보를 거짓으로 입력한다면 큰 사고로 이어지게 된다.[14] 자율주행 자동차는 정보 통신 기술에 크게 의존하기 때문에 컴퓨터 해킹이나 바이러스에 컴퓨터 프로그램이 감염되는 등의 문제가 발생하여 그 기능을 제대로 발휘하지 못하는 경우도 있을 것이다. 그 결과가 자율주행 자동차의 오작동으로 이어져 예기치 않은 교통사고를 야기할 수 있다.[15]

3. GPS 오류로 인한 센서 오작동

2019년 6월에 열린 '상암 자율주행 페스티벌'에서 'SK텔레콤'의 5G 기반 자율주행 자동차가 GPS 신호를 잡지 못하여 시속 $20km$ 이하 주행 속도에도 자율주행 자동차는 중앙선을 침범하고 러버콘과 부딪치는 등 문제를 드러냈다.[16] GPS는 자율주행 자동차의 핵심 센서이고 위치측정을 담당한다. GPS는 만약 오차가 발생할 경우, 치명적인 위험이 발생할 수 있으므로 정밀한 cm 단위의 지도 데이터를 이용해야 한다.[17]

V. 마치며

자율주행 자동차가 점점 대중화가 되어가는 것과 비례하여 자율주행 자동차의 센서 오작동 문제 또한 많이 발견되고 있다. 이에 대한 해결 방안으로 기술적 측면에서는 기업이나 정부가 더 많은 연구를 통해 기술을 발전시켜야 한다. 또한 정책적 측면으로는 정부에서 자율주행 자동

---

14 김기훈 기자, 〈북 해커, 한국 자율주행차도 공격할 수 있을까?〉, 「조선일보」, 2021년 4월 20일 16시 59분, https://www. chosun.com/economy/auto/2021/04/20/5UU4AF47XZBZ3M7R6QKEHNSQWY/?utm_source=naver&utm_medium=referral&utm_campaign=naver-news, 검색 일자 : 2021년 5월 5일.

15 김영국, 「자율주행 자동차의 운행 중 사고와 보험적용의 법적 쟁점」, 『법이론실무연구』제3권 2호, 한국법이론실무학회, 2015, p.257.

16 이진휘 기자, 〈GPS 못잡는 SKT 5G자율주행차, '레벨4 갈 수 있을까〉, 「TOPDAILY」, 2019년 7월 23일 14시 39분, http://www.topdaily.kr/news/articleView.html?idxno=58113, 검색 일자 : 2021년 5월 4일.

17 박성현 외, 「자율주행 도중 예외상황 처리에 대한 연구」, 『추계학술발표대회』 제24권 제2호, 한국정보처리학회, 2017, pp.470-473.

차의 상용화에 따라 일어날 문제에 대한 법률이나 규제를 강화해야 한다. 마지막으로 운전자 본인이 자율주행 자동차에 대해 잘 알고 있어야 하고 자율주행 기능에 지나치게 의존해 위험성을 무시하는 일이 없어야 한다.

　자율주행 자동차 산업의 전망은 매우 밝고 많은 사람들의 기대를 받고 있다. 하지만 기대와는 다르게 자율주행 자동차 기술은 많은 연구가 이루어지지 않고 있다. 정부와 기업들은 자율주행 자동차 기술에 더 많은 투자를 해야 한다. 자율주행 자동차 기술이 발전된다면 교통사고가 발생할 확률은 매우 적어질 것이며 삶의 질이 올라갈 것이다.

※ 참고문헌

김영국, 「자율주행 자동차의 운행 중 사고와 보험적용의 법적 쟁점」, 『법이론실무연구』제3권 2호, 한국법이론실무학회, 2015, p.257.

박성현 외, 「자율주행 도중 예외상황 처리에 대한 연구」, 『추계학술발표대회』제24권 제2호, 한국정보처리학회, 2017, pp.470-473.

백정균, 『자율주행차 국내외 개발 현황』, KDB미래전략연구소, 2020, pp.18-19.

이항구·윤자영, 『전기동력·자율주행자동차산업의 현황 및 전망』, 세종: 산업연구원, 2018, p.11.

최승리 외, 「레이더, 비전, 라이더 융합 기반 자율주행 환경 인지 센서 고장진단」, 『자동차안전학회지』제9권 제4호, 한국자동차안전학회, 2017, pp.32-37.

홍태석 외, 「자율주행차 사고발생유형과 형사책임에 관한 탐색적 연구」, 『법이론실무연구』제6권 제3호, 한국법이론실무학회, 2018, pp.231-252.

강기준 기자, 〈테슬라 자율주행차 사고 태양 '역광' 탓… 센서 오작동〉, 「머니투데이」, 2018년 04월 10일, https://news.mt.co.kr/mtview.php?no=2018041009330081407, 최종 검색 일자 : 2021년 05월 05일.

김관진 기자, 〈"결함아냐"보상없다던 BMW, 고객이 증명하자 "보상"〉, 「SBS뉴스」, 2020년 03월 24일, https://news.sbs.co.kr/news/endPage.do?news_id=N1005712351, 최종 검색 일자 : 2021년 05월 05일.

김기훈 기자, 〈북 해커, 한국 자율주행차도 공격할 수 있을까?〉, 「조선일보」, 2021년 04월 20일, https://www.chosun.com/economy/auto/2021/04/20/5UU4AF47XZBZ3M7R6QKEHNSQWY/?utm_source=naver&utm_medium=referral&utm_campaign=naver-news, 최종 검색 일자 : 2021년 05월 05일.

김송이 기자, 〈자율주행차, 2030년 전체 판매량의 15% 차지…그 이유는?〉, 「데일리카」, 2016년 01월 06일, http://www.dailycar.co.kr/content/news.html?type=view&autoId=22123, 최종검색일자: 2021년 5월 31일.

류종은 기자, 〈두 달 앞당긴 머스크 '완전자율주행의 꿈'…업계는 "글쎄"〉, 「한국일보」, 2020년 09월 23일, https://www.hankookilbo.com/News/Read/A2020092311270005172?did=NA, 최종 검색 일자 : 2021년 05월 05일.

이진휘 기자, 〈GPS 못잡는 SKT 5G자율주행차, '레벨4 갈 수 있을까'〉, 「TOPDAILY」, 2019년 07월 23일 14시 39분, http://www.topdaily.kr/news/articleView.html?idxno=58113, 최종 검색 일자 : 2021년 05월 04일.

주명호 기자, 〈테슬라, 자율주행 도중 또다시 사고 발생〉, 「머니투데이」, 2016년 07월 06일, https://n.news.naver.com/article/008/0003707176, 최종 검색 일자 : 2021년 05월 05일.

차두원모빌리티연구소, 〈[모빌리티NOW] 자율주행차 사고 가장 큰 원인은 뭘까?〉, 「DigitalToday」, 2021년 03월23일, http://www.digitaltoday.co.kr/news/articleView.html?idxno=268145, 최종 검색 일자 : 2021년 05월 05일.

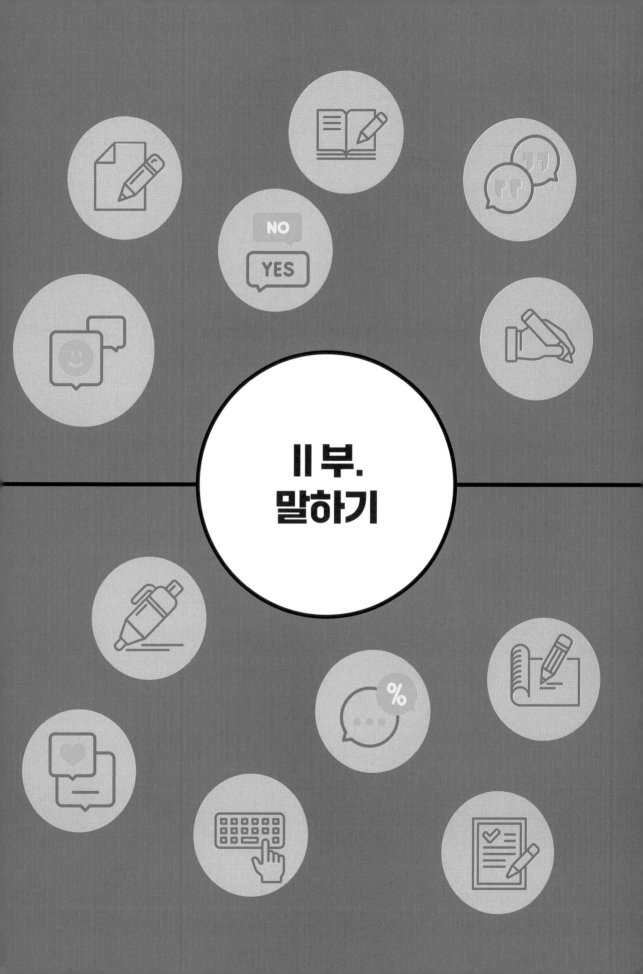

II부.
말하기

5장

말하기의 기초

1절. 말하기의 의의

> 이론 말하기의 의의를 알고 화자와 청자의 역할을 파악할 수 있다.
>
> 실제 의사소통과정에서 올바른 말하기와 듣기에 대해 조사하고 발표할 수 있다.

1. 말하기의 중요성

미국의 심리학자 매슬로(Maslow)는 인간의 욕구를 단계별로 생리적 욕구(physiological needs), 안정의 욕구(safety needs), 소속과 사랑의 욕구(belonging and love needs), 존중의 욕구(esteem needs), 자아실현의 욕구(self-actualization needs) 등으로 분류하고, 낮은 단계에서 높은 단계로 올라갈수록 더 인간다운 삶을 성취한다고 한 바 있다. 이처럼 인간의 욕구는 매우 다양하고 여러 층위로 분류할 수 있지만, 욕구를 실현시키기 위해서는 반드시 그 욕구를 표출해야만 한다. 갓난 아기가 배고픔, 졸림 등의 불편함을 울음으로 호소하여 양육자의 돌봄을 얻는 것이 가장 원초적인 욕구 표출일 것이다.

그런데 인간은 다른 동물과 달리 언어라는 욕구 표출 수단을 가지고 있다. 대개의 인간은 일정한 연령이 되면 자연스럽게 언어를 익히고 구사할 수 있으며, 성장 단계에 따라 언어 능력도 점차로 발달하게 된다. 안정, 소속과 사랑, 존중, 자아실현 등의 추상적인 욕구를 언어로 표현할 수 있게 되는 것이다.

뿐만 아니라 언어는 인간의 사상과 감정을 표현하고 전달하는 데 그치지 않고, 인간의 사상과 사유 방식을 확장하고 발전시키기까지 한다. 누구나 한 번쯤 말을 하면서 새로운 생각이 떠오르거나 이전까지 그 실체가 명확하지 않았던 미묘한 심리 상태나 감정이 명확해지는 경험을 하였을 것이다. 이처럼 언어는 인간의 심리와 사유를 더 정교하게 다듬기도 하는 것이다.

한 연구에 의하면 침팬지와 인간의 유전자는 98.7%나 유사하다고 하지만, 두 종 사이에는 현격한 차이가 있다. 여기에는 여러 요인이 작용했겠지만, 가장 먼저 꼽을 수 있는 것이 바로 언어라고 할 수 있다. 인간은 언어로써 독창적으로 사고하고 이를 구체적으로 타자에게 전달하면서 문명과 지식을 축적하고 계승하여 왔다고 하겠다. 즉 언어는 단순히 개인의 의사를 전달하는 수단에 그치지 않고, 인류의 문화를 형성하고 전달, 발전시키는 중요한 요건인 셈이다.

이처럼 언어는 인간의 고유하면서도 필수불가결한 의사소통 수단이다. 그렇지만 대부분의 사람들은 실생활에서의 의사소통인 말하기를 크게 신경 쓰지 않는다. 말하기가 매우 자연스러운 일상이기 때문이다. 그러나 교육 수준이나 생활 수준이 높아지고 욕구의 수준이 높아질수록 말하기의 수준도 높아져야 한다. 나아가 문명이 발달하고 사회가 복잡해지면서 말하기의 층위 역시 다양해졌으며, 이에 대한 별도의 훈련이 필요해졌다.

이제 말하기는 사회생활뿐만 아니라 대학 입시나 취업 등에 있어서도 그 영향력이 증가하고 있다. 뉴욕시의 기업 경영자 가운데 79%가 채용이나 승진의 결정적 요인으로 말하기 능력을 꼽았으며, 국내 기업의 인사 담당자들이 신입사원들에게 가장 부족한 업무 능력을 '표현 능력'이라고 지적하였다는 점은 말하기의 중요성을 실감하게 한다. 이런 시대적 변화에 발맞추어 대학 내에서도 말하기, 특히 발표와 토론 중심의 의사 표현 교육이 증대되는 추세에 있으므로 그 중요성을 인식해야 한다. 나아가 대학생이 갖추어야 할 바람직한 덕목으로 마땅히 여러 말하기의 방법을 숙지하고 그 능력을 갖추어 가야 한다.

연습

1. 의사소통에서 인간과 동물 사이의 차이는 무엇인지 말해 보자.

_____

_____

_____

2. 말과 관련된 속담을 다섯 개 이상 찾아보자.

_____

_____

_____

3. 주변 사람들 가운데 말을 잘 하는 사람이 있다면 두 사람 정도 지목해 보고 그가 왜 말을 잘 하는 사람이라고 생각하는지 말해 보자.

_____

_____

_____

2. 말하기의 특징

(1) 화자와 청자

일상적인 말하기는 물론이고 공공의 말하기는 듣는 사람을 전제로 한다. 의사소통을 하고 이를 통해 일정한 사회관계를 유지하는 데에는 말을 하는 것만으로는 충분하지 않고, 오히려 듣는 사람이 있어야만 의사소통이 이루어질 수 있는 것이다. 즉 의사소통이란 말하는 사람인 화자와 듣는 사람인 청자가 언어를 중심으로 서로 정보와 의미를 주고받는 것이다. 화자는 전달하고자 하는 내용을 음성언어로 구사하여 발화하고, 청자는 전달된 음성언어를 해독하여 정보를 저장하거나 청자에게 적절한 반응을 보인다. 화자는 메시지를 보내는 사람이고 청자는 메시지를 받는 사람인 것이다.

화자는 가능한 한 쉽고 편하고 간단하게 말하는 경제성의 원리를 추구한다. 자신의 의사가 청자에게 전달될 것을 의심하지 않는 경향이 있기 때문이다. 그래서 화자는 청자가 자신의 의도를 이해하지 못하였을 때 당황하게 된다. 이에 반하여 청자는 전달되는 음성언어의 뜻을 식별하고 그 의도를 파악해야 하기 때문에 구별성의 원리를 추구한다. 즉 화자가 이해하기 쉽게 말해 주기를 바라는 것이다. 한 마디로 화자는 자기가 말하고 싶은 것만 말하려 하고 청자는 듣고 싶은 것만 듣게 되는 것이다.

이처럼 화자와 청자는 의사소통 과정에서 서로 대립하는 처지에 놓이게 된다. 화자와 청자가 모두 자기중심적일 때 대화 등의 의사소통은 실패하게 된다. 따라서 자신이 아닌 상대방의 욕구와 경향을 파악하여 말하기와 듣기를 수행해야 한다. 그러므로 올바른 태도를 지닌 화자와 청자로서 의사소통을 성공적으로 수행하기 위해서는 일정한 훈련을 필요로 한다.

그런데 화자와 청자의 역할은 고정된 것이 아니라 유동적인 것이다. 즉 화자와 청자가 서로 역할을 바꾸는 양상을 띠게 되기도 하는데, 일상적인 대화에서는 화자와 청자가 교대로 바뀌게 되며, 토의나 토론, 발표 등의 공공의 말하기에서도 화자와 청자의 역할이 지속적으로 바뀌게 된다. 화자와 청자의 역할 수행은 동시에 이루어지는 것이라 할 수 있다. 따라서 올바른 화자와 청자가 되기 위한 훈련 역시 동일한 선상에서 임하는 것이 옳다.

(2) 말하기와 반언어적 요소와 비언어적 요소

언어의 두 요소인 말과 글은 의사전달의 중요한 수단이지만 여러 가지로 다른 성격을 지닌다. 문자언어인 글은 시간과 공간을 초월해 반영구적으로 남는다. 글의 이러한 특징은 한계가 되기도 하는데, 한번 기록된 글은 오류가 있어도 수정하기 힘들며, 그 글에 대한 독자의 반응을 작자가 즉각적으로 살필 수 없다는 단점을 지니기도 한다. 이에 반해 음성언어인 말은 발화와 더불어 소멸하는 특성이 있다. 따라서 같은 시간과 공간이 아닌 곳에서는 서로 소통할 수 없으며 같은 공간이라고 하더라도 발화 환경의 차이에 따라 제약을 받게 된다. 물론 녹음기나 마이크와 같은 기기의 발달이 이러한 제약을 완화시키기는 했어도 음성언어가 지닌 본질적 속성은 크게 다르지 않다.

그러나 실제 말하기에서는 말하기는 대부분 화자와 청자가 동일한 시간과 공간 내에 있을 때 진행되기 때문에 청자가 화자의 말뜻을 제대로 이해하지 못했을 경우 질문과 같은 방식을 통해 즉각적인 응답과 교정을 수행할 수 있다. 뿐만 아니라 언어 외의 여러 가지 수단(목소리, 몸짓, 얼굴 표정, 시선, 행동, 근접거리 등)을 동원할 수 있기 때문에 글에 비해 자신의 생각이나 감정을 좀 더 쉽게 표현할 수 있다는 장점이 있다.

특히 말하기의 반언어적인 요소와 비언어적인 요소가 전달하는 것은 화자의 감정이나 태도 등이므로, 언어적인 요소에 비해 정보의 양과 범위가 한정된다고 할 수 있다. 그러나 반언어적인 요소와 비언어적인 요소가 전달하는 정보는 음성언어에 담겨 있는 메시지(message) 이면에 숨겨진 화자의 의도, 즉 메타 메시지(meta-message)라고 할 수 있다. 한 연구에 의하면 의사소통에서 언어적인 요소가 7%, 목소리가 38%, 몸 동작이 55%를 담당한다고 한다.

따라서 화자는 발화와 함께 자신의 감정이나 태도가 청자에게 전달된다는 사실을 유념하여야 한다. 기본적인 예의를 지키고 불필요한 시선 처리나 행동으로 오해를 사지 않도록 해야 하는 것이다. 또한 청자는 반언어적 요소 및 비언어적 요소를 통해 화자의 감정 상태를 파악하고 적절한 반응을 보임으로써 원활한 의사소통이 이루어지도록 노력해야 할 것이다.

연습

1. 화자의 태도가 청자에게 미치는 영향에 대해 말해 보자.

_____

_____

_____

2. 듣기 능력을 높이기 위한 다른 요령이 있다면 무엇인지 생각해 보자.

_____

_____

_____

3. 말하기와 글쓰기의 차이를 설명해 보자.

_____

_____

_____

2절. 말하기의 과정

> **이론** 말하기는 어떠한 과정으로 진행되는지 안다.
> **실제** 말하기의 계획과 준비에 따라 말하기를 수행하고 평가한다.

1. 말하기의 계획과 준비

글쓰기가 그러하듯이 말하기에도 다양한 종류가 있다. 둘 혹은 여러 사람과의 대화, 면접, 발표, 토의, 토론, 회의, 보고 등이 그것이다. 이렇듯 말하기의 종류는 다양하지만 말하기의 과정은 동일하게 전개된다. 크게 계획과 준비 단계, 말하기 단계, 평가와 반성 단계로 나뉜다. 그런데 대학과 사회에서 이루어지는 말하기의 대부분은 정보 전달이나 설득을 목적으로 하는 공적인 말하기인 '발표'에 해당한다. 따라서 성공적인 '말하기 단계'를 위해서는 반드시 치밀한 '계획과 준비 단계'가 있어야 한다. 20분 발표를 위해서는 100배 이상의 시간을 투자해야 한다고들 말한다. 마찬가지로 발표가 완료된 뒤에는 '평가와 반성 단계'를 가져서 또 다른 말하기의 성공 토양을 마련해야 한다.

(1) 말하기의 목적 선택

앞서 언급한 말하기의 여러 종류는 그 성격에 따라 설명, 설득, 보고, 환담, 친교로 유형을 나눌 수 있다. 설명적인 말하기는 지식과 정보의 전달, 그리고 전달된 지식과 정보의 이해에 주된 목적이 있다. 설명에는 정의·분류·예시·비교 등의 방법이 있다. 설득의 말하기는 화자의 의도대로 청자의 신념과 행동을 조정하고 변화시키는 데 목적이 있다. 감정적이든 이성적이든 청자의 생각과 태도를 변화시키고 나아가 화자의 의도에 맞는 행동을 청자가 하도록 권유하는 말하기이다. 보고의 말하기는 일의 경과나 사실 등을 정확하게 밝혀서 그것을 청자에게 알려주는 데 주된 목적이 있다. 특정

과제나 현황에 대한 조사·관찰의 결과를 일정한 형식에 따라 보고하는 것이 여기에 해당한다. 환담의 말하기는 재미있고 정다운 말을 해서 상대를 즐겁게 하는 오락적 목적을 지닌다. 웃음을 유발하는 유머가 이에 해당한다. 친교의 말하기는 원만한 인간관계를 유지하고 사교를 주된 목적으로 한다. 특정한 목적 없이 대인관계나 사회적 관계를 유지하기 위해 하는 대화가 여기에 해당한다.

이러한 여러 말하기 유형은 목적에 따라 그 방법이 달라지므로, 말하기에 앞서서 어떤 목적으로 어떤 유형의 말하기를 하는 것인지 파악할 필요가 있다. 물론 말하고자 하는 내용이 곧 목적을 의미하는 경우도 있으나, 목적의식이 뚜렷할 때 말하기가 효과적으로 전개된다. 특히 공공의 발표 등에서는 말하기가 종료된 뒤에 목적하는 바를 이루었는가에 따라서 성공 여부가 결정되므로 말하기의 목적을 분명히 하는 것이 필요하다.

(2) 화제와 주제 결정

화제(話題, topic)는 이야깃거리, 주제(主題, theme)는 한정된 화제에 화자의 중심 생각이 덧붙여진 것을 말한다. 화제와 주제를 결정할 때 주의할 점은 화자 스스로 잘 알고 있고 흥미 있는 것이어야 한다는 것이다. 화자 스스로 즐기지 못하는 주제를 정한다면 화자 자신은 물론이거니와 청자의 관심도 불러일으킬 수 없다. 부득이 화자가 잘 알지 못하는 내용을 발표하게 될 경우 더 철저하고 면밀한 준비가 필요하다.

(3) 청중과 정황 분석

말하기는 듣기와 짝을 이루는 의사소통 방식이다. 일방적인 말하기는 제대로 된 의사소통의 방법이라고 볼 수 없다. 따라서 말하기가 이루어지는 모임의 성격과 청중을 분석할 필요가 있다. 모임의 목적과 청중이 화자에게 기대하는 바를 우선 파악해야 하는데, 청중이 친교나 환담을 목적으로 모였는데 화자가 심각한 주제를 제시하는 것은 적절하지 못하기 때문이다. 아울러 청중의 관심사나 지적 수준, 기호, 성별, 연령, 직업, 인원수 등을 면밀히 파악해야 효과적인 말하기를 할 수 있다. 다음은 대기업 취업 설명회를 준비하면서 청중을 분석한 예이다.

① 소속 : ○○대학교 공과대학 기계공학과 4학년.

② 규모 : 약 50명.

③ 연령과 성별 : 대체로 26세. 대부분 남학생이며 여학생은 3명임.

④ 관심사 : 전공과 관련한 취업 정보, 학점 반영 방법, 면접 방법 등.

⑤ 기타 유의 사항 : 자격증 소지자가 대부분임. 대학원 진학 예정자도 있음. 영어
보다는 중국어에 관심을 많이 갖고 있음. 의도적으로 졸업을 미루고 휴학을
했던 학생들이 많음.

(4) 자료의 수집과 분류

주제를 펼쳐나가기 위한 소재로서 자료를 수집할 때는 개인적 경험, 면담, 서신과 설문지, 문헌 자료, 정보통신 자료 등을 모두 동원할 수 있다. 그러나 동일 주제일지라도 말하기의 목적과 청중의 특성에 따라 자료의 내용이 달라질 수 있다. 따라서 주제와 청중의 특성을 살펴서 수집된 자료를 취사선택해야 한다. 이때 유의할 점은 자료의 요건이 갖추어져 있는가 살펴야 하는데, 풍부하고 다양할 것, 객관적이고 공평할 것, 출처가 확실할 것, 주제를 뒷받침할 만한 힘을 가질 것, 청중이 관심과 흥미를 가질 것 등이다.

(5) 구성과 개요 작성

수집된 자료는 주제를 효과적으로 전달하기 위해 일정한 원칙에 의해 배열하는 구성의 단계를 거쳐야 한다. 구체적인 방법으로 시간 순서에 따른 구성, 공간 순서에 따

른 구성, 원인과 결과의 순서에 따른 구성, 문제와 해결의 순서에 따른 구성, 열거식 구성, 논리적 구성이 있다. 구성이 완료된 다음에는 개요를 작성하여 말하기의 짜임새를 갖추어야 한다. 특히 말하기의 개요는 '도입부-전개부-종결부'의 구조를 갖는다. 도입부는 간단한 인사와 말할 주제를 제시하고, 전개부는 말하고자 하는 구체적인 내용을 전달하고, 종결부는 간단한 요약과 마무리 인사를 하게 된다.

전개부의 내용은 우선 주요 요점을 대략적인 형태로 열거하고, 체계적으로 배열한다. 이어서 각각의 주요 요점에 구체적인 요점을 삽입해 배열한다. 각 요점에 관련되는 자료들을 적어 넣어 개요를 완성한다. 예를 들어 '환경 오염'이라는 주제로 말하기를 한다면, 주요 요점으로서 '환경 오염의 현황, 환경 오염의 원인, 환경 오염의 해결책'을 제시하고, 구체적인 내용으로 '환경 오염의 현황'에 '대기 오염, 수질 오염, 토양 오염, 기타'를, '환경 오염의 원인'에 '인식의 측면, 경제의 측면, 실천의 측면'을, '환경 오염의 해결책'에 '개인 차원, 시민 단체 차원, 정부 차원'을 설정하고 구체적인 자료를 넣으면 된다.

(6) 원고 작성

일상의 말하기와 달리 다수의 청중 앞에서 이루어지는 공식적인 말하기에서는 계획과 준비가 철저해야 하는데, 원활한 말하기를 위해서 원고를 미리 작성해 두는 것이 효과적이다. 미리 원고를 작성함으로써 말하고자 하는 내용이 충분히 담겨 있는지, 주어진 시간 내에 소화를 할 수 있는 분량인지 확인해 볼 수 있다. 이 단계에서 만약 부족하거나 틀린 부분이 있다면 보충과 수정이 가능하다. 이때 유의할 점은 원고가 말하기의 기초가 된다는 사실이다. 즉 원고에 사용된 단어가 너무 어렵거나 문장이 지나치게 길 경우, 이를 말하기로 옮기기에 부적절하다. 따라서 쉽고 정확한 단어를 사용한 명확한 문장이 되도록 원고를 작성한다. 아울러 애초에 분석하였던 말하기의 목적을 고려해서 문장의 어조를 정한다. 경우에 따라서 시각자료 등을 준비할 수도 있다.

(7) 구두 연습

원고가 작성되면 말하기 전에 미리 연습을 해 보아야 한다. 이때 내용의 전개는 자연스럽게 이루어지고 있는지, 표준 발음을 제대로 구사하고 있는지, 얼굴 표정이나 몸짓, 손짓 등을 적절히 활용하여 효과적으로 전달할 수 있는지를 점검해 보아야 한다. 보조 자료가 있다면 주제에 맞게 작성되었는지, 정해진 시간을 효율적으로 활용하고 있는지 등에 대한 점검도 놓치지 말아야 한다. 프레젠테이션이나 슬라이드 상연과 같이 기자재를 활용한 발표의 경우에는 더욱 만전을 기해야 한다. 기자재의 고장이나 오작동으로 당황하여 큰 실수를 할 수도 있기 때문이다. 또한 구두 연습을 하면서 작성된 원고의 내용을 모두 암기하여 실제 말하기에서 자연스러움을 유지할 수 있도록 한다.

공적인 말하기를 앞두고 지나치게 긴장한 나머지 실제 말하기를 망치는 경우가 종종 있는데, 이는 충분한 구두 연습을 거치지 않았기 때문이다. 구두 연습을 거치면서 화자는 말하기의 내용을 더 숙지할 수 있을 뿐만 아니라 자신감까지 얻을 수 있다. 따라서 말하기의 계획과 준비 단계에서 구두 연습을 반드시 거쳐야만 한다.

1. 자신의 생각을 표현하는 말하기를 위해 어떤 준비가 필요한지 생각해 보자.

2. 대중 앞에 나서서 자신을 소개하거나 자신의 생각을 발표할 때 가장 어려웠던 점은 무엇이었는지 생각해 보자.

3. 발표 전 불안 심리를 극복하는 좋은 방법은 어떤 것이 있는지 생각해 보자.

2. 말하기의 실연(實演)

말하기의 실연 단계에서는 계획과 준비 단계를 거친 화젯거리와 주제를 청자에게 전달하는 발화를 수행하게 된다. 여기에는 언어적 표현과 반언어적, 비언어적 표현은 물론, 자세나 태도까지 포함된다.

(1) 단계별 말하기

말하기는 도입-전개-종결의 단계를 거쳐 이루어진다. 도입 단계에서는 화자 자신과 화제를 소개하게 된다. 즉 본격적인 이야기에 앞서서 효과적인 내용 전달을 위해 준비하는 단계라 할 수 있다. 이 단계에서 화자와 청자가 비로소 접촉하게 되므로, 화자는 청자에게 공손히 인사를 하여 좋은 인상을 주는 한편으로, 청중과 모임 장소의 분위기를 재빨리 파악하도록 한다. 이어서 화제와 주제를 소개하여 청중이 본 내용에 집중할 수 있도록 한다. 이때는 청중의 주의와 기대, 흥미를 모아야 하므로 청중의 참여를 유도하는 것도 효과적인 방법이 될 수 있다.

전개 단계는 청중에게 이야기의 핵심, 즉 본론을 말하는 단계이다. 우선 주제를 제시하여 말하는 목적을 분명히 한다. 이때 화자 자신의 경험이나 청중과의 연관성을 함께 언급하면 주제가 보다 분명하게 전달될 수 있다. 이어서는 주제를 구체적으로 전개하게 되는데, 주장을 뒷받침할 만한 논거로서 예시와 설명, 또는 권위자의 학설과 이론, 통계와 수치 등을 끌어온다. 경우에 따라서 감성을 자극하는 일화 등을 삽입할 수 있다. 이 단계에서는 화자의 표현 능력이 최대한 발휘되어야 한다.

종결 단계는 말하기를 총괄하는 단계이므로 새로운 주장이나 이야기를 끌어들여서는 안 된다. 본론을 요약하거나 본론의 내용을 청중에게 강하게 각인시키는 것이 일반적이다. 이때 논점을 요약, 정리하는데 그치지 않고, 정서적인 반응을 유도할 만한 일화 등으로 마무리할 수도 있다.

(2) 말하기의 유의점

일상의 말하기와 달리 공적인 말하기에서는 몇 가지 유의할 점이 있다.

① 발음을 정확히 한다.

발음이 부정확하면 듣는 사람의 집중력을 기대하기가 어렵다. 청중이 열심히 귀를 기울여도 부정확한 발음 때문에 내용을 파악하기 어렵다면 그 말하기는 실패하게 된다. 같은 이유로 방언이라든지 은어 등 비표준어를 사용하여 말하기를 진행한다면 의사소통에 문제를 일으킬 소지가 있으므로 표준어와 표준 발음을 정확히 익혀 사용해야 한다. 또한 억양에 유의해야 하며 발표하고자 하는 내용 가운데 중요한 부분은 좀 더 크고 분명한 목소리로 전해야 한다.

② 얼굴 표정, 몸짓이나 손짓 등의 동작을 활용한다.

여러 동작들을 적절히 활용한다면 표현하고자 하는 내용을 좀 더 효율적으로 전달할 수 있으며, 듣는 사람의 집중도를 높일 수 있다. 또한 굳은 얼굴 표정보다는 밝은 표정으로, 변화가 없는 표정보다는 이야기의 내용에 알맞게 다양한 표정의 변화를 보이는 것이 좋다. 화자가 긴장된 표정을 짓는다면 발표 내용에 대한 권위를 인정받기 어려울 수도 있다. 강단에서 발표를 진행하는 경우 내내 같은 자리에 서 있는 것보다는 여유 있는 태도로 동선을 확보하는 것이 듣는 사람의 주의를 환기시킬 수 있는 좋은 방법이다.

③ 분위기를 장악해야 한다.

청중 앞에서 말할 때는 분위기를 한 곳으로 모아 장악하는 것이 중요하다. 물론 그렇다고 해도 위압적이거나 시종일관 엄숙해야 한다는 뜻은 아니다. 분위기를 장악하기 위해서는 듣는 사람에 대한 사전 분석을 철저히 해야 한다. 앞서 말한 바와 같이 청중의 관심사나 지적 수준, 기호, 성별, 연령, 직업, 인원수 등을 면밀히 파악하고 있어야 손쉽게 호응을 이끌어 낼 수 있기 때문이다. 또한 전달하고자 하는 내용뿐만 아니라 그와 관련된 다방면의 지식을 평소에 습득해 두는 일도 중요하다. 간혹 예상하지 못한 질문이나 답변하기 곤란한 질문을 받더라도 당황해서는 안 된다. 미처 준비하지 못한 내용에 관한 질문에 대해서는 솔직하게 모른다고 답변하는 것이 올바른 자세다. 그러나 이러한 상황을 방지하기 위해서는 사전에 철저한 준비를 해야 한다. 적절한 유머를 구사한다면 분위기를 여유롭게 이끌어 나갈 수 있다. 이를 위해 평소 효과적인 유머를 준비해 두는 것도 필요하다.

④ 바른 태도로 말한다.

사전 준비가 아무리 잘 되었다 하더라도 잔뜩 긴장한 목소리나 예의 없는 태도, 격식에 어긋나는 복장으로 발표를 한다면 듣는 사람이 신뢰하지 않을 것이다. 즉 발표할 때에는 여유 있고 정중하며 예의 바른 태도를 유지해야 하고 복장 또한 적합해야한다. 그리고 듣는 사람이 한 명일 경우에는 시선을 고정하고, 여러 명일 경우에는 두루 바라보는 방법이 좋다. 불필요한 동작이나 '에', '아', '어'와 같은 허사를 남발하지 않아야 한다.

⑤ 때로 청자를 향해 질문을 건넨다.

청중을 고려하지 않는 일방적인 발표는 제대로 된 의사소통 행위라고 볼 수 없다. 따라서 자신이 지금까지 전달한 내용이 올바르게 전해졌는지 확인하기 위해 듣는 사람에게 질문을 건넬 필요가 있다. 또한 지나치게 상세히 말하지 않았는지, 좀 더 설명이 필요한 부분은 없는지, 듣는 사람의 관심의 방향이 어느 쪽인지를 판단하고자 할 때에도 듣는 사람에게 직접 질문을 던지는 방법이 좋다. 그러나 지나친 질문은 말하기의 흐름을 깨뜨릴 수도 있으므로 유의해야 한다.

⑥ 시간을 적절히 활용해야 한다.

훌륭한 내용과 흥미로운 방법으로 청중의 만족도를 높인다 하더라도 시간을 적절히 안배하지 않으면 좋은 발표라고 할 수 없다. 주어진 시간보다 짧게 발표를 마치는 경우에는 성의 없다는 인상을 줄 것이며, 너무 길게 이어지면 지루해지기 십상이다. 주어진 시간 내에 발표하고자 한 주제를 제대로 소화하고 이를 잘 운용할 줄 아는 일은 짜임새 있는 발표의 가장 근본적이면서도 세련된 능력이다.

연습

1. 지금까지 인상적이었던 발표의 예를 세 가지만 들어보자.

2. 이 장에서 제시된 발표할 때의 유의점을 읽고 지금까지 자신의 발표가 어떠했는지 반성해 보자.

3. 말하기의 평가와 반성

평가와 반성 단계는 자신이 한 말하기의 내용은 물론, 말하기 방법이나 기술 등에 대한 평가와 반성을 하는 단계이다. 아울러 청자에 의해서 평가가 이루어지기도 한다. 평가와 반성을 거쳐 수집된 정보는 다음 말하기를 준비하는데 유용하게 활용될 수 있다.

이때 평가를 위해서는 일정한 기준이 필요하다. 평가 기준이 없거나 모호하면 같은 대상이라도 보는 각도나 시각에 따라 그 결과가 달라지기 때문이다. 최근에는 각 평가 항목을 설정하여 점수를 부여하는 방식이 이용되고 있다.

발 표 평 가 표

평가자 :   .

발표일 : 20   .   .   .

논제						
발표자						
조원 이름						
	평가 항목	⑤	④	③	②	①
구성	서론, 본론, 결론에 맞는 내용이 있는가?					
	서론, 본론, 결론의 형식과 체제가 내용에 적절한가?					
	서론, 본론, 결론의 전개에 맞는 근거를 제시하는가?					
내용	주제가 참신하고 흥미로운가?					
	내용 전개와 구성이 논리적인가?					
	발표자는 내용을 잘 이해하고 있는가?					
표와 그래프 그림	표나 그래프, 그림들이 주제와 연관되어 있는가?					
	표나 그래프, 그림 등 자료의 출처가 있는가?					
슬라이드 제작	철자나 문법이 틀린 곳은 없는가?					
	글자 크기는 적절한가?					
	슬라이드 한 쪽의 양이 적절한가?					
	슬라이드가 복잡하거나 단순하지 않고 적절한가?					
말하기와 발표 진행	자신감 있고 안정된 태도를 보이는가?					
	발음이 정확한가?					
	말의 빠르기와 목소리의 크기가 적절한가?					
	적절한 몸짓이나 손짓을 사용하는가?					
	기자재 사용 등 발표 진행이 매끄러운가?					
청중과의 교감	청중의 주의를 끄는가?					
	청중의 눈을 쳐다보면서 이야기하는가?					
	청중의 모든 질문에 잘 대답하는가?					
총점					/100 점	
총평						

6장

말하기의 실제

1절. 토의

> **이론** 토의의 정의를 알고 유의점을 안다.
>
> **실제** 한 가지 논제로 토의를 진행하여 합의하여 본다.

1. 토의의 정의

토의(討議, discussion)는 어떤 문제에 대해 여러 다른 의견을 가진 사람들이 그 문제에 대해 가장 합리적이고 타당한 최선의 해결안을 찾기 위해 의견을 모으는 '협조적인 화법'의 논증적 말하기이다. 여럿이 어떤 공동의 문제에 대한 최선의 해결 방안을 찾기 위해 협의하는 형식이다. 토의에 참여하는 사람들은 서로 협력하여 가장 좋은 해결안을 내놓으며, 협동의 사고 과정을 거쳐 발표를 실행한다. 이는 의견 교환을 통한 최선의 방안을 모색하는 것이다. 이는 사회자와 발표자 그리고 여기에 참여하는 청자의 역할이 조화를 이루어야 하는 민주적인 발표 형식이다. 이 발표 형식의 구성 요소인 사회자와 발표자 그리고 청자는 다음과 같은 점에 유의해야 한다.

① 사회자의 가장 큰 역할은 중재이다.

토의에서 가장 중요한 역할을 하는 사람은 누구보다도 사회자라고 할 수 있다. 여러 사람의 다양한 의견을 효과적으로 조율해야 한다는 측면에서 매우 중요하기 때문이다. 그러므로 우선 사회자는 주제에 대한 지식과 정보를 많이 갖고 있어서 논의가 엉뚱한 방향으로 흐르는 것을 적절히 제어하고, 이어 바람직한 결과를 도출할 수 있도록 유도해야 한다. 토의에 참석한 발표자가 골고루 발언할 수 있도록 배려하면서 청자의 관심도 역시 잘 살펴야 하는 유연성을 발휘해야 한다. 한쪽으로 치우친 생각으로 균형 감각을 갖추지 못하는 사람은 사회자로서 적합하지 않은 사람이다. 임기응변에 강하고 유머 감각도 있어야 하며 논의 과정에서 충돌하는 의견을 적절히 잘 아우르는 능력도 필요하다. 무엇보다도 토의의 목적과 주제를 정확하게 잘 알고 있으면서 다른 사람의 의견을 존중하고 배려하는 예절도 갖추고 있어야 한다.

② 발표자는 참신하고 흥미로운 내용으로 청자의 관심도를 높여야 한다.

발표자는 많은 자료를 준비하고 성실하게 검토해서 주제에 맞으면서도 흥미로운 내용으로 발표에 임해야 한다. 실제 발표할 경우에는 발화 상황에 어울리는 알맞은 어조와 문체, 목소리의 크기와 빠르기, 적절한 표정과 동작을 활용하도록 하며 청자로부터 질문을 받았을 경우에는 정중하고 예의 바르게 답변해야 한다. 만약 자신이 발표한 내용을 다른 발표자나 청자가 잘못 이해하고 논의와 어울리지 않는 질문을 했을 경우에라도 이에 대하여 난색을 표현하거나 직접적이고 공격적인 반박을 하는 것은 옳지 않다.

③ 청자 또한 토의의 중요한 구성원으로서 토의 주제에 관한 기본적인 지식이나 정보를 알고 있어야 한다.

관심이나 흥미 혹은 문제의식을 갖고 있지 않은 청자는 발표에 대한 주의를 기울이기 어렵다. 그러므로 청자도 토의에 참여하기에 앞서 미리 발표 주제와 발표자에 대해 알아두는 것이 좋다. 또한 발표자가 자신이 미리 갖고 있던 생각과 다른 내용을 말하더라도 이를 주의 깊게 듣는 진지한 자세가 우선 필요하다. 만약 이견이 있을 경우에는 메모를 해 두었다가 발표를 모두 마치고 질문 시간이 주어졌을 때 자신의 생각을 개진하는 등 발표 분위기를 방해하지 않으면서도 적극적으로 참여하는 것이 바람직한 청자의 태도이다.

이처럼 토의에서 사회자와 발표자 그리고 청자의 역할이 균형을 잘 이루었을 때 활발하고 민주적인 발표가 가능하다. 이러한 의견 교환의 과정은 여러 가지 형식이 있는데 그 종류마다 형식이 약간씩 다르므로 이를 구별하고 익혀 둘 필요가 있다.

2. 토의의 진행 기술

① 중립 유지

토의 진행자는 토의 과정만 충실하게 관리하고 논제에 대한 의견 제시는 하지 않는다. 자신의 의견을 관철시키려고 하는 진행자는 사람들에게 신뢰를 주지 못한다.

② 적극적 경청

진행자는 발언자의 말을 항상 진지하게 들어주어야 한다. 말하는 사람의 눈을 바라보고, 잘 듣고 있음을 알려주기 위해 재진술도 가끔 해 준다. 중간중간 듣고 있다는 표시를 해 준다.

③ 질문

질문은 토의 진행자에게 있어서 가장 중요한 도구다. 진행자는 적시에 적절한 방식으로 여러 가지 정보를 얻어낼 수 있는 탐색적인 질문을 할 수 있어야 한다. 진행자가 좋은 아이디어를 가지고 있다면 질문 형태로 사람들에게 알려줄 수도 있다.

나쁜 질문	좋은 질문
무슨 말을 하고 싶은 거죠?	어느 부분에 말씀하신 의견의 포인트를 두고 있습니까?
왜 실패했습니까?	무엇 때문에 실패로 이어졌다고 생각하십니까?
왜 할 수 없습니까?	무엇이 목표를 실현하는 데 장애가 되고 있다고 생각하십니까?

④ 아이디어 수집과 종합

토의 진행 중에 아이디어가 제안되면 기록해서 모두가 볼 수 있도록 한다. 아이디어를 모든 사람들이 이해할 수 있도록 간단명료하게 써 주면 참여자들이 토의의 진도를 쉽게 따라갈 수 있다. 아이디어를 적을 때는 비슷한 것끼리, 상충되는 것끼리, 포함되거나 포함할 수 있는 것끼리 구조를 만들어서 적는다.

⑤ 기타

토의가 진행되면서 논제에서 벗어난 발언이 오간다면 논제에서 벗어났다는 사실을 바로 주지시켜야 한다. 또한 토의 과정에 갈등이 고조될 수 있는데 이에 대한 대처도 필요하다. 갈등을 피해 주제를 바꾼다거나, 사람들에게 상대방의 견해에 좀 더 포용력을 갖도록 요청할 수도 있다. 혹은 양극단의 견해 사이에서 중간 지점을 찾을 수도 있다.

1. 사회자로 토의에 참석하게 되었다. 어떤 자세로 임해야 할지 생각해 보자.

_____

_____

_____

_____

_____

2. 토의하기에 적절한 주제를 찾아 5가지 이상 적어 보자.

_____

_____

_____

_____

_____

_____

2절. 토론

··

이론 토론과 토의를 이해하고 이 둘의 차이를 구분한다.

실제 여러 가지 방식의 토론을 해 본다.

1. 토론의 정의와 윤리

(1) 토론의 정의와 의의

토론(討論, debate)은 어떤 문제에 대해 서로 이견을 가진 사람들끼리 자신의 의견이 더 타당하고 옳다는 것을 입증하기 위한 발표의 한 형식이다. 자신의 타당성을 입증하기 위해 '논증적인 말하기 형식'을 띠게 되는데, 이렇게 보면 넓은 의미에서 토의의 일종이라고 말할 수 있다. 그런데 토론은 하나의 문제에 대해 서로 다른 의견을 가진 사람들끼리 찬성과 반대의 대립 상태에서 자신의 의견이 상대의 의견보다 타당함을 입증하는 '논쟁적 화법'의 논증적 말하기 방식이다. 따라서 토론은 자신의 의견을 보다 적극적, 논리적으로 전개하고 상대의 논리적 오류를 공략함으로써 상대방을 설득하는 것이다. 토론은 다른 말하기 형식보다 전략적인 방법과 논리성에 의한 훈련, 그리고 토론의 흐름을 잘 이해하여 핵심에 맞는 방어와 대처, 공격을 하는 등의 다양하고 순발력 있는 발표의 기술을 필요로 한다.

토론은 민주시민의 자질을 향상시키는 매우 중요한 능력의 하나로서 비판적인 사고를 배양시키고 타인과의 교섭 능력을 증대시키는 등 현대인에게 더욱 필요한 말하기 형식이다. 최근 신입사원을 채용할 때 토론 주제를 제시하고 지원자들끼리 찬반 의견을 주고받으며 토론하는 과정을 보며 점수를 주는 경우도 많아지고 있다. 즉 면접에서 집단 토론의 장을 마련한 뒤 개인이 가진 역량을 평가하는 방식을 취하고 있는 것이다. 집단 토론 안에서 개인의 논리력이나 표현력을 평가하면서 전문적 능력이나 팀원들 간의 조정 능력을 살피기도 한다. 나아가 토론의 전 과정을 통한 인성 및 성품도 평가의 항목으로 놓고 있으니 토론에 관한 이론을 숙지하고 실제 연습을 많이 해 보는 것이 좋다.

(2) 토론 윤리

토론에서는 무엇보다 윤리가 중요하다. 토론은 사고, 읽기, 듣기, 표현, 쓰기의 의사소통의 모든 요소가 포함되어 있다. 토론의 성격상 자연스럽게 의견 대립이 있다. 그러나 의견의 대립을 넘어 대결로 이어지는 것은 곤란하다. 참여자들은 토론에 임하기 전 윤리적 사안을 숙지해야 하며 윤리적 허용 범위 안에서 경쟁을 해야 한다. 토론은 논리적 구성만큼 예절과 상대에 대한 존중이 중요한 말하기이다. 토론의 윤리적 관점을 정리해 보자.

① 의사 표현이 자유로울 수 있도록 개방적이고 관용적 태도를 갖는다.
토론에서 제시하는 내용에 대해 사고와 가치가 개방적이어야 한다. 쟁점 해결을 위해서 가능한 모든 생각과 사고를 표현할 수 있는 장이어야 하기 때문이다. 상대의 생각과 사고를 합리적인 근거 없이 비판하는 행위를 삼가고 자신의 주장이 절대적으로 옳다는 생각을 버려야 한다. 상대의 주장이 더 합리적이라면 이를 받아들이는 태도를 가질 때 인격적으로 성숙할 수 있을 것이다.

② 토론의 목적은 반드시 서두에 밝혀준다.
무엇에 대한 토론인지 그리고 왜 토론하는지를 서두에서 정확히 밝혀둔다면 토론에 참여하는 토론자들이나 청중들의 이해를 쉽게 할 수 있으며, 개인의 사전 경험들을 미리 충분히 끌어올 수 있으므로 더욱 흥미로운 토론을 이끌어낼 수 있다. 토론의 목적이 앞서 명백하게 주어진다면 토론 과정에서 소모적인 논쟁을 최소화할 수 있다.

③ 서로 격려하고 존중하는 분위기를 만들어야 한다.

토론은 입장이 다른 토론자들이 상호 충돌할 가능성이 많으므로 무엇보다 상대의 발언 내용을 귀 기울여 듣고 다른 입장에 대하여 충분히 존중하는 태도를 취한 후 이에 대한 반론을 감정이 아닌 논리성에 의해 펴는 것이 가장 기본이 되는 태도이다. 상대의 논리적 허점에 대한 논박이 아닌 감정적 인신공격은 어떠한 경우에도 정당화될 수 없다는 것을 명심하자.

④ 토론에 참여한 패널들의 발언 기회는 균등하게 제공되어야 한다.

정해진 시간과 순서대로 발언할 수 있도록 해야 하며, 어느 한 쪽이 처음부터 우선권을 갖거나 장악력을 선취하여 토론의 균형이 깨지는 일이 없도록 해야 한다. 사회자는 자신의 의견과 같은 쪽에 더 많은 발언 기회와 시간을 주는 등의 불공정한 진행을 해서는 안되며, 균형이 깨졌을 시에 사회자는 유연한 능력으로 이에 대처해야 한다.

⑤ 사회자의 진행이 순조로울 수 있도록 도와야 한다.

토론은 논쟁점이 분명한 말하기의 한 형식이므로 그 과정에서 긴장감이 야기되는 것은 피할 수 없는 일이다. 감정을 자극하거나 인신공격에 가까운 발언은 피해야 하며 사회자의 진행 과정에 적극적으로 협조하면서 토론의 과정에 조화롭게 동참해야 한다.

⑥ 토론 주제는 공공성과 공익성이 있어야 한다.

토론은 공공의 장소에서 펼쳐지는 언어 행위이다. 그러므로 편견을 갖고 특정 계층이나 집단을 폄하하거나 상대의 감정을 자극하는 것을 목적으로 하는 비속어 사용은 자제해야 한다.

2. 토론의 절차

토론하기의 준비 과정을 살펴보면 '논제의 설정 - 자료 수집 - 구상 및 개요 작성 - 초안 작성 및 집필 - 구두 연습'으로 나누어 볼 수 있다. 토론은 전문적인 지식과 논리적 능력이 보다 더 요구되느니만큼 철저한 준비 과정을 갖추어야 한다. 특히 초안을 작성하고 집필하는 과정에서 논리적으로 오류를 범하지 않도록 체계적으로 준비하는 과정이 무엇보다 중요하다. 초안 작성은 논리를 전개하는 방법과 관련이 깊기 때문에 뒤에서 별도로 내용 구성 방법을 소개하고, 이 절에서는 개요 작성 단계까지 살피기로 한다.

(1) 논제 선정

① 적절한 쟁점을 선택한다.

토론의 주제는 찬성과 반대로 의견이 나뉘질 수 있는 것으로 정한다. 그러면서 논제의 배경이 되는 쟁점이 시의성, 공공성의 조건을 충족시켜야 한다. 찬성과 반대로 의견이 나뉘질 수 있는 주제를 택하는 것은 토론의 기본 조건이다. 예를 들어 주제가 '전쟁을 활성화해야 한다.'라면 이 안건에 대해 찬성하는 쪽은 있을 수가 없어 토론의 주제로는 부적합하다.

시의성은 현재 논란 중인 사안을 다루어야 한다는 말이다. 호주제 존폐 논란은 2004년에는 현안이었지만 지금은 이미 입법상의 갈등이 종료된 안건으로 참여자들의 관심을 끌기 어렵다. 공공성은 논란 중인 사안이 공공의 문제와 관련된 것이어야 함을 말한다. 어느 특정 집단만 관심이 있는 안건은 배제되어야 한다.

② 쟁점을 문장으로 만든다.

적절한 쟁점을 선택했다면 이제 그것을 토론을 위한 문장으로 만드는 작업이 필요하다. 논제를 문장으로 만드는 작업의 요령은 다음과 같다. 첫째, 구체적인 사안에 대해 하나의 중심 질문만을 던져야 한다. 갈등 당사자들은 개입된 정도에 따라 다양한 쟁점들을 생성시키지만, 그 가운데서도 가장 뚜렷하게 대립하고 있는 지점을 찾아내야 한다.

둘째, 논제는 현 상황을 변화시키려는 쪽의 주장을 중심으로 제시하되 긍정문으로 제시한다. 즉, 찬성 쪽의 입장을 문장으로 만든다. 현 상황에 불만을 가진 측의 문제 제기가 없다면 토론은 성립하지 않을 것이다. 그러므로 문제를 인식한 쪽이 사태를 변화시키고자 하는 논제를 제출했을 때 비로소 토론은 시작된다.

셋째, 논제는 중립적인 언어 표현으로 되어 있어야 한다. 찬성 측의 편견이 개입된 표현은 반대 측의 토론 불참을 유도하거나 토론의 신뢰성을 훼손할 수 있다. 예를 들어, '반인륜적 사형 제도, 폐지해야 한다.'와 같은 표현을 쓴다면 이를 반대하는 사람은 '반인륜적 행위'를 옹호하는 사람이 되어 논제 문장으로 적합하지 않다.

(2) 자료 수집

설득력 있는 논거를 제시하기 위해서는 자료 조사가 필수적이다. 자료를 수집하기 전에, 이 토론에서 쟁점이 되는 용어나 개념의 의미는 무엇인지, 이 토론을 유발한 직접적인 원인은 무엇인지, 토론에 참가하는 사람은 누구인지, 이 주제와 관련된 기존의 신념이나 정책은 무엇인지, 새롭게 제안된 신념이나 정책은 무엇인지 등에 대해 먼저 생각해 보고 이에 대한 답을 구할 수 있는 자료들을 수집한다.

자료 선택에 있어서도 주의할 점이 있다. 개인적 경험이나 관찰은 객관적이기 힘들고 대표성도 없기 때문에 신중해야 한다. 권위자의 의견은 보통 검증 없이 논거로 선택하는 경우가 많은데 권위자 또한 해당 논점에 대해 편파적이지 않은지 살펴보아야 한다.

(3) 토론 개요 작성

토론 개요는 논제에 대해 논점, 논거, 증거들이 무엇인지를 포괄적으로 제시하는 논리적 지도이다. 따라서 토론 개요를 작성할 때에는 단순히 찾은 자료들을 취합하는 것이 아니라, 그 자료들을 논리적 맥락에 따라 분류하고 종합해야 한다.

토론 개요는 논점을 중심으로 작성하되, 특정한 논거가 갖는 전제와 그 논거를 지지하는 증거들이 분명하게 드러나도록 하고, 이를 완전한 문장으로 표현한다. 완전한 문장은 어떤 주장과 그 주장을 지지하는 이유가 무엇이며, 타당한 것인지를 분명하게 보여 주며, 그것들 사이의 논리적 관계가 적절한지를 결정하도록 해 준다.

중요도가 비슷한 항목은 같은 수준에 배열한다. 예를 들어 찬성 측의 입장이라면 찬성의 중요한 이유들은 각각의 논점들에 있어서 같은 수준에 놓여야 하며, 논점을 지지하는 증거들과 섞이거나 혼동되면 안 된다. 논리적 종속 관계에 있는 항목들은 그 종속 관계를 따져서 배열한다. 하위 항목에 놓이는 것들은 상위 항목이 왜 참이고 받아들여져야 하는지를 설명하는 것이어야 한다. 위에 설명한 모든 논증은 주장을 분명하게 지지하는 증거만을 포함시켜야 한다.

3. 토론의 화법 전략

(1) 사회자의 화법

사회자는 토론의 주제와 관련한 논점을 분명히 드러내고 논쟁이 될 만한 문제가 충분하고 심도 있게 논의됨으로써 원활하고 효율적인 토론이 이루어지도록 하는 데에 매우 중요한 역할을 한다. 토론 과정에서 사회자는 상황에 따라 조정과 촉진의 역할을 번갈아 가며 수행해야 한다. 그렇다면 사회자가 갖추어야 될 능력은 무엇인가? 사회자에게 요구되는 역할을 다음과 같이 5단계로 나누고 각 단계에 맞는 진행 기법을 연마하자.

1) 사전 준비 단계

철저한 사전 학습 후 가상 시나리오를 구성한다. 원활하고 효율적인 토론 진행을 위해 사전에 토론의 주제와 내용을 충분히 이해한다. 가능하다면 자료 조사, 사전 인터뷰 등을 통해 토론에 참여할 토론자들의 경력, 성향 등을 파악하는 것도 사회를 보는 데에 도움이 될 수 있다. 하지만 이때 토론자 개개인에 대한 선입견이나 편견을 갖지 않도록 유의해야 한다.

사전 학습을 바탕으로 토론의 '가상 시나리오'를 구성한다. 가상 시나리오의 내용은 토론자가 준비 과정에서 작성하는 '토론 요약서'와 유사하지만, 세부 내용별로 '주장', '문제 제기', '반박', '정리' 등이 이어지는 흐름을 예상하여 구성해 본다.

예) 긍정 측 주장 → 부정 측 문제 제기 → 부정 측 주장 → 긍정 측 문제 제기 → 부정 측 반박 →
긍정 측 반박 → 부정 측 정리 → 긍정 측 정리

다음으로, 가상 시나리오에 맞는 '진행 방식'을 결정한다. 토론의 주제나 목적에 따라 단지 쟁점을 드러내 확인하는 방식이 될 수도 있고, 찬반의 승부를 가리는 방식이 될 수도 있다. 또한 방청자의 참여를 허용할 수도 있고, 공식 토론자들만의 토론으로 제한할 수도 있다.

2) 도입 단계

일반적으로 주제에 대한 소개를 가장 먼저 하지만, 상황에 따라 순서를 바꿀 수 있다.

> 인사말과 사회자 소개 → 주제 소개 → 진행 방식 소개 → 토론자 소개

인사말과 사회자 소개를 한 후 주제를 소개하는데, 주제의 선정 배경과 의의, 목적 등을 함께 소개하는 것이 토론 참여자들의 토론 주제 이해를 위해 좋다. 토론 순서, 소주제별 구성, 토론 시간 등 진행 방식을 소개하여 참여자들이 우왕좌왕하지 않도록 돕고 토론자의 이름, 소속, 경력 등을 소개한다.

3) 전개 단계

주어진 논제에 대한 토론 참여자들의 인식을 확인하고 그 인식을 서로 공유한다. 논제와 관련한 내용적, 시간적, 공간적 범위를 확정하여 토론이 본래의 의도와 목적에서 벗어나지 않도록 유도한다. 정해진 시간과 형식 내에서 각 토론자에게 첫 번째 발언의 기회를 주어 주제와 관련한 논점과 입장을 표명하게 함으로써 본격적인 토론을 이끈다.

4) 논쟁 단계

서로 다른 의견과 입장을 교차시키면서 쟁점이 되는 부분을 부각시킨다. 핵심 쟁점과 관련 쟁점을 구별하고 전자에 집중할 수 있도록 유도한다. 논쟁의 결과를 쟁점별, 입장별로 요약·정리하고 토론자에게 이를 확인한다.

5) 종결 단계

앞선 논의 과정에서의 쟁점을 압축하여 비교하면서 각 입장의 공통점과 차이점을 검토하여 이견을 좁히는 방안을 모색하고 더 나아가 토론의 목적과 의도에 근거하여 주요 합의점 등의 전반적 성과를 제시한다. 각 토론자에게 자신의 토론을 마무리할 수 있는 기회를 부여하고 토론 종료 이후에 남는 문제들을 향후 과제로 설정하여 제시한다.

(2) 논증의 방법

토론에서는 다른 사람에게 자신의 주장이 정당함을 납득시켜야 하고 그것을 위해서는 주장의 근거를 밝혀야 한다. 분명한 주장과 합리적 근거를 제시하는 논리적 증명의 과정이 바로 '논증'이다. 논증 과정이 분명하고 합리적일수록 설득력이 커지는 것은 물론이다. 설득력 있는 논증에 필수적으로 요구되는 요소들에 대해 알아보자.

1) 합리적 전제 설정과 논리적 모순 제거

논증은 기본적으로 내용의 전개에 모순이나 비약이 없고 일관성이 있어야 하는데, 이를 위해서는 어떤 전제에서 출발하여 논리적인 증명을 통해 결론에 이르는 일련의 과정이 필요하다. 여기서 올바른 논증이 되려면 전제가 분명하고 타당해야 한다. 합리적이지 못한 전제를 설정할 경우, 명확한 논증이 이루어지지 않거나 잘못된 논증이 되어 설득력을 잃게 되기 때문이다.

또한 토론은 자기주장을 논리적으로 증명해 가는 과정이다. 그 논리에는 어떠한 모순도 없어야 하며, 처음부터 끝까지 일관성을 가져야 한다. 논리적 모순이 조금이라도 눈에 띌 경우, 객관적 근거와 상관없이 그 논증의 설득력이 크게 떨어진다는 점에 유의한다.

2) 객관적 근거 확보와 논제의 초점 유지

자기주장이 설득력을 갖기 위해서는 그것을 뒷받침할 수 있는 근거가 객관적 사실에 입각하고 보편타당성을 지녀야 한다. 만약 주장의 근거가 개인적 경험이나 소수의 상황을 성급하게 일반화한 것일 경우, 다른 경험이나 상황에 근거한 반론에 취약해질 수밖에 없기 때문이다.

논증은 토론에서 애초에 다루고자 했던 문제의 초점에서 벗어나지 않아야 한다. 토론의 주제와 직접적인 관련이 없는 내용은 자기주장의 설득력을 감소시킬 뿐만 아니라 토론의 기본 목적을 흐리고 성과를 훼손시키기 때문이다.

3) 사실과 의견의 구별과 체계적 관계 표현

주장의 근거를 제시할 때에는 사실과 의견을 분명히 구별하여 표현하여야 하고, 사실의 제시인 경우에는 개인의 감정이나 선호를 배제하는 것이 필요하다. 또한 인과, 나열, 예시 등과 관련된 내용은 그 관계를 분명히 드러내 줄 수 있는 표현을 체계적으로 사용해야 한다.

(3) 반박의 방법

1) 논리의 허점 비판

상대측이 제시하는 사실 자료가 주장의 근거로 이용되는 데에 문제가 없는지를 검토하고, 주장과 근거 사이의 모순, 주장에 반하는 사실 자료 등을 제시하여 상대 측 주장의 근거 부족을 비판한다. 상대측 주장의 근거로 제시되는 사실에 대해 그것이 과학적이고 객관적이라고 인정할 수 있는지, 사실 자료는 해당 분야의 신뢰할 만한 전문가가 만든 것인지, 사실 조사의 방법이나 기간, 질과 양 등이 적절한지 등과 같은 질문을 던져 보고 이에 대한 답변이 부족하다고 생각되는 부분을 집중적으로 비판한다.

2) 부적절한 표현 비판

상대측에서 토론에 어울리지 않거나 지나친 표현 방식이 나타날 때 그 사용의 부적절성을 비판한다. 첫째, 부적절한 비유법을 사용하고 있는지 살핀다. 비유는 그 본질상 걸맞지 않은 부분이 있게 마련이므로 반증이 될 만한 사실을 제시하면서 비판한다. 둘째, 비객관적 통계 수치를 제시하지는 않았는지 살핀다. 제시되는 통계 수치가 조사자의 의도가 개입되지 않고 적절한 방법과 과정을 통해 얻어진 것인지 검토하여 문제점을 비판한다. 셋째, 아전인수적 속담과 격언의 인용에 대응한다. 속담과 격언은 대부분 그 반대의 측면을 표현하는 것이 있게 마련이다. 논리적으로 대응하기보다는 반대가 되는 속담과 격언으로 응수하는 것이 효과적이다. 넷째, 과장된 표현이 있는지 살펴 지적한다. 자기주장을 관철시키기 위해 과장된 표현으로 단정을 내리거나 인정에 호소하는 경우, 감정적으로 격앙되어 거칠고 점잖지 못한 표현을 사용하는 경우에는 그 부당함을 적시하고 비판한다.

1. 토의와 토론의 차이점을 말해 보자.

_____

_____

2. 토론하기에 적합한 주제를 5개 이상 정해 보자.

_____

_____

_____

3. 위에서 정한 주제 중 하나를 선택하여 다음에 대해 생각해 보자.

(1) 토론에서 사회자가 되었다고 가정하고 진행을 하기 위한 개요를 작성해 보자.

_____

_____

_____

(2) 찬성의 입장에서 주장과 논거를 적어 보자.

_____

_____

_____

(3) 반대의 입장에서 주장과 논거를 적어 보자.

_____

_____

_____

3절. 프레젠테이션

이론 프레젠테이션의 정의와 진행 방법을 안다.
실제 파워포인트를 활용하여 프레젠테이션을 해 본다.

1. 프레젠테이션의 정의와 의의

우리는 살아가면서 다양한 설명의 상황에 접하게 된다. 설명은 청자가 잘 알지 못하는 사실에 대해 구체적인 지식과 정보를 제공하거나 더 나아가 청자가 그 정보를 바탕으로 어떤 결정까지 내릴 수 있도록 하는 말하기이다. 이 장에서는 설명적 말하기의 유형 가운데에서 전자 정보화 시대에 그 중요성이 증대되고 있는 '프레젠테이션(presentation)'에 대해 집중적으로 알아보고자 한다.

프레젠테이션을 간단하게 정의하면 '시각적이고 청각적인 설명적 말하기'이다. 여기에서 '시각적이고 청각적'이라는 것은 일반적 말하기에 더해 설명에 필요한 어떤 매체들을 이용한다는 것을 뜻한다. 프레젠테이션은 원래 '광고 대행업자가 광고주에게 광고 계획서를 제출하거나 설명하는 행위'를 말하는 용어였다. 그러나 이러한 설명 방법이 화려하면서도 청자의 이해를 돕는 데 유리하다는 인식이 확산되면서 다양한 분야에서 설명적 말하기에 프레젠테이션 형식을 적용하게 된 것이다.

프레젠테이션은 크게 두 가지로 대별해 볼 수 있는데 그 하나는 정보를 전달하거나 이해를 돕기 위한 '정보 전달형' 프레젠테이션이고, 다른 하나는 동의를 얻고 행동하도록 동기를 부여하거나 설득할 목적으로 이루어지는 '설득형' 프레젠테이션이다. 뒤에서 자세히 다루겠지만 일반적으로 프레젠테이션은 어느 한 가지 유형만으로 이루어지는 경우보다 설명을 통한 설득을 추구하는 경우가 훨씬 더 많다. 세미나나 학회의 발표, 수업시간에 하는 발표 등은 설명적 말하기의 성격이 강하지만, 회사에서의 브리핑, 사업 제안 및 보고, 회의에서의 발표 등은 설명과 설득을 동시에 추구하는 말하기의 형태라고 볼 수 있다.

프레젠테이션을 효과적으로 수행하는 일은 정보를 알기 쉽고 정확하게 전달하는 것을 넘어, 어떤 일에 대해 지도력을 발휘하여 직원과 동료들을 행동으로 이끄는 일이 된다. 그래서 결과적으로 그들로부터 신뢰와 존경을 받을 수 있도록 하는 매우 유용한 말하기 능력 중 하나이다.

2. 프레젠테이션의 원리와 방법

효과적인 프레젠테이션으로 성공적인 의사 결정을 돕기 위해서는 반드시 사전에 여러 가지의 철저한 준비 과정이 필요하다. 성공적인 프레젠테이션을 위한 과정은 다음과 같이 5단계로 나눌 수 있는데, 아래에서는 각 단계별로 구체적인 내용과 방법을 살펴보기로 하자.

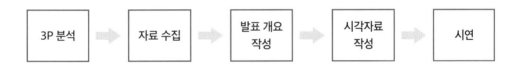

(1) 3P 분석

성공적인 프레젠테이션을 위해 우선되어야 할 것은 3P에 대한 철저한 분석이다. 여기서 3P란 '청중(People)', 프레젠테이션의 '목적(Purpose)', 프레젠테이션이 이루어지는 '장소(Place)'를 의미한다. 이들은 프레젠테이션의 가장 중요한 기본 요소들이다.

1) 청중(People)에 대한 분석

프레젠테이션에서 가장 중요한 것은 발표자가 말하고 싶은 것을 이야기하는 것이 아니라 청중이 듣고 싶어하는 것을 말해야 한다는 점이다. 따라서 청중 분석이 가장 중요하다고 말할 수 있다. 청중에 대해 면밀히 분석한다면 프레젠테이션의 방향과 수준을 결정하는 데 상당한 도움이 된다. 청중 분석에는 청중의 목적, 지식 수준, 흥미도, 그리고 청중의 수 등이 포함된다.

먼저 청중이 어떤 목적을 가지고 있는가는 청중이 무엇을 위해서, 혹은 무엇을 얻으려고 나의 발표를 듣는가에 대해 파악하는 것이다. 청중의 목적이 파악되면 청중을 위해 프레젠테이션에서 무엇을 말해야 하는지에 대한 답, 즉 프레젠테이션에서 다루어야 할 내용이 자연스럽게 정해진다.

다음으로 청중이 전문가인지 일반인인지 아니면 전문가와 일반인이 섞여 있는지를 고려하여 프레젠테이션의 내용을 선정해야 한다. 청중의 수준을 알게 되면 발표자는 청중에게 무엇을 보여 주어야 하는지, 어떤 부분을 강조하고 어느 수준까지 들어가야 되는지, 어떤 부분을 생략해야 되는지를 미리 계산할 수 있게 된다.

청중의 숫자를 고려하는 것도 무시해서는 안 될 사항이다. 작은 규모의 청중보다는 큰 규모의 청중이 더 집중하기 어려운 것이 사실이다. 따라서 청중의 규모를 미리 파악하면 프레젠테이션의 주제를 어떻게 말해야 할지, 어떻게 보여 주어야 하는지에 대한 윤곽이 잡힌다.

2) 목적(Purpose)에 대한 분석

목적 분석은 프레젠테이션의 출발점이다. 어떤 내용을 제시할 것인가에 해당하는 '무엇', 프레젠테이션을 실시하는 이유에 해당하는 '왜', 설득을 통해 얻고자 하는 '결과'를 명확하게 정리하고 계획해야 한다. 일반적으로 청중의 처지와 특성에 따라 프레젠테이션의 목적은 다음과 같이 크게 세 유형으로 구분할 수 있다.

<표 6.2> 프레젠테이션의 목적과 유형

청중의 요구 및 목적	프레젠테이션의 유형	최종 목표
알고 싶은 욕구	정보 전달	지식 및 정보의 이해와 습득

| 판단 근거의 확보 | 설득 | 의사 결정 및 합의 |
| 목표 달성의 욕구 | 동기 부여 | 실천적 행동 유도 |

프레젠테이션에서 정보를 잘 전달하기 위해서는 어떤 특성을 갖춰야 하는지, 설득을 더 잘하기 위해서는 단순히 정보만 전달할 때보다 어떤 요소가 더 필요한지 등을 잘 파악해 두는 것이 중요하다. 실제 프레젠테이션의 목적이 정보 전달과 설득, 동기 부여 중 어느 것에 더 비중이 있는가에 따라 발표에 꼭 필요한 설명 방법이 무엇인지가 달라지고 그것을 중점적으로 준비할 수 있기 때문이다.

3) 장소(Place)에 대한 분석

청중에 대한 분석 및 그들의 목적에 대한 분석을 철저하게 하여 완벽한 내용의 프레젠테이션을 준비했다고 모든 준비가 끝나는 것일까? '만약 준비해 간 프레젠테이션 파일의 프로그램이 발표 장소의 기기에서 호환되지 않는다면? 화면이 나타나지 않거나, 조명 때문에 스크린의 내용이 잘 보이지 않는다면? 파일이 손상되어 사용할 수가 없다면? 생각보다 발표 장소의 크기가 너무 작거나 크다면?' 등등 예상치 못한 상황에 처할 수 있는 변수는 너무나 많다. 프레젠테이션이 이루어지는 공간 및 환경에 대한 고려가 얼마나 중요한지를 새삼 느낄 수 있는 대목이다.

발표 장소의 기계적 장치에 따라 프레젠테이션 슬라이드 제작에 사용하는 프로그램이 달라져야 한다. 또 발표 장소의 크기에 따라 화면의 배경색이나 글자색, 글자 크기, 시각 자료의 선명도 및 크기, 청각 자료의 최대 볼륨 크기 등이 모두 달라진다. 또한 프레젠테이션 슬라이드의 각종 효과도 세밀하게 줄 수 있는 경우와 큰 동작만 설정할 수 있는 경우가 달라진다.

따라서 프레젠테이션을 위해 사전에 발표 장소의 기계적 장비는 물론이고, 좌석 배열과 단상의 위치, 스크린의 위치, 조명의 밝기 등을 꼼꼼히 살펴야 한다. 더 나아가 토의 형식으로 진행하는지, 설명 형식으로 진행하는지에 따라서도 좌석의 배치는 달라질 수 있기 때문에 이러한 모든 요소를 미리 파악하는 것이 프레젠테이션의 최종적 성공을 보장한다.

(2) 자료 수집

청중, 목적, 장소에 대한 분석이 이루어졌으면 그 분석 결과를 통해 실제 프레젠테이션의 내용을 어떻게 구성할 것인가에 대한 전체적인 방향과 계획을 미리 짜 보아야 한다. 이를 위해 우선적으로 필요한 것이 자료의 수집이다. 이는 글쓰기의 과정과 정확히 일치한다.

우선 주제와 관련된 서적을 찾는 방법이 있다. 주제와 관련된 키워드를 선정하여 검색하면 다양한 수준과 범주의 관련 서적을 찾을 수 있다. 이 가운데 프레젠테이션의 주제에 부합하는 책을 선택하여 활용한다.

다음으로 찾을 수 있는 자료는 논문 자료다. 논문에는 학위논문과 각종 논문집이나 저널에 실린 소논문이 있다. 논문은 도서관의 학위논문실이나 정기간행물실에서 직접 볼 수도 있고, 도서관 홈페이지의 웹서비스에서 전자문서 형태로 이용할 수도 있다.

마지막으로 인터넷 검색을 통해 찾을 수 있는 정보들이 있다. 인터넷 검색은 특히 자료의 출처가 분명하여 신뢰할 수 있는 자료를 선별하는 것이 중요하기 때문에 해당 분야의 전문가나 전문 사이트에서 구하는 것이 좋다. 인터넷에서 구하는 정보는 시청각 자료가 많아 특히 프레젠테이션에서 유용하게 활용할 수 있다.

(3) 발표 개요 작성

프레젠테이션에서 청중을 만족시키기 위해 정보를 어떻게 구성하고 조직하고 제시할 것인가도 중요한 문제 중의 하나다. 프레젠테이션의 개요를 위해 필요한 핵심적인 요소는 적절한 '내용(contents)'을 선정하고 '순서(process)'를 효과적으로 정하는 일이다. 그렇다면, 그 많은 자료들을 어떤 순서대로 제시할까? 그 많은 것을 과연 정해진 발표 시간 안에 다 설명하고 보여줄 수 있을까? 그렇지 않다. 그것은 불가능하다. 그렇다면 어떻게 해야 되는 것일까? '선택과 집중'을 하면 된다. 그럼 무엇을 선택하고 무엇에 집중해야 될까? 이것 때문에 우리가 가장 먼저 3P 분석을 했던 것이다. 청중이 듣고 싶은 내용이 무엇일까, 어느 수준까지 이야기해 주는 것이 좋을까를 염두에 두고 거기에 맞는 정보를 줄 수 있는 자료를 선택하면 된다.

프레젠테이션에서는 대체로 결론부터 제시하는 것이 순서이다. 그리고 그 결론에 대한 이유를 설명하는 방식으로 구성되어야 한다. 그것은 청중이 알고 싶고, 듣고 싶고, 궁금해하는 것을 미리 파악해서 그 순서에 따라 내용을 제시하는 것으로 이해할 수 있다. 프레젠테이션을 위한 개요는 이러한 순서에 따라 크게 도입부, 전개부, 정리부의 3부로 구성되는데, 이러한 3부 구성은 청중이 프레젠테이션의 내용을 간결하고 명확하게 이해하는 데 매우 유용하다. 각 부분별로 구성에 필요한 내용을 제시해 보면 다음 표와 같다.

━━━━━ <표 6.3> 프레젠테이션 단계별 내용 ━━━━━

도입부(총론)	전개부(각론)	정리부(결론)
인사말 프레젠테이션의 배경 프레젠테이션의 목적 프레젠테이션의 주제 발표 내용 순서	내용 설명 (총론에 대한 상세 정보, 각론도 총론, 각론, 결론의 3단 구성)	요약하기 결론 확인 질의응답 향후의 방향 마무리

1) 도입부

도입부는 프레젠테이션의 전체적인 첫인상을 좌우하는 부분이며, 청자로 하여금 발표에 흥미를 갖고 적극적으로 참여할 수 있는 분위기를 조성해 준다는 점에서 의의가 있다. 도입부는 전체 프레젠테이션 분량의 약 10% 정도를 할애하는 것이 적당하다.

인사는 너무 간단하게 하는 것보다는 주의를 환기할 수 있는 정도의 내용으로 준비하는 것이 좋다. 발표의 배경과 목적, 진행 순서, 결론 등을 미리 도입부에서 제시한다. 도입부에서는 자세한 설명을 하지는 않지만 앞으로 이루어질 발표의 모든 내용이 압축되기 때문에 청중의 흥미를 끌어 집중하도록 하는 것이 중요하기 때문이다. 흥미로운 시각적 자료, 유머나 일화, 기존의 상식을 뒤집는 결론이 있다면 이를 이용하여 배경이나 결과에 대해 언급하면 효과적이다.

2) 전개부

프레젠테이션을 통해 전달하고자 하는 요점을 제시하고 증명, 통계, 예시, 인용 등의 관련 자료와 적절한 설명 방법을 동원해야 한다. 전개부의 내용은 대체로 세 가지 정도의 요점을 중심으로 전개하는 것이 효과적인데, 여기에는 몇 가지 일반적인 원칙이 있다.

첫째, 각각의 항목은 종속적인 관계로 연결되어야 한다. 즉, 하위 항목은 상위 항목에 대한 구체적인 내용이어야 한다는 것이다. 둘째, 하나의 항목은 하나의 개념을 설명하는 것이라야 한다. 하나의 설명 항목에 대해 여러 가지의 개념들이 나열된다면 청중은 그 내용을 명료하게 이해할 수가 없다. 셋째, 각각의 항목 간 상호 관계가 명확해야 한다. 예를 들어 '문제점 – 원인 분석 – 대안'이라든지 '현실 인식 – 필요성 제시 – 새로운 제안' 등 각각의 내용은 긴밀한 관련성을 가지고 유기적으로 연결되어 있어야 한다.

3) 정리부

정리부에서는 청자의 관심을 환기하면서 전달하고자 하는 내용을 압축하여 다시 정리하는 것이 효과적이다. 도입부와 비슷한 정도의 비중을 차지한다.

앞에서 전달한 내용의 핵심적인 부분을 정리하는 의미에서 반복적으로 진술해 주거나 청자를 고려한 보다 폭넓은 시각에서 핵심 내용을 정리해 줌으로써 프레젠테이션의 효과를 극대화할 수 있다. 아울러 질의응답은 청중과 의견을 교환함으로써 프레젠테이션의 완성도를 높이고 보다 상호작용적인 의사 결정 과정이 될 수 있도록 해 준다.

(4) 시각자료 만들기

프레젠테이션을 위한 내용과 개요가 완성되었다면 그 내용을 전달하기 위한 최대한의 효과를 올릴 수 있는 방법이 무언지를 따져 보아야 한다. 특히 최근에는 정보 기술의 발달과 함께 의사소통을 위한 디지털 매체들이 쏟아져 나오면서 프레젠테이션의 방법에도 많은 영향을 미치고 있다. 예전에는 괘도나 그래프, OHP, 슬라이드에 그쳤던 것이 지금은 컴퓨터를 이용한 다양한 기술들이 프레젠테이션에 활용되고 있다.

일반적으로 시각자료를 활용하는 목적은 청중으로 하여금 흥미를 갖게 만들고, 청중의 이해를 촉진하고, 발표 시간을 절약하여 효율성을 높이며, 청중의 기억에 오래 남도록 하기 위함이다. 게다가 복잡한 내용일수록 이러한 시각자료의 활용이 더 필요하게 된다, 그러므로 이러한 네 가지 목적을 달성하기 위해 시각자료를 만드는 것이 무엇보다 중요하다. 시각자료를 만들기 위한 유의 사항을 제시하면 다음과 같다.

① 한 장의 슬라이드에는 하나의 내용만 담고, 기호나 도형을 활용한다.

한 장의 슬라이드에는 하나의 내용만을 담아서 청중의 인지적 부담을 줄인다. 또한 슬라이드에 문자의 분량이 너무 많으면 지루할 수 있으므로 청자가 유추할 수 있는 기호나 도형, 도표를 활용한다. 이때 숫자 자료는 그래프로, 문자 자료인 경우에는 차트나 표로 가공하는 것이 효과적이다. 그리고 개념을 설명할 때에는 일정한 논리적 형식을 부호화하여 일관되게 적용하도록 한다.

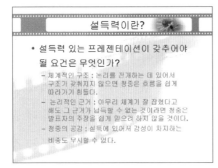

【나쁜 예】 문자의 분량이 많음.

【좋은 예】 요점을 간략히 제시함.

【평범한 예】 줄글로 표현

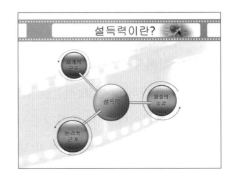

【이해를 높인 예】 도식으로 표현

② 슬라이드의 첫 장에 제목과 발표 순서를 알린다.

슬라이드의 구성은 발표 내용에 따라 가장 효율적인 순서가 무엇인지 고민하여 자유롭게 구성하지만, 어떤 주제가 되었든 반드시 첫 장은 제목을 두드러지게 표현하여 무엇에 대한 발표인지 알도록 한다.

둘째 장은 목차를 드러내어 발표 내용을 한눈에 알아볼 수 있게 구성한다. 그 이후부터는 내용의 통일성을 도모하고, 슬라이드의 전체 양식, 즉 레이아웃을 통일시키는 것이 좋다.

③ 슬라이드에 사용되는 글자의 모양과 크기를 통일시킨다.

기본적으로 제목은 36포인트, 다른 것은 24포인트를 최소 크기로 잡아서 사용한다 (좁은 장소에서 이루어지는 발표에서는 글자 크기를 더 작게 해도 좋다). 색채는 세 가지 이상을 사용하지 않는다. 빨간색이나 파란색과 같은 자극적인 원색보다는 같은 계열의 색 가운데에서 명도는 높고 채도는 낮은 색을 선택하는 것이 좋다.

(5) 구두 연습

슬라이드가 완성되면 이를 바탕으로 시험삼아 연습을 해보아야 한다. 시연하기는 실전과 같은 상황에서 총체적인 사항을 점검하는 것이기 때문에 형식의 통일성과 내용의 논리성을 중점적으로 살펴야 한다. 또한 발표 태도까지 함께 연습한다.

시연은 다음의 세 단계에 따라 실시하는 것이 좋다. 먼저, 프레젠테이션의 전체 내용을 보면서 발표해 본다. 즉 자신이 구축한 프레젠테이션의 시나리오와 개요를 전체적으로 점검하면서 발표 순서가 이해하기 쉽고 논리적인지, 인용된 구체적 사례가 적절한지, 언어 사용이나 표현이 적절한지를 점검해 보면서 문제점을 메모해 두도록 한다.

다음으로, 반언어적 표현과 비언어적 표현에 유의하면서 발표해 본다. 즉 청자가 실제로 자기 앞에 앉아 있다고 생각하고 말의 속도와 목소리의 크기, 동작의 적절성, 발표하는 동안의 자신의 자세나 태도 등을 점검하면서 발표해 본다.

마지막으로, 이제는 자신에게 주어진 발표 시간 안에 발표가 끝날 수 있는지를 점검할 차례다. 어떤 유형의 발표에서든 발표 시간 엄수는 발표의 기본이다. 발표 시간보다 길어진다면 불필요한 부분은 과감하게 빼고 더욱 압축적으로 요점을 전달할 수 있도록 대본을 수정한다.

3. 프레젠테이션의 화법 전략

프레젠테이션에서 효과적인 화법 전략을 세우는 일은 프레젠테이션 화법을 수련하는 과정인 동시에 의사 결정을 위한 필수적인 과정이 된다. 지금부터는 발표할 때 주의해야 하는 발표 기술에 대해 알아보자.

(1) 믿음이 가는 발표자가 되는 화법 전략

프레젠테이션을 할 때에는 무엇보다 발표자의 태도가 중요하다. 발표자는 청중들에게 발표하는 주제에 대해 매우 잘 알고 있을 것이라는 믿음을 주어야 한다. 이를 위한 화법 전략은 우선 발표자 자신에 대해 청중이 믿음을 가질 수 있도록 강렬하면서도 간략한 자기소개를 준비한다. 자기소개를 할 때 흥미를 끄는 이야기나 삽화로 시작하면 효과적이다.

(2) 재미있는 발표가 되는 화법 전략

발표자에 대한 믿음만큼 중요한 것이 발표에 대한 흥미이다. 청중의 흥미를 잡아두기 위해서는 강연의 주제를 먼저 말하고 시작하는 것이 효과적이다. 준비한 시청각 자료에 대해 미리 언급하는 것도 청중의 흥미를 잡는 좋은 방법이다. 기대를 줄 만한 것은 모두 미리 얘기하고, 발표 내용의 방향과 흐름을 미리 알려준다. 청중이 흐름을 타고 다음 내용을 미리 생각해 보도록 도와주는 역할을 하기 때문이다.

목소리에 리듬감과 속도감을 주어 지루하지 않으면서 강조하고 싶은 부분이 더욱 확실하게 각인될 수 있도록 이야기한다. 또 개개인의 민감한 감정을 건드릴 수 있는 화제, 즉 종교, 정치 이념, 인종 문제, 개인의 신조, 특정한 질병, 타인에 대한 험담 등에 대한 이야기는 피하도록 한다. 이는 발표에 대해 반감을 갖는 청중을 만들고 발표자의 인격을 의심케 만드는 요소이다. 한편 프레젠테이션에 소요되는 시간을 미리 안

내하면 청중의 불안감을 없애고 지루함을 덜어주는 역할을 한다. 짧게 말하고, 직접적으로 말하며 주제와 밀접한 사례를 선택한다.

4. 설득 프레젠테이션

(1) 정보 전달형 프레젠테이션과의 차이점

위에서 프레젠테이션의 목적을 살피면서 우리는 프레젠테이션이 정보 전달을 목적으로 하는 경우와 설득을 목적으로 하는 경우로 나뉜다는 것을 알았다. 또한 프레젠테이션이 정보 전달형이나 설득형 중 어느 하나로만 분류되는 것이 아니라, 새로운 정보가 어떤 의사 결정에 있어서 판단의 근거로 작용하게 되거나 어떤 동기를 부여하여 결정한 내용을 실제 행동으로 유도하는 등 둘 이상의 유형이 복합적으로 구성되는 경우가 많다는 것도 알았다. 이처럼 프레젠테이션은 그 목적에 따라 전달하는 내용이나 방법, 구성 등이 달라지게 되는데 지금까지는 주로 정보 전달형을 기준으로 설명하였다. 설득형 프레젠테이션은 정보 전달 프레젠테이션과 많은 부분이 동일하기 때문이다. 그러나 설득형 프레젠테이션은 설득을 위한 장치가 더 있어야 된다. 지금부터는 설득을 위한 프레젠테이션이 정보 전달 프레젠테이션보다 더 갖추어야 하는 점을 중심으로 살펴보자.

정보 전달형 프레젠테이션은 청중에게 특정한 정보를 알려주는 것이다. 따라서 내용에 대한 청중의 이해도가 프레젠테이션의 성공을 가늠하는 중요한 척도가 된다. 반면, 설득형 프레젠테이션은 청중에게 호소하여 나와 의견을 같이하도록 만들 수 있느냐가 성공을 가늠하는 척도가 된다.

(2) 설득의 방법

아리스토텔레스는 설득의 수단으로 에토스, 로고스, 파토스를 제시하였다. 에토스는 연사의 인격을 바탕으로 청중에게 호소하는 것이고, 파토스는 청중의 감성에, 로고스는 논리를 통해 청중의 이성에 호소하는 것을 일컫는다. 인격적 호소는 화자의 능력, 인품, 열정 등이 중요하며, 정서적 호소는 청중의 감성을 자극하거나 욕구를 충족시키는 것이 필요하다. 마지막으로 이성적 호소는 추론과 논증의 과정을 통해 설득하는 것이다.

예를 들어보자. '글쓰기의 즐거움'을 발표하게 되었다면 '즐거움'이라는 것이 다분히 감성적인 요소가 강하기 때문에 많은 부분 감성에 호소하는 것이 필요하다. 감성에 호소한다고 해서 신파조가 아니라 잔잔한 감동으로 청중의 공감을 이끌어 낼 수 있어야 한다.

만약 주제가 아이디어 공모전처럼 어떤 제품의 성능을 향상할 수 있는 아이디어가 된다면 과제를 철저히 분석하여 문제점을 찾아내고, 이를 해결할 수 있는 아이디어를 제시하는 것이 중요하다. 이 경우는 이성적 호소가 주를 이루는 것이 바람직하다. 특히 창의적인 아이디어가 설득력을 가지려면, 우선 실현 가능한 아이디어여야 한다. 아무리 좋고 기발한 생각이라고 하더라도 지금의 현실에서 당장 실현하기 어려운 것이라면 청중을 설득하기 어렵다. 따라서 지금의 현실을 충분히 감안하여 새로운 아이디어의 장단점을 충분히 고려해야 한다. 두 번째로 아이디어가 설득력을 가지려면, 현재의 틀을 바꿀 만큼 장점이 커야 한다. 새로운 아이디어를 도입해서 장점이 있다고 하더라도 아이디어를 도입할 때 치러야 하는 대가가 너무 크다면 그 아이디어는 설득력을 잃게 된다. 따라서 경제적으로든 윤리적으로든 아이디어, 즉 새로운 생각의 대가가 합리적이어야 한다.

1. '강의평가 개선안'이란 제목으로 프레젠테이션을 하려고 한다. 조원들과 더불어 프레젠테이션의 개요를 만들어 보자.

2. 프레젠테이션을 할 때 중점을 두어야 하는 것은 무엇인지 말해 보자.

3. 다음을 프레젠테이션 슬라이드로 작성하려 한다. 슬라이드를 디자인해 보자.

　　소화 : 동물이 몸 밖에서 섭취한 먹이를 흡수할 수 있는 형태로 분해하는 과정으로 고분자 물질을 흡수 가능한 저분자 물질로 분해하는 과정을 말한다. 이 분해 과정에는 반드시 물이 들어가야 하기 때문에 소화라는 것은 화학적으로 고분자 물질의 가수분해(加水分解)라고 말할 수 있다.

부록
: 한글 맞춤법

* 1988년 1월 19일 확정. 지면상 한글 맞춤법의 전문을 싣지 않고 필요한 부분만 발췌하여 제
  시한다.

제1장 총칙

제1항 한글 맞춤법은 표준어를 소리대로 적되, 어법에 맞도록 함을 원칙으로 한다.

제2항 문장의 각 단어는 띄어 씀을 원칙으로 한다.

제3항 외래어는 '외래어 표기법'에 따라 적는다.

제2장 자모

제4항 한글 자모의 수는 스물넉 자로 하고, 그 순서와 이름은 다음과 같이 정한다.

ㄱ(기역)	ㄴ(니은)	ㄷ(디귿)	ㄹ(리을)	ㅁ(미음)
ㅂ(비읍)	ㅅ(시옷)	ㅇ(이응)	ㅈ(지읒)	ㅊ(치읓)
ㅋ(키읔)	ㅌ(티읕)	ㅍ(피읖)	ㅎ(히읗)	
ㅏ(아)	ㅑ(야)	ㅓ(어)	ㅕ(여)	ㅗ(오)
ㅛ(요)	ㅜ(우)	ㅠ(유)	ㅡ(으)	ㅣ(이)

[붙임 1] 위의 자모로써 적을 수 없는 소리는 두 개 이상의 자모를 어울러서 적되, 그 순서와 이름은 다음과 같이 정한다.

ㄲ(쌍기역)	ㄸ(쌍디귿)	ㅃ(쌍비읍)	ㅆ(쌍시옷)	ㅉ(쌍지읒)
ㅐ(애)	ㅒ(얘)	ㅔ(에)	ㅖ(예)	ㅘ(와)
ㅙ(왜)	ㅚ(외)	ㅝ(워)	ㅞ(웨)	ㅟ(위)
ㅢ(의)				

[붙임 2] 사전에 올릴 적의 자모 순서는 다음과 같이 정한다.

자음: ㄱ ㄲ ㄴ ㄷ ㄸ ㄹ ㅁ ㅂ
ㅃ ㅅ ㅆ ㅇ ㅈ ㅉ ㅊ ㅋ
ㅌ ㅍ ㅎ

모음: ㅏ ㅐ ㅑ ㅒ ㅓ ㅔ ㅕ ㅖ
ㅗ ㅘ ㅙ ㅚ ㅛ ㅜ ㅝ ㅞ
ㅟ ㅠ ㅡ ㅢ ㅣ

제3장 소리에 관한 것

제5절 두음 법칙

제10항 한자음 '녀, 뇨, 뉴, 니'가 단어 첫머리에 올 적에는, 두음 법칙에 따라 '여, 요, 유, 이'로 적는다. (ㄱ을 취하고, ㄴ을 버림.)

ㄱ	ㄴ	ㄱ	ㄴ
여자(女子)	녀자	유대(紐帶)	뉴대
연세(年歲)	년세	이토(泥土)	니토
요소(尿素)	뇨소	익명(匿名)	닉명

다만, 다음과 같은 의존 명사에서는 '냐, 녀' 음을 인정한다.

냥(兩)　　　냥쭝(兩-)　　　년(年)　　　(몇 년)

[붙임 1] 단어의 첫머리 이외의 경우에는 본음대로 적는다.

남녀(男女)　　　당뇨(糖尿)　　　결뉴(結紐)　　　은닉(隱匿)

[붙임 2] 접두사처럼 쓰이는 한자가 붙어서 된 말이나 합성어에서, 뒷말의 첫소리가 'ㄴ' 소리로 나더라도 두음 법칙에 따라 적는다.

신여성(新女性)　　　공염불(空念佛)　　　남존여비(男尊女卑)

[붙임 3] 둘 이상의 단어로 이루어진 고유 명사를 붙여 쓰는 경우에도 붙임 2에 준하여 적는다.

한국여자대학　　　대한요소비료회사

제11항 한자음 '랴, 려, 례, 료, 류, 리'가 단어의 첫머리에 올 적에는, 두음 법칙에 따라 '야, 여, 예, 요, 유, 이'로 적는다.(ㄱ을 취하고, ㄴ을 버림.)

ㄱ	ㄴ	ㄱ	ㄴ
양심(良心)	량심	용궁(龍宮)	룡궁

역사(歷史)	력사	유행(流行)	류행
예의(禮儀)	례의	이발(理髮)	리발

다만, 다음과 같은 의존 명사는 본음대로 적는다.

리(里) : 몇 리냐?
리(理) : 그럴 리가 없다.

[붙임 1] 단어의 첫머리 이외의 경우에는 본음대로 적는다.

개량(改良)	선량(善良)	수력(水力)	협력(協力)
사례(謝禮)	혼례(婚禮)	와룡(臥龍)	쌍룡(雙龍)
하류(下流)	급류(急流)	도리(道理)	진리(眞理)

다만, 모음이나 'ㄴ' 받침 뒤에 이어지는 '렬, 률'은 '열, 율'로 적는다. (ㄱ을 취하고 ㄴ을 버림.)

ㄱ	ㄴ	ㄱ	ㄴ
나열(羅列)	나렬	규율(規律)	규률
치열(齒列)	치렬	비율(比率)	비률
비열(卑劣)	비렬	실패율(失敗率)	실패률
분열(分裂)	분렬	선율(旋律)	선률
선열(先烈)	선렬	전율(戰慄)	전률
진열(陳列)	진렬	백분율(百分率)	백분률

[붙임 2] 외자로 된 이름을 성에 붙여 쓸 경우에도 본음대로 적을 수 있다.

신립(申砬)	최린(崔麟)	채륜(蔡倫)	하륜(河崙)

[붙임 3] 준말에서 본음으로 소리나는 것은 본음대로 적는다.

국련(국제연합)   대한교련(대한교육연합회)

[붙임 4] 접두사처럼 쓰이는 한자가 붙어서 된 말이나 합성어에서, 뒷말의 첫소리가 'ㄴ' 또는 'ㄹ' 소리로 나더라도 두음 법칙에 따라 적는다.

역이용(逆利用)　　　연이율(年利率)
열역학(熱力學)　　　해외여행(海外旅行)

[붙임 5]둘 이상의 단어로 이루어진 고유 명사를 붙여 쓰는 경우나 십진법에 따라 쓰는 수(數)도 붙임 4에 준하여 적는다.

서울여관　　　　신흥이발관　　　　　육천육백육십육(六千六百六十六)

제12항 한자음 '라, 래, 로, 뢰, 루, 르'가 단어의 첫머리에 올 적에는, 두음 법칙에 따라 '나, 내, 노, 뇌, 누, 느'로 적는다.(ㄱ을 취하고, ㄴ을 버림.)

ㄱ	ㄴ	ㄱ	ㄴ
낙원(樂園)	락원	뇌성(雷聲)	뢰성
내일(來日)	래일	누각(樓閣)	루각
노인(老人)	로인	능묘(陵墓)	릉묘

[붙임 1] 단어의 첫머리 이외의 경우에는 본음대로 적는다.

쾌락(快樂)	극락(極樂)	거래(去來)	왕래(往來)
부로(父老)	연로(年老)	지뢰(地雷)	낙뢰(落雷)
고루(高樓)	광한루(廣寒樓)	동구릉(東九陵)	가정란(家庭欄)

[붙임 2] 접두사처럼 쓰이는 한자가 붙어서 된 단어는 뒷말을 두음 법칙에 따라 적는다.

내내월(來來月)　　　상노인(上老人)　　　중노동(重勞動)
비논리적(非論理的)

제4장 형태에 관한 것

제3절 접미사가 붙어서 된 말

제19항 어간에 '-이'나 '-음/-ㅁ'이 붙어서 명사로 된 것과 '-이'나 '-히'가 붙어서 부사로 된 것은 그 어간의 원형을 밝히어 적는다.

1. '-이'가 붙어서 명사로 된 것

길이	깊이	높이	다듬이	땀받이
달맞이	먹이	미닫이	벌이	벼훑이
살림	살이	쇠붙이		

2. '-음/-ㅁ'이 붙어서 명사로 된 것

걸음	묶음	믿음	얼음	엮음	울음
웃음	졸음	죽음	앎	만듦	

3. '-이'가 붙어서 부사로 된 것

같이	굳이	길이	높이	많이
실없이	좋이	짓궂이		

4. '-히'가 붙어서 부사로 된 것

밝히	익히	작히

다만, 어간에 '-이'나 '-음'이 붙어서 명사로 바뀐 것이라도 그 어간의 뜻과 멀어진 것은 원형을 밝히어 적지 아니한다.

굽도리	다리〔髢〕	목거리(목병)	무녀리
코끼리	거름(비료)	고름〔膿〕	노름(도박)

[붙임] 어간에 '-이'나 '-음' 이외의 모음으로 시작된 접미사가 붙어서 다른 품사로 바뀐 것은 그 어

간의 원형을 밝히어 적지 아니한다.

(1) 명사로 바뀐 것

귀머거리	까마귀	너머	뜨더귀	마감
마개	마중	무덤	비렁뱅이	쓰레기
올가미	주검			

(2) 부사로 바뀐 것

| 거뭇거뭇 | 너무 | 도로 | 뜨덤뜨덤 | 바투 |
| 불긋불긋 | 비로소 | 오긋오긋 | 자주 | 차마 |

(3) 조사로 바뀌어 뜻이 달라진 것

| 나마 | 부터 | 조차 |

제20항 명사 뒤에 '-이'가 붙어서 된 말은 그 명사의 원형을 밝히어 적는다.

1. 부사로 된 것

| 곳곳이 | 낱낱이 | 몫몫이 | 샅샅이 | 앞앞이 | 집집이 |

2. 명사로 된 것

| 곰배팔이 | 바둑이 | 삼발이 | 애꾸눈이 |
| 육손이 | 절뚝발이/절름발이 | | |

[붙임] '-이' 이외의 모음으로 시작된 접미사가 붙어서 된 말은 그 명사의 원형을 밝히어 적지 아니한다.

| 꼬락서니 | 끄트머리 | 모가치 | 바가지 | 바깥 |

사타구니   싸라기   이파리   지붕   지푸라기
짜개

제21항 명사나 혹은 용언의 어간 뒤에 자음으로 시작된 접미사가 붙어서 된 말은 그 명사나 어간의 원형을 밝히어 적는다.

1. 명사 뒤에 자음으로 시작된 접미사가 붙어서 된 것

값지다   홑지다   넋두리   빛깔   옆댕이   잎사귀

2. 어간 뒤에 자음으로 시작된 접미사가 붙어서 된 것

낚시   늙정이   덮개   뜯게질
갉작   갉작하다   갉작거리다 뜯적거리다
뜯적뜯적하다 굵다랗다   굵직하다   깊숙하다
넓적하다   높다랗다   늙수그레하다 얽죽얽죽하다

다만, 다음과 같은 말은 소리대로 적는다.

(1) 겹받침의 끝소리가 드러나지 아니하는 것

할짝거리다   널따랗다   널찍하다   말끔하다   말쑥하다
말짱하다   실쭉하다   실큼하다   얄따랗다   얄팍하다
짤따랗다   짤막하다   실컷

(2) 어원이 분명하지 아니하거나 본뜻에서 멀어진 것

넙치   올무   골막하다   납작하다

제22항 용언의 어간에 다음과 같은 접미사들이 붙어서 이루어진 말들은 그 어간을 밝히어 적는다.

1. '-기-, -리-, -이-, -히, -구-, -우-, -추-, -으키-, -이키-, -애-'가 붙는 것

맡기다	옮기다	웃기다	쫓기다	뚫리다	울리다
낚이다	쌓이다	핥이다	굳히다	굽히다	넓히다
앉히다	얽히다	잡히다	돋구다	솟구다	돋우다
갖추다	곧추다	맞추다	일으키다	돌이키다	없애다

다만, '-이-, -히-, -우-'가 붙어서 된 말이라도 본뜻에서 멀어진 것은 소리대로 적는다.

도리다(칼로 ~)	드리다(용돈을 ~)	고치다
바치다(세금을 ~)	부치다(편지를 ~)	거두다
미루다	이루다	

2. '-치-, -뜨리-, -트리-'가 붙는 것

놓치다	덮치다	떠받치다	받치다	밭치다
부딪치다	뻗치다	엎치다	부딪뜨리다/부딪트리다	
쏟뜨리다/쏟트리다		젖뜨리다/젖트리다		
찢뜨리다/찢트리다		흩뜨리다/흩트리다		

[붙임] '-업-, -읍-, -브-'가 붙어서 된 말은 소리대로 적는다.

미덥다	우습다	미쁘다

제23항 '-하다'나 '-거리다'가 붙는 어근에 '-이'가 붙어서 명사가 된 것은 그 원형을 밝히어 적는다.(ㄱ을 취하고, ㄴ을 버림.)

ㄱ	ㄴ	ㄱ	ㄴ
깔쭉이	깔쭈기	살살이	살사리
꿀꿀이	꿀꾸리	쌕쌕이	쌕쌔기
눈깜짝이	눈깜짜기	오뚝이	오뚜기
더펄이	더퍼리	코납작이	코납자기

배불뚝이배불뚜기		푸석이	푸서기
삐죽이	삐주기	홀쭉이	홀쭈기

[붙임] '-하다'나 '-거리다'가 붙을 수 없는 어근에 '-이'나 또는 다른 모음으로 시작되는 접미사가 붙어서 명사가 된 것은 그 원형을 밝히어 적지 아니한다.

개구리	귀뚜라미	기러기	깍두기	꽹과리
날라리	누더기	동그라미	두드러기	딱따구리
매미	부스러기	뻐꾸기	얼루기	칼싹두기

제25항 '-하다'가 붙는 어근에 '-히'나 '-이'가 붙어서 부사가 되거나, 부사에 '-이'가 붙어서 뜻을 더하는 경우에는 그 어근이나 부사의 원형을 밝히어 적는다.

1. '-하다'가 붙는 어근에 '-히'나 '-이'가 붙는 경우

급히	꾸준히	도저히	딱히	어렴풋이	깨끗이

[붙임] '-하다'가 붙지 않는 경우에는 소리대로 적는다.

갑자기	반드시(꼭)	슬며시

2. 부사에 '-이'가 붙어서 역시 부사가 되는 경우

곰곰이	더욱이	생긋이	오뚝이	일찍이	해죽이

제4절 합성어 및 접두사가 붙은 말

제27항 둘 이상의 단어가 어울리거나 접두사가 붙어서 이루어진 말은 각각 그 원형을 밝히어 적는다.

국말이	꺾꽂이	꽃잎	끝장	물난리
밑천	부엌일	싫증	옷안	웃옷

젖몸살	첫아들	칼날	팥알	헛웃음
홀아비	홑몸	흙내	값없다	겉늙다
굶주리다	낮잡다	맞먹다	받내다	벋놓다
빗나가다	빛나다	새파랗다	샛노랗다	시꺼멓다
싯누렇다	엇나가다	엎누르다	엿듣다	옻오르다
짓이기다	헛되다			

[붙임 1] 어원은 분명하나 소리만 특이하게 변한 것은 변한 대로 적는다.

할아버지   할아범

[붙임 2] 어원이 분명하지 아니한 것은 원형을 밝히어 적지 아니한다.

골병	골탕	끌탕	며칠	아재비
오라비	업신여기다	부리나케		

[붙임 3] '이[齒, 虱]'가 합성어나 이에 준하는 말에서 '니' 또는'리'로 소리날 때에는 '니'로 적는다.

간니	덧니	사랑니	송곳니	앞니	어금니
윗니	젖니	톱니	틀니	가랑니	머릿니

제28항 끝소리가 'ㄹ'인 말과 딴 말이 어울릴 적에 'ㄹ' 소리가 나지 아니하는 것은 아니 나는 대로 적는다.

다달이(달-달-이)	따님(딸-님)	마되(말-되)
마소(말-소)	무자위(물-자위)	바느질(바늘-질)
부나비(불-나비)	부삽(불-삽)	부손(불-손)
소나무(솔-나무)	싸전(쌀-전)	여닫이(열-닫이)
우짖다(울-짖다)	화살(활-살)	

제29항 끝소리가 'ㄹ'인 말과 딴 말이 어울릴 적에 'ㄹ' 소리가 'ㄷ' 소리로 나는 것은 'ㄷ'으로 적는다.

반짇고리(바느질~)	사흗날(사흘~)	삼짇날(삼질~)
섣달(설~)	숟가락(술~)	이튿날(이틀~)
잗주름(잘~)	푿소(풀~)	섣부르다(설~)
잗다듬다(잘~)	잗다랗다(잘~)	

제30항 사이시옷은 다음과 같은 경우에 받치어 적는다.

1. 순 우리말로 된 합성어로서 앞말이 모음으로 끝난 경우
(1) 뒷말의 첫소리가 된소리로 나는 것

고랫재	귓밥	나룻배	나뭇가지	냇가
댓가지	뒷갈망	맷돌	머릿기름	모깃불
못자리	바닷가	뱃길	볏가리	부싯돌
선짓국	쇳조각	아랫집	우렁잇속	잇자국
잿더미	조갯살	찻집	쳇바퀴	킷값
핏대	햇볕	혓바늘		

(2) 뒷말의 첫소리 'ㄴ, ㅁ' 앞에서 'ㄴ' 소리가 덧나는 것

멧나물	아랫니	텃마당	아랫마을	뒷머리
잇몸	깻묵	냇물	빗물	

(3) 뒷말의 첫소리 모음 앞에서 'ㄴㄴ' 소리가 덧나는 것

도리깻열	뒷윷	두렛일	뒷일	뒷입맛
베갯잇	욧잇	깻잎	나뭇잎	댓잎

2. 순 우리말과 한자어로 된 합성어로서 앞말이 모음으로 끝난 경우
(1) 뒷말의 첫소리가 된소리로 나는 것

귓병	머릿방	뱃병	봇둑	사잣밥
샛강	아랫방	자릿세	전셋집	찻잔

찻종	촛국	콧병	탯줄	텃세
핏기	햇수	횟가루	횟배	

(2) 뒷말의 첫소리 'ㄴ, ㅁ' 앞에서 'ㄴ' 소리가 덧나는 것

곗날	제삿날	훗날	툇마루	양칫물

(3) 뒷말의 첫소리 모음 앞에서 'ㄴㄴ' 소리가 덧나는 것

가욋일	사삿일	예삿일	훗일

3. 두 음절로 된 다음 한자어

곳간(庫間)	셋방(貰房)	숫자(數字)	찻간(車間)	툇간(退間)	횟수(回數)

제31항 두 말이 어울릴 적에 'ㅂ' 소리나 'ㅎ' 소리가 덧나는 것은 소리대로 적는다.

1. 'ㅂ' 소리가 덧나는 것

댑싸리(대ㅂ싸리)	멥쌀(메ㅂ쌀)	볍씨(벼ㅂ씨)	입때(이ㅂ때)
입쌀(이ㅂ쌀)	접때(저ㅂ때)	좁쌀(조ㅂ쌀)	햅쌀(해ㅂ쌀)

2. 'ㅎ' 소리가 덧나는 것

머리카락(머리ㅎ가락)	살코기(살ㅎ고기)	수캐(수ㅎ개)
수컷(수ㅎ것)	수탉(수ㅎ닭)	안팎(안ㅎ밖)
암캐(암ㅎ개)	암컷(암ㅎ것)	암탉(암ㅎ닭)

제5절 준말

제32항 단어의 끝모음이 줄어지고 자음만 남은 것은 그 앞의 음절에 받침으로 적는다.

본말	준말
기러기야	기럭아
어제그저께	엊그저께
어제저녁	엊저녁
가지고, 가지지	갖고, 갖지
디디고, 디디지	딛고, 딛지

제33항 체언과 조사가 어울려 줄어지는 경우에는 준 대로 적는다.

본말	준말
그것은	그건
그것이	그게
그것으로	그걸로
나는	난
나를	날
너는	넌
너를	널
무엇을	뭣을/무얼/뭘
무엇이	뭣이/무에

제34항 모음 'ㅏ, ㅓ'로 끝난 어간에 '- 아/- 어, - 았 -/- 었 -'이 어울릴 적에는 준 대로 적는다.

본말	준말	본말	준말
가아	가	가았다	갔다
나아	나	나았다	났다
타아	타	타았다	탔다
서어	서	서었다	섰다
켜어	켜	켜었다	켰다
펴어	펴	펴었다	폈다

[붙임 1] 'ㅐ, ㅔ' 뒤에 '-어, -었-'이 어울려 줄 적에는 준 대로 적는다.

본말	준말	본말	준말
개어	개	개었다	갰다
내어	내	내었다	냈다
베어	베	베었다	벴다
세어	세	세었다	셌다

[붙임 2] '하여'가 한 음절로 줄어서 '해'로 될 적에는 준 대로 적는다.

본말	준말	본말	준말
하여	해	하였다	했다
더하여	더해	더하였다	더했다
흔하여	흔해	흔하였다	흔했다

제35항 모음 'ㅗ, ㅜ'로 끝난 어간에 '-아/-어, -았-/-었-'이 어울려 'ㅘ/ㅝ, 왔/웠'으로 될 적에는 준 대로 적는다.

본말	준말	본말	준말
꼬아	꽈	꼬았다	꽜다
보아	봐	보았다	봤다
쏘아	쏴	쏘았다	쐈다
두어	둬	두었다	뒀다
쑤어	쒀	쑤었다	쒔다
주어	줘	주었다	줬다

[붙임 1] '놓아'가 '놔'로 줄 적에는 준 대로 적는다.

[붙임 2] 'ㅚ' 뒤에 '-어, -었-'이 어울려 'ㅙ, 왰'으로 될 적에도 준 대로 적는다.

본말	준말	본말	준말
괴어	괘	괴었다	괬다

되어	돼	되었다	됐다
뵈어	봬	뵈었다	뵀다
쇠어	쇄	쇠었다	쇘다
쐬어	쐐	쐬었다	쐤다

제36항 'ㅣ' 뒤에 '-어'가 와서 'ㅕ'로 줄 적에는 준 대로 적는다.

본말	준말	본말	준말
가지어	가져	가지었다	가졌다
견디어	견뎌	견디었다	견뎠다
다니어	다녀	다니었다	다녔다
막히어	막혀	막히었다	막혔다
버티어	버텨	버티었다	버텼다
치이어	치여	치이었다	치였다

제37항 'ㅏ, ㅕ, ㅗ, ㅜ, ㅡ'로 끝난 어간에 '-이-'가 와서 각각 'ㅐ, ㅖ, ㅚ, ㅟ, ㅢ'로 줄 적에는 준 대로 적는다.

본말	준말	본말	준말
싸이다	쌔다	누이다	뉘다
펴이다	폐다	뜨이다	띄다
보이다	뵈다	쓰이다	씌다

제38항 'ㅏ, ㅗ, ㅜ, ㅡ' 뒤에 '-이어'가 어울려 줄어질 적에는 준 대로 적는다.

본말	준말	본말	준말
싸이어	쌔어, 싸여	뜨이어	띄어
보이어	뵈어, 보여	쓰이어	씌어, 쓰여
쏘이어	쐬어, 쏘여	트이어	틔어, 트여
누이어	뉘어, 누여		

제39항 어미 '-지' 뒤에 '않-'이 어울려 '-잖-'이 될 적과 '-하지' 뒤에 '않-'이 어울려 '-찮

-'이 될 적에는 준 대로 적는다.

본말	준말	본말	준말
그렇지 않은	그렇잖은	만만하지 않다	만만찮다
적지 않은	적잖은	변변하지 않다	변변찮다

본말	준말	본말	준말
간편하게	간편케	다정하다	다정타
연구하도록	연구토록	정결하다	정결타
가하다	가타	흔하다	흔타

제40항 어간의 끝음절 '하'의 'ㅏ'가 줄고 'ㅎ'이 다음 음절의 첫소리와 어울려 거센소리로 될 적에는 거센소리로 적는다.

[붙임 1] 'ㅎ'이 어간의 끝소리로 굳어진 것은 받침으로 적는다.

않다	않고	않지	않든지
그렇다	그렇고	그렇지	그렇든지
아무렇다	아무렇고	아무렇지	아무렇든지
어떻다	어떻고	어떻지	어떻든지
이렇다	이렇고	이렇지	이렇든지
저렇다	저렇고	저렇지	저렇든지

[붙임 2] 어간의 끝음절 '하'가 아주 줄 적에는 준 대로 적는다.

본말	준말	본말	준말
거북하지	거북지	넉넉하지 않다	넉넉지 않다
생각하건대	생각건대	못하지 않다	못지않다
생각하다 못해	생각다 못해	섭섭하지 않다	섭섭지 않다
깨끗하지 않다	깨끗지 않다	익숙하지 않다	익숙지 않다

[붙임 3] 다음과 같은 부사는 소리대로 적는다.

결단코	결코	기필코	무심코	아무튼
요컨대	정녕코	필연코	하마터면	하여튼
한사코				

제5장 띄어쓰기

제1절 조사

제41항 조사는 그 앞말에 붙여 쓴다.

꽃이	꽃마저	꽃밖에	꽃에서부터	꽃으로만
꽃이나마	꽃이다	꽃입니다	꽃처럼	어디까지나
거기도	멀리는	웃고만		

제2절 의존 명사, 단위를 나타내는 명사 및 열거하는 말 등

제42항 의존 명사는 띄어 쓴다.

아는 것이 힘이다.	나도 할 수 있다.
먹을 만큼 먹어라.	아는 이를 만났다.
네가 뜻한 바를 알겠다.	그가 떠난 지가 오래다.

제43항 단위를 나타내는 명사는 띄어 쓴다.

한 개	차 한 대	금 서 돈	소 한 마리
옷 한 벌	열 살	조기 한 손	연필 한 자루
버선 한 죽	집 한 채	신 두 켤레	북어 한 쾌

다만, 순서를 나타내는 경우나 숫자와 어울리어 쓰이는 경우에는 붙여 쓸 수 있다.

두시 삼십분 오초	제일과	삼학년
육층	1446년 10월 9일	2대대
16동 502호	제1실습실	80원

10개   7미터

제44항 수를 적을 적에는 '만(萬)' 단위로 띄어 쓴다.

십이억 삼천사백오십육만 칠천팔백구십팔

12억 3456만 7898

제45항 두 말을 이어 주거나 열거할 적에 쓰이는 말들은 띄어 쓴다.

국장 겸 과장	열 내지 스물
청군 대 백군	책상, 걸상 등이 있다
이사장 및 이사들	사과, 배, 귤 등등
사과, 배 등속	부산, 광주 등지

제46항 단음절로 된 단어가 연이어 나타날 적에는 붙여 쓸 수 있다.

그때 그곳   좀더 큰것   이말 저말   한잎 두잎

제3절 보조 용언

제47항 보조 용언은 띄어 씀을 원칙으로 하되, 경우에 따라 붙여 씀도 허용한다.(ㄱ을 원칙으로 하고, ㄴ을 허용함.)

ㄱ	ㄴ
불이 꺼져 간다.	불이 꺼져간다.
내 힘으로 막아 낸다.	내 힘으로 막아낸다.
어머니를 도와 드린다.	어머니를 도와드린다.
그릇을 깨뜨려 버렸다.	그릇을 깨뜨려버렸다.
비가 올 듯하다.	비가 올듯하다.
그 일은 할 만하다.	그 일은 할만하다.
일이 될 법하다.	일이 될법하다.
비가 올 성싶다.	비가 올성싶다.

잘 아는 척한다. 잘 아는척한다.

다만, 앞말에 조사가 붙거나 앞말이 합성 동사인 경우, 그리고 중간에 조사가 들어갈 적에는 그 뒤에 오는 보조 용언은 띄어 쓴다.

잘도 놀아만 나는구나! 책을 읽어도 보고…….
네가 덤벼들어 보아라. 강물에 떠내려가 버렸다.
그가 올 듯도 하다. 잘난 체를 한다.

제4절 고유 명사 및 전문 용어

제48항 성과 이름, 성과 호 등은 붙여 쓰고, 이에 덧붙는 호칭어, 관직명 등은 띄어 쓴다.

김양수(金良洙) 서화담(徐花潭) 채영신 씨
최치원 선생 박동식 박사 충무공 이순신 장군

다만, 성과 이름, 성과 호를 분명히 구분할 필요가 있을 경우에는 띄어 쓸 수 있다.

남궁억/남궁 억 독고준/독고 준 황보지봉(皇甫芝峰)/황보 지봉

제49항 성명 이외의 고유 명사는 단어별로 띄어 씀을 원칙으로 하되, 단위별로 띄어 쓸 수 있다.(ㄱ을 원칙으로 하고, ㄴ을 허용함.)

ㄱ	ㄴ
대한 중학교	대한중학교
한국 대학교 사범 대학	한국대학교 사범대학

제50항 전문 용어는 단어별로 띄어 씀을 원칙으로 하되, 붙여 쓸 수 있다.(ㄱ을 원칙으로 하고, ㄴ을 허용함.)

ㄱ	ㄴ
만성 골수성 백혈병	만성골수성백혈병

중거리 탄도 유도탄   중거리탄도유도탄

제6장 그 밖의 것

제51항 부사의 끝음절이 분명히 '이'로만 나는 것은 '-이'로 적고, '히'로만 나거나 '이'나 '히'
로 나는 것은 '-히'로 적는다.

1. '이'로만 나는 것

가붓이	깨끗이	나붓이	느긋이	둥긋이	따뜻이
반듯이	버젓이	산뜻이	의젓이	가까이	고이
날카로이	대수로이	번거로이	많이	적이	헛되이
겹겹이	번번이	일일이	집집이	틈틈이	

2. '히'로만 나는 것

극히	급히	딱히	속히	작히	족히
특히	엄격히	정확히			

3. '이, 히'로 나는 것

솔직히	가만히	간편히	나른히	무단히	각별히
소홀히	쓸쓸히	정결히	과감히	꼼꼼히	심히
열심히	급급히	답답히	섭섭히	공평히	능히
당당히	분명히	상당히	조용히	간소히	고요히
도저히					

제52항 한자어에서 본음으로도 나고 속음으로도 나는 것은 각각 그 소리에 따라 적는다.

본음으로 나는 것	속음으로 나는 것
승낙(承諾)	수락(受諾), 쾌락(快諾), 허락(許諾)

만난(萬難)	곤란(困難), 논란(論難)
안녕(安寧)	의령(宜寧), 회령(會寧)
분노(忿怒)	대로(大怒), 희로애락(喜怒哀樂)
토론(討論)	의논(議論)
오륙십(五六十)	오뉴월, 유월(六月)
목재(木材)	모과(木瓜)
십일(十日)	시방정토(十方淨土), 시왕(十王), 시월(十月)
팔일(八日)	초파일(初八日)

제53항 다음과 같은 어미는 예사소리로 적는다.(ㄱ을 취하고, ㄴ을 버림.)

ㄱ	ㄴ
-(으)ㄹ거나	-(으)ㄹ꺼나
-(으)ㄹ걸	-(으)ㄹ껄
-(으)ㄹ게	-(으)ㄹ께
-(으)ㄹ세	-(으)ㄹ쎄
-(으)ㄹ세라	-(으)ㄹ쎄라
-(으)ㄹ수록	-(으)ㄹ쑤록
-(으)ㄹ시	-(으)ㄹ씨
-(으)ㄹ지	-(으)ㄹ찌
-(으)ㄹ지니라	-(으)ㄹ찌니라
-(으)ㄹ지라도	-(으)ㄹ찌라도
-(으)ㄹ지어다	-(으)ㄹ찌어다
-(으)ㄹ지언정	-(으)ㄹ찌언정
-(으)ㄹ진대	-(으)ㄹ찐대
-(으)ㄹ진저	-(으)ㄹ찐저
-올시다	-올씨다

다만, 의문을 나타내는 다음 어미들은 된소리로 적는다.

-(으)ㄹ까?	-(으)ㄹ꼬?	-(스)ㅂ니까?
-(으)리까?	-(으)ㄹ쏘냐?	

제54항 다음과 같은 접미사는 된소리로 적는다.(ㄱ을 취하고, ㄴ을 버림.)

ㄱ	ㄴ	ㄱ	ㄴ
심부름꾼	심부름군	귀때기	귓대기
익살꾼	익살군	볼때기	볼대기
일꾼	일군	판자때기	판잣대기
장꾼	장군	뒤꿈치	뒤굼치
장난꾼	장난군	팔꿈치	팔굼치
지게꾼	지겟군	이마빼기	이맛배기
때깔	땟깔	코빼기	콧배기
빛깔	빛갈	객쩍다	객적다
성깔	성갈	겸연쩍다	겸연적다

제55항 두 가지로 구별하여 적던 다음 말들은 한 가지로 적는다.(ㄱ을 취하고, ㄴ을 버림.)

ㄱ	ㄴ
맞추다(입을 맞춘다. 양복을 맞춘다.)	마추다
뻗치다(다리를 뻗친다. 멀리 뻗친다.)	뻐치다

제56항 '-더라, -던'과 '-든지'는 다음과 같이 적는다.

1. 지난 일을 나타내는 어미는 '-더라, -던'으로 적는다.(ㄱ을 취하고, ㄴ을 버림.)

ㄱ	ㄴ
지난 겨울은 몹시 춥더라.	지난 겨울은 몹시 춥드라.
깊던 물이 얕아졌다.	깊든 물이 얕아졌다.
그렇게 좋던가?	그렇게 좋든가?
그 사람 말 잘하던데!	그 사람 말 잘하든데!
얼마나 놀랐던지 몰라.	얼마나 놀랐든지 몰라.

2. 물건이나 일의 내용을 가리지 아니하는 뜻을 나타내는 조사와 어미는 '(-)든지'로 적는다.(ㄱ을 취하고, ㄴ을 버림.)

ㄱ	ㄴ
배든지 사과든지	배던지 사과던지
마음대로 먹어라.	마음대로 먹어라.
가든지 오든지	가던지 오던지
마음대로 해라.	마음대로 해라.

제57항 다음 말들은 각각 구별하여 적는다.

가름	둘로 가름.
갈음새	책상으로 갈음하였다.
거름	풀을 썩인 거름.
걸음	빠른 걸음.
거치다	영월을 거쳐 왔다.
걷히다	외상값이 잘 걷힌다.
걷잡다	걷잡을 수 없는 상태.
겉잡다	겉잡아서 이틀 걸릴 일.
그러므로(그러니까)	그는 부지런하다. 그러므로 잘 산다.
그럼으로(써)	그는 열심히 공부한다. 그럼으로(써)
(그렇게 하는 것으로)	은혜에 보답한다.
노름	노름판이 벌어졌다.
놀음(놀이)	즐거운 놀음.
느리다	진도가 너무 느리다.
늘이다	고무줄을 늘인다.
늘리다	수출량을 더 늘린다.
다리다	옷을 다린다.

달이다	약을 달인다.
다치다	부주의로 손을 다쳤다.
닫히다	문이 저절로 닫혔다.
닫치다	문을 힘껏 닫쳤다.
마치다	벌써 일을 마쳤다.
맞히다	여러 문제를 더 맞혔다.
목거리	목거리가 덧났다.
목걸이	금 목걸이, 은 목걸이.
바치다	나라를 위해 목숨을 바쳤다.
받치다	우산을 받치고 간다. 책받침을 받친다.
받히다	쇠뿔에 받혔다.
밭치다	술을 체에 밭친다.
반드시	약속은 반드시 지켜라.
반듯이	고개를 반듯이 들어라.
부딪치다	차와 차가 마주 부딪쳤다.
부딪히다	마차가 화물차에 부딪혔다.
부치다	힘이 부치는 일이다.
	편지를 부친다.
	논밭을 부친다.
	빈대떡을 부친다.
	식목일에 부치는 글.
	회의에 부치는 안건.
	인쇄에 부치는 원고.
	삼촌 집에 숙식을 부친다.

붙이다	우표를 붙인다.
	책상을 벽에 붙였다.
	흥정을 붙인다.
	불을 붙인다.
	감시원을 붙인다.
	조건을 붙인다.
	취미를 붙인다.
	별명을 붙인다.
시키다	일을 시킨다.
식히다	끓인 물을 식힌다.
아름세	아름 되는 둘레.
알음	전부터 알음이 있는 사이.
앎	앎이 힘이다.
안치다	밥을 안친다.
앉히다	윗자리에 앉힌다.
어름	두 물건의 어름에서 일어난 현상.
얼음	얼음이 얼었다.
이따가	이따가 오너라.
있다가	돈은 있다가도 없다.
저리다	다친 다리가 저린다.
절이다	김장 배추를 절인다.
조리다	생선을 조린다.통조림, 병조림.
졸이다	마음을 졸인다.
주리다	여러 날을 주렸다.
줄이다	비용을 줄인다.

하노라고	하노라고 한 것이 이 모양이다.
하느라고	공부하느라고 밤을 새웠다.
-느니보다(어미)	나를 찾아오느니보다 집에 있거라.
-는 이보다(의존 명사)	오는 이가 가는 이보다 많다.
-(으)리만큼(어미)	나를 미워하리만큼 그에게 잘못한 일이 없다.
-(으)ㄹ 이만큼(의존 명사)	찬성할 이도 반대할 이만큼이나 많을 것이다.
-(으)러(목적)	공부하러 간다.
-(으)려(의도)	서울 가려 한다.
(으)로서(자격)	사람으로서 그럴 수는 없다.
(으)로써(수단)	닭으로써 꿩을 대신했다.
-(으)므로(어미)	그가 나를 믿으므로 나도 그를 믿는다.
(-ㅁ, -음)으로(써)(조사)	그는 믿음으로(써) 산 보람을 느꼈다.

참고문헌

김소월,『진달래꽃』, 매문사, 1925.

김유정,「동백꽃」,『조광』7, 조선일보사, 1936. 5.

이효석,「메밀꽃 필 무렵」,『조광』12, 조선일보사, 1936. 10.

강명구·김희준·정윤석 외,『과학기술 글쓰기』, 서울대학교출판부, 2008.

강호정,『과학 글쓰기를 잘하려면 기승전결을 버려라』, 이음, 2007.

고려대학교 사고와 표현 편찬위원회,『글쓰기의 기초』, 고려대학교 출판부, 2004.

구현정·전정미,『화법의 이론과 실제』, 박이정, 2007.

권혁래·김미영·박삼열·박연숙·박진·이정석,『읽기와 쓰기』, 숭실대학교 출판부, 2009.

김돈 외,『대학 글쓰기와 커뮤니케이션』, 아카넷, 2013.

김욱동,『은유와 환유』, 민음사, 2007.

김종택 외,『생활 속의 화법』, 정림사, 2005.

박윤우·서덕현·엄태수·이복규·조정래,『발표토론과 글쓰기』, 역락, 2008.

서강대학교 교양국어 교재편찬위원회,『움직이는 글쓰기』, 서강대학교 출판부, 2011.

숙명여자대학교 의사소통능력개발센터,『세상을 바꾸는 발표와 토론』, 숙명여자대학교 출판부, 2006.

신선경·임주영,『21세기 창조적 공학인을 위한 글쓰기』, 한산, 2011.

신형기·정희모·김성수·김현주,『대학 글쓰기』삼인, 2008.

유광수·임진영·김기란·주형예·강현조,『비판적 읽기와 소통의 글쓰기』, 박이정, 2013.

이동욱 외,『기술보고서 작성 및 발표법』, 인터비전, 2001.

이상주·강은미,『설득 커뮤니케이션』, 미래를 소유한 사람들(MSD미디어), 2008.

이상철 외,『스피치와 토론』, 성균관대학교 출판부, 2006.

이승훈,『시적인 것은 없고 시도 없다』, 집문당, 2003.

이용갑,『프레젠테이션 1막 5장』, 프롬북스, 2008.

이유정 기자, 「빈 의자가 주는 메시지」, 《한국경제신문》, 2010.12.12.

이현국, 『(대학생을 위한) 화법의 이론과 실제』, 학문사, 2007.

전대수, 『연설법 원리』, 범우사, 1987.

정약용, 『목민심서(牧民心書)』, 한국고전번역원 홈페이지. (https://db.itkc.or.kr/)

_____, 『여유당전서(與猶堂全書)』, 한국고전번역원 홈페이지. (https://db.itkc.or.kr/)

정희모 외, 『대학 글쓰기』, 삼인, 2008.

정희모, 『글쓰기의 전략』, 들녘, 2005.

한국외국어대학교 한국어교육과, 『글쓰기의 이론과 실제』, 한국외국어대학교 출판부, 2011.

한수영, 『글쓰기의 지도』, 지식의 날개, 2010.

한신대학교 정조교양대학 사고와 표현 담당 교수진, 『글쓰기의 기초』 자료집, 한신대 출판부, 2014

한철우·성낙수·박영민, 『사고와 표현 : 작문 워크숍과 글쓰기』 교학사, 2003.

가르 레이놀즈, 『프리젠테이션 젠 – 생각을 바꾸는 프리젠테이션 디자인』, 정순옥 역, 에이콘, 2008.

노구치 요시아키, 『프레젠테이션 노하우 두하우』, 김상규 역, 다산북스, 2010.

랜디 올슨, 『말문 트인 과학자』, 윤용아 역, 정은문고, 2011.

진 젤라즈니, 『맥킨지, 발표의 기술』, 안진환 역, 스마트 비즈니스, 2006.

찰스 립슨, 『정직한 글쓰기』, 김병주·이정아 역, 멘토르, 2008.

타카시마 야스시, 『설득의 달인』, 최은정 역, 매경출판, 2009.

티모시 J. 케이글 저, 『엑셀런트 프리젠터, 멘토르』, 김경태 역, 2009.

P. H. Matthews, Morphology, 2nd edition, Cambridge University Press, 2001.

국립국어원 홈페이지(http://www.korean.go.kr)